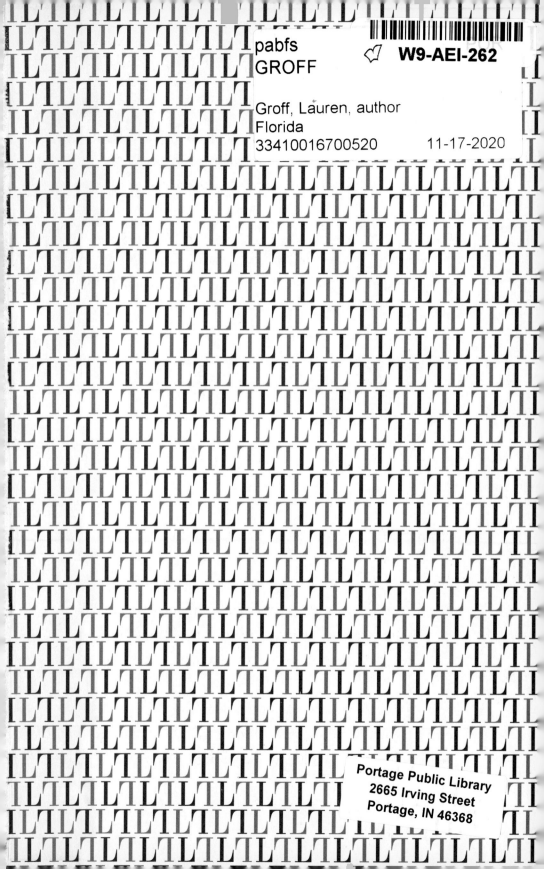

Florida

Florida

Lauren Groff

Traducción del inglés de
Ana Mata Buil

Lumen
─────────────
narrativa

Papel certificado por el Forest Stewardship Council®

Título original: *Florida*

Primera edición: mayo de 2019

© 2018, Lauren Groff
Publicado por primera vez por Riverhead
Derechos de traducción gestionados por MB Agencia Literaria S. L. y The Clegg Agency, Inc., USA.
Todos los derechos reservados
© 2019, Penguin Random House Grupo Editorial, S. A. U.
Travessera de Gràcia, 47-49. 08021 Barcelona
© 2019, Ana Mata Buil, por la traducción

Printed in Spain – Impreso en España

ISBN: 978-84-264-0632-3
Depósito legal: B-7677-2019

Compuesto en La Nueva Edima, S. L.
Impreso en Egedsa
Sabadell (Barcelona)

H 4 0 6 3 2 3

Penguin
Random House
Grupo Editorial

Para Heath

Fantasmas y vacíos

No sé cómo me he convertido en una mujer que grita, y como no quiero ser una mujer que grita, cuyos hijos pequeños caminan por la casa con la cara petrificada, alerta, he tomado por costumbre atarme los cordones de las zapatillas de deporte después de cenar y salir a las calles crepusculares para dar un paseo, dejando la tarea de desvestir y asear y leer y cantar y meter en la cama a los niños a mi marido, un hombre que no grita.

El barrio se oscurece mientras camino y un segundo barrio se extiende como una alfombra por encima del diurno. Tenemos pocas farolas y aquellas junto a las que paso vuelven juguetona a mi sombra; remolonea detrás de mí, galopa hasta mis pies, brinca delante. La única otra iluminación procede de las ventanas de las casas que dejo atrás y de la luna, que me ordena que levante la vista, ¡levanta la vista! Gatos salvajes corren como el rayo junto a mis pies, flores de ave del paraíso asoman entre las sombras, el aire está cargado de olores: polvo de roble, moho del fango, alcanfor.

En el norte de Florida hace frío en enero y camino rápido para entrar en calor, pero también porque, pese a que nuestro barrio es antiguo (inmensas casas victorianas a cuatro vientos que dan paso a casitas adosadas de la década de 1920 conforme te alejas del núcleo y luego a ranchos modernos de mediados del siglo XX en la periferia), tiene una seguridad imperfecta. Hace un mes hubo una violación, una mujer de cincuenta y tantos a la que arrastraron hacia las azaleas cuando hacía footing; y hace una semana, una jauría de pit bulls sueltos arrollaron a una madre que llevaba a su bebé en el carrito y mordieron a los dos, aunque no los mataron. ¡No es culpa de los perros, es culpa de sus dueños!, gritaron los amantes de los animales en la lista de correo electrónico del vecindario, pero esos perros eran sociópatas. Cuando construyeron los barrios de las afueras, en los años setenta, las casas históricas del centro de la ciudad quedaron abandonadas en manos de universitarios que calentaban latas de judías en hornillos Bunsen apoyados en los suelos de duramen de pino y convertían los pisos en varias pistas de baile. Cuando la dejadez y la humedad provocaron que las casas se pudrieran y decayeran y desarrollaran escamas oxidadas, hubo un segundo abandono, y pasaron a manos de los pobres, los okupas. Nos mudamos aquí hace diez años porque la casa era barata y tenía una estructura de maderos a la vista, y porque decidí que si tenía que vivir en el sur, con sus cacahuetes hervidos y su musgo español, que cuelga igual que el pelo del sobaco, por lo menos no me atrincheraría con mi blancura en una comunidad cerrada como un gueto. ¿No es peligroso?, decía la gente de la edad de nuestros padres, con una mueca, cuando les contábamos dónde vivíamos, y tenía que hacer acopio de todas mis fuerzas para no contestar: ¿Se refiere a lo negro o solo a lo pobre? Porque era las dos cosas.

Sin embargo, desde entonces la clase media blanca ha infectado el barrio, y ahora todo está inmerso en una frenética renovación. En los últimos años, la mayoría de las personas negras se han marchado. Los sintecho aguantaron un tiempo más, porque nuestro barrio limita con la animada Bo Diddley Plaza, donde hasta hace poco las iglesias repartían comida y Dios, y donde el movimiento Occupy se extendió como una marea y reivindicó el derecho a dormir allí, luego se cansó de estar sucio y se retiró, dejando atrás los restos flotantes de los sintecho en sacos de dormir. Durante los primeros meses que pasamos en la casa, acogimos a una pareja sin hogar a la que solo veíamos cuando se escabullía al amanecer; cuando anochecía levantaban en silencio la celosía inferior de madera y se colaban entre los postes que apuntalan la casa, en el espacio que queda bajo nuestra vivienda, y allí dormían; su techo era el suelo de nuestro dormitorio, y cuando nos levantábamos en plena noche intentábamos no hacer ruido porque nos parecía de mala educación pisar a pocos centímetros de la cara de una persona que soñaba.

En mis paseos nocturnos se me revelan las vidas de los vecinos, las ventanas encendidas son como acuarios domésticos. En ocasiones, soy testigo silenciosa de peleas que parecen bailes lentos sin música. Es asombroso cómo vive la gente, el desorden en que se mueve, las deliciosas ráfagas de olor a comida que llegan hasta la calle, la decoración navideña que poco a poco se transforma en decoración cotidiana. Durante todo el mes de enero observé un ramo de rosas navideño en la repisa de una chimenea que fue menguando hasta que las flores pasaron a ser capullos secos y deteriorados y el agua, una capa verde y viscosa, con un enorme Papá Noel en un palo todavía contento y reluciente entre los despojos. Las ventanas se suceden unas a otras, se congelan con la neblina azul de la luz de los televisores o con una pareja inclinada sobre una pizza para cenar, se mantienen así mientras paso, luego se pierden en el olvido. Pienso en cómo se acumula el agua al resbalar a lo largo de un témpano de hielo, luego se detiene para formar su henchida gota, engorda tanto que no puede aguantar más y se precipita al suelo.

En el barrio hay un lugar casi desprovisto de ventanas que, a pesar de todo, me encanta, porque aloja a unas monjas. Solía haber seis, pero llegó el momento de la deserción, como ocurre con todas las ancianas, y ahora solo quedan tres amables hermanas que caminan por ese espacio inmenso acompañadas del chirrido de sus cómodos zapatos de suela de goma. Un amigo nuestro, que es agente inmobiliario, nos contó que cuando se construyó la casa, en la década de 1950, se excavó un refugio antiaéreo en la porosa piedra caliza del patio posterior, y durante las noches de insomnio, cuando mi cuerpo está en la cama pero mi mente todavía vaga por las calles en la oscuridad, me gusta imaginarme a las monjas con sus hábitos y sus velos dentro del búnker, cantando himnos y pedaleando en una bicicleta estática para que no se apague la bombilla, mientras que en la superficie todo ha quedado devastado y unos goznes oxidados rechinan al viento.

Como las noches son tan frías, comparto las calles con poca gente. Hay una pareja joven que hace footing a un ritmo ligeramente más lento que mi andar rápido. Los sigo, escucho su cháchara sobre planes de boda y peleas con amigos. Una vez no me di cuenta y me reí de algo que habían dicho, y entonces volvieron la cabeza hacia mí como un par de búhos, irritados, luego apretaron el paso y doblaron la primera esquina que encontraron, así que los dejé desaparecer en la negrura.

Hay una mujer alta y elegante que pasea un gran danés del color de la pelusa de la secadora; me temo que la mujer se encuentra mal, porque camina con rigidez, le palpita la cara como si de vez en cuando se viera electrificada por el dolor. Algunas veces me imagino que, si me la encontrase desplomada en el suelo al doblar una esquina, la montaría sobre su perro, le daría una palmada en los cuartos traseros y observaría cómo el animal, con su gran dignidad, la llevaba a casa.

Hay un chico de unos quince años, tremendamente gordo, que siempre va sin camiseta y siempre corre en la cinta de su galería acristalada. Da igual cuántas veces pase por delante de su ventana, allí está él, sus pasos resuenan tan fuerte que los oigo a dos manzanas de distancia. Como tiene todas las luces de la casa encendidas, para él no hay nada más allá que la negrura de la ventana, y me pregunto si contempla su reflejo del mismo modo que yo lo contemplo a él, si ve cómo con cada paso se le ondula el estómago como si fuese un estanque en el que alguien hubiese tirado una piedra del tamaño de un puño.

Hay una tímida mujer indigente que murmura, una recolectora de latas, que transporta sus tintineantes bolsas en la parte trasera de la bicicleta y utiliza los viejos bloques de cemento que hay delante de las casas más imponentes para ayudarse a montar en el sillín; cuando me llega su olor pienso sin querer en las acaudaladas damas sureñas vestidas con sedas oscuras que en otros tiempos utilizaban esos apoyos para subir a sus carruajes y emitían un hedor femenino igual de íntimo. Puede que la higiene haya cambiado con el tiempo, pero los cuerpos humanos no.

Hay un hombre que murmura cochinadas plantado bajo la farola en la puerta de una tienda de ultramarinos con barrotes en las ventanas. Yo pongo cara de no me toques las narices, y de momento no ha pasado de los murmullos, pero una parte de mí está más que preparada y quiere sacar todo lo que se está fraguando.

Algunas veces creo ver a la sigilosa pareja que vivía debajo de nuestra casa, la particular muestra de afecto de él, la mano en la espalda de ella, pero cuando me acerco, no es más que un papayo inclinado sobre un cubo para recoger agua de lluvia o dos chicos fumando entre los arbustos, que se muestran recelosos al verme pasar.

Y luego está el psicólogo que noche tras noche se sienta al escritorio en el estudio de su casa victoriana, que parece un galeón medio podrido. Uno de sus pacientes lo pilló en la cama con su esposa. Resultó que el paciente llevaba una pistola cargada en el coche. La mujer infiel murió en pleno coito y el psicólogo sobrevivió, pero todavía lleva la bala encastrada en la cadera, lo cual le hace cojear cada vez que se levanta para servirse más whisky. Corren rumores de que visita al asesino cornudo en la cárcel todas las semanas, aunque no está claro si su motivación es la bondad o las ganas de pavonearse, pero bueno, en el fondo hay pocas motivaciones que sean totalmente puras. Mi marido y yo acabábamos de mudarnos cuando se produjo el asesinato; estábamos rascando la pintura mohosa de las molduras de roble del comedor cuando los disparos salpicaron el aire, pero por supuesto, pensamos que eran fuegos artificiales que habían encendido los chiquillos que vivían a unas casas de distancia.

Mientras camino veo desconocidos, pero también personas a las que conozco. Levanto la vista a principios de febrero y me encuentro con la estampa de una buena amiga con unas mallas de color rosa apoyada en la ventana, haciendo estiramientos, pero entonces tengo un momento de lucidez y caigo en la cuenta de que no hace ejercicio, sino que está secándose las piernas, y las mallas son en realidad su cuerpo, rosado por la ducha caliente. A pesar de que fui a verla al hospital cuando nacieron sus dos hijos, acuné a sus recién nacidos en mis brazos cuando todavía olían a ella y vi el corte vivo de la cesárea, hasta que la observo secándose no comprendo que es un ser sexual, y entonces la siguiente vez que hablamos no puedo evitar sonrojarme e imaginar escenas en las que aparece en posturas sexuales extremas. No obstante, por norma general, lo que veo son fogonazos de madres a las que conozco, inclinadas como el bastón de una pastora, buscando por el suelo piezas de Lego perdidas o uvas medio masticadas o a las personas que eran antaño, acurrucadas en un rincón.

No puedo más, no puedo más, le grito a mi marido algunas noches cuando vuelvo a casa, y entonces me mira, asustado, ese hombre amable y gigantesco, y se sienta en la cama dejando a un lado el ordenador y dice, con cariño: Creo que todavía no te has desfogado paseando, amor mío, no te iría mal dar otra vuelta. Y salgo de nuevo, furiosa, porque las calles se tornan más peligrosas conforme avanza la noche, y me irrita que se atreva a proponerme que corra semejante riesgo, cuando he demostrado que soy vulnerable; pero claro, es posible que en esas circunstancias mi cálida casa también se haya vuelto más peligrosa. Durante el día, mientras mis hijos están en el colegio, no puedo evitar leer sobre los desastres del mundo, los glaciares que perecen como seres vivos, el enorme remolino de basura del Pacífico, los cientos de muertes de especies sin registrar, los milenios borrados de un plumazo como si no valiesen nada. Leo y lloro desconsolada esas pérdidas, como si al leer pudiera saciar de algún modo el hambre de dolor, en lugar de conseguir lo que consigo, todo lo contrario, aumentarla.

Por norma general, ya no me importa mucho por dónde paseo, aunque todas las noches intento pasar por el Duck Pond cuando las luces de Navidad, olvidadas desde hace semanas, se apagan y emerge el estanque, con las ranas que entonan su canción sincopada. Nuestro par de cisnes negros voznaban a las ranas con su voz de instrumento de viento desafinado a fin de acallarlas, pero, al verse superadas en número, las aves no tardaban en rendirse y subirse al islote del centro del estanque para entrelazar sus cuellos y ponerse a dormir. Los cisnes tuvieron cuatro crías la primavera pasada, dulces polluelos algodonados y cantarines que hacían las delicias de mis hijos pequeños, quienes les echaban comida para perros todos los días, hasta que una mañana, mientras los cisnes adultos estaban distraídos por la comida que les dábamos, una de las crías soltó un pío ahogado, inclinó la cabeza y luego se hundió; resurgió otra vez en la orilla opuesta del estanque, bajo las garras de una nutria que se lo comió a mordisquitos, mientras flotaba serenamente boca arriba. La nutria se merendó otro polluelo antes de que el servicio de protección de vida salvaje llegase a rescatar a los dos restantes, pero más tarde leímos en la revista del barrio que sus corazoncitos de cisne se habían parado a consecuencia del miedo. Los padres cisnes flotaron durante meses, desconsolados. Tal vez fuese una proyección: como los dos cisnes son negros y progenitores, ya llevan de antemano las plumas del luto.

El día de San Valentín veo a lo lejos luces rojas y blancas que centellean en el convento y aprieto el paso con la esperanza de que las monjas vayan a celebrar una fiesta del amor o una sesión discotequera, pero en lugar de eso veo cómo se aleja la ambulancia, y al día siguiente mis miedos se confirman; el número de monjas ha disminuido de nuevo, ya solo quedan dos. Renunciar al placer erótico por la gloria de Dios parece un anacronismo en nuestra era hedonista y, debido a la fragilidad de las ancianas monjas y al tamaño desproporcionado de la casa por la que deambulan, se ha decidido que las que quedan deben mudarse. Voy a cotillear la noche en que se marchan con la esperanza de ver un camión de la mudanza, pero solo hay unas cuantas maletas de piel y un par de cajas en la parte trasera de la furgoneta del convento. Sus caras arrugadas se relajan, aliviadas, cuando el vehículo se pone en marcha.

El frío perdura hasta marzo. Ha sido un invierno duro para todos, aunque no tan terrible como en el norte, así que pienso en mis amigos y familiares que viven allí, con sus montañas de nieve sucia, e intento recordar que las camelias, los melocotoneros, los cerezos silvestres y los naranjos ya han florecido por aquí, aunque sea de noche. Huelo el intenso aroma a jazmín impregnado en mi pelo a la mañana siguiente, como solía ocurrir con el olor a tabaco y sudor después de salir de marcha, en aquella época en que era joven y podía hacer cosas así de impensables. Hay un estilo arquitectónico popularmente llamado *cracker* («blancucho»), aunque sin ánimo de ofender, que es todo porches y techos altos; y a mediados de marzo empiezan a hacer reformas en una de las casas de estilo *cracker* más antiguas de la parte centro-norte de Florida. Conservan la fachada, pero desmantelan todo lo demás. Noche tras noche veo lo que queda de la casa conforme la van desnudando a diario, hasta que una noche ha desaparecido por completo: esa mañana se había desplomado sobre un trabajador, que sobrevivió, igual que Buster Keaton, porque estaba de pie en el hueco de la ventana cuando la estructura cayó. Contemplo el socavón donde durante tanto tiempo hubo una historia humilde y anodina, una casa que observó cómo se apiñaba la ciudad, luego crecía a su alrededor, y pienso en el obrero de la construcción que salió ileso del derrumbamiento, qué debió de imaginar. Creo que lo sé. Una noche, justo antes de Navidad, llegué tarde a casa después de un paseo y mi marido estaba en el lavabo, y abrí su portátil y vi lo que vi allí, una conversación que no estaba pensada para que yo la leyera, un atisbo de carne que no era la suya, y sin dejar que él supiera que había entrado en casa, hice de tripas corazón y salí de nuevo y caminé hasta que el frío me impidió seguir andando, casi hasta el amanecer, cuando el rocío bien podría haber sido hielo.

Ahora, mientras me encuentro ante la casa derrumbada, la mujer con el gran danés se desliza entre la oscuridad, y me percato de lo agresiva que se ha vuelto su palidez, tan huesuda que sus pómulos deben de tocarse por dentro de la boca, con la peluca torcida de manera que deja a la vista un dedo de cráneo pelado por encima del flequillo. Si ella, a su vez, se percata del particular y oscuro punto álgido de mi desazón, no lo demuestra, sino que se limita a darme las buenas noches en voz baja y su perro me mira con una especie de compasión humana, y juntos se pierden, nobles y delicados, en la negrura.

La mayoría de los cambios no son tan drásticos como el de la casa derrumbada; por ejemplo, no me percato de cuánto ha adelgazado el chico de la galería acristalada hasta que por el sonido de sus pasos deduzco de que ya no camina en la cinta sino que corre, y lo miro con atención por primera vez desde hace tiempo, mi querido amigo fofo, a quien daba por hecho, y veo una metamorfosis tan apabullante que es como si una doncella se hubiera transformado en un abedul o en un arroyo. Durante los últimos meses, ese muchacho con sobrepeso se ha convertido en un joven esbelto con unos pectorales bien marcados, que suda y sonríe ante su imagen en el espejo, y exclamo admirada en voz alta al advertir la rapidez de la juventud, los fabulosos cambios que insisten en que no todo decae antes de que podamos amarlo.

Continúo caminando, y mientras el trote del adolescente se desvanece, oigo un sonido constante y perturbador que no sé ubicar. La noche es pegajosa; apenas hace una semana que guardé la cazadora, y tardo unos segundos en comprender, poco a poco, que el sonido proviene del primer aire acondicionado que han encendido este año. Pronto estarán todos en marcha, con el sifón encorvado como un trol bajo las ventanas, con su murmullo atonal colectivo que ahoga el canto de los pájaros nocturnos y las ranas, y el tiempo avanzará y la noche se resistirá cada vez más a caer y, en el fresco momento detenido del atardecer, la gente que anhele aire de verdad después de todo el aire frío falso y enfermizo del día saldrá al exterior y ya no tendré mis calles oscuras y peligrosas solo para mí. Hay un olor agradable a fuego de campamento en el ambiente, y se me ocurre que deben de haberse incendiado los viejos pinares que rodean la ciudad, algo que ocurre una vez al año más o menos, y me pregunto por todos esos pobres pájaros arrancados del sueño y arrojados a la desorientadora oscuridad. A la mañana siguiente descubro que era algo peor, una quema controlada de hectáreas de campo en las que docenas de indigentes vivían en una ciudad de tiendas improvisadas, y me acerco hasta allí a mirar, pero no quedan más que los inmensos robles, solitarios y ennegrecidos de cintura para abajo en una llanura de carbón humeante. Cuando regreso y veo vallas de dos metros alrededor de la Bo Diddley Plaza que se han levantado esa misma noche porque van a construir algo, o eso dicen las señales, queda patente que todo forma parte de un plan de mayor envergadura, ejecutado con sofisticación. Me quedo plantada a plena luz del día, con los ojos entrecerrados, y me entran ganas de chillar, busco a alguna persona desplazada. Por favor, pienso, por favor, que aparezca mi pareja, déjame verles la cara de una vez, déjame cogerles del brazo. Quiero prepararles bocadillos y darles mantas y decirles que no pasa nada, que pueden vivir debajo de mi casa. Más tarde me alegro de no haberlos encontrado, porque reconozco que no es agradable decirles a unos seres humanos que pueden vivir debajo de tu casa.

La semana de calor resulta ser pasajera, un comienzo en falso de la estación. El tiempo vuelve a ser tan frío y húmedo que nadie más sale a la calle, y tiemblo mientras camino, hasta que me libero del frío entrando en la droguería a comprar sales de Epsom para aliviarme de la caminata. Aturde entrar en el color abrumador de la tienda, el calor feroz después de la escala de grises del frío exterior; viajar cientos de kilómetros por las aceras destartaladas, entre las escasas palmeras y los gatos negros que se cruzan en el camino, de los que huyo como de la peste, para adentrarme en esta abundancia con sus pasillos de trastos chabacanos y envoltorios inútiles y anillas de plástico que un día acabarán en la garganta de la última tortuga marina del planeta. Sin querer, empiezo a cojear, y la cojera se transforma en una especie de salto dolorido porque la música me transporta a la escuela primaria, cuando mis padres eran, por asombroso que parezca, más jóvenes que yo ahora, y aquel larguísimo verano escucharon sin parar a Paul Simon, que cantaba, acompañado de unos saltarines tambores africanos, sobre un viaje con un hijo, el trampolín humano, la ventana en el corazón, todo contenido en su «Graceland». La situación me resulta a la vez excesiva e insuficiente, de modo que salgo sin las sales porque no estoy preparada para una absolución tan sencilla como esta. No puedo.

Así pues, camino y camino y, en un momento dado, cerca de las ranas que cantan desaforadas, levanto la vista y, en medio de la oscuridad, me sobresalto: el nuevo dueño del antiguo convento ha instalado iluminación desde el suelo, no en el estético espacio vacío del cubo, sino en el ardiente roble vivo que hay delante, tan viejo y tan ancho que se extiende a lo largo de decenas de metros cuadrados. Siempre he sabido que el árbol estaba allí y mis hijos se han colgado muchas veces de sus ramas bajas, y de la corteza salían helechos y epifitas con las que me adornaba la cabeza. Pero hasta ahora el árbol nunca se había exhibido en todo su esplendor como el coloso que es, con sus ramas tan pesadas que crecen hacia el suelo, luego lo tocan y crecen hacia arriba de nuevo; de esa forma, al apoyar los codos y levantar las ramas como antebrazos, recuerda a una mujer sentada a la mesa de la cocina, con la barbilla apoyada en los puños y soñando. Me quedo perpleja ante su belleza y, mientras miro, imagino a los cisnes en su islote contemplando esa brillante chispa en la noche con su corazón de cisne conmovido por tal belleza. Me enteré de que han empezado a construir otro nido, aunque no sé cómo pueden soportarlo después de todo lo que han perdido.

Confío en que mis hijos comprendan, tanto ahora como en el futuro que se materializa en la oscuridad, que todas estas horas que su madre ha estado alejándose a paso ligero de ellos no he estado ausente, que mi espíritu, hace horas, se coló de nuevo en la casa y se deslizó hasta la habitación en la que su madrugador padre ya había conciliado el sueño, a menudo antes de las ocho, y toqué a ese hombre amable a quien quiero con locura y al que en cierto modo temo tanto, lo toqué en el pulso de la sien y noté sus sueños, que tan distantes me resultan; y subí la escalera vieja que cruje y que en el rellano se divide en dos y, dirigiéndome a las habitaciones separadas de los chicos, me colé por la rendija de debajo de las dos puertas y me acurruqué en los almohadones para aspirar el aliento que mis hijos exhalaban. Cada pausa entre el final de una respiración y el principio de la siguiente es largo; pero claro, no hay nada que no esté siempre en transición. Pronto, mañana, los chicos serán hombres, luego esos hombres se marcharán de casa y mi marido y yo nos miraremos y nos encorvaremos bajo el peso de todo lo que no queríamos o no podíamos gritar, además de todas esas horas fuera caminando juntos, mi cuerpo, mi sombra y la luna. Es absolutamente cierto, aunque la verdad no ofrezca consuelo, que si miras a la luna el tiempo suficiente noche tras noche, como he hecho yo, verás que los viejos dibujos animados tenían razón, que la luna se ríe de verdad. Pero no se ríe de nosotros, pobres humanos solitarios, que somos tan pequeños y tenemos una vida tan efímera que la luna ni siquiera se percata de nuestra existencia.

En las esquinas imaginadas
de la redonda tierra

Jude nació en una casa de estilo *cracker* a orillas de una ciénaga
que bullía de especies de reptiles sin nombre. Pocas personas
vivían en el centro de Florida en aquella época. El aire acondicionado era para los ricos y los demás combatían el calor con
techos altos, porches en los que dormir, ventiladores en el ático.
El padre de Jude era herpetólogo en la universidad, y si las serpientes no se hubieran colado reptando en su calurosa casa, su
padre la habría llenado de víboras de todas formas. Espirales de
serpientes cascabel descansaban en formaldehído en las repisas
de las ventanas. Nudos retorcidos de reptiles vivían en el corral de
atrás, donde al principio su madre había intentado criar gallinas. Desde muy pequeño, Jude aprendió a mantener el corazón
tranquilo cuando tocaba cosas con colmillos. Apenas caminaba
cuando su madre entró un día en la cocina y se encontró una
serpiente coral enroscando la cola roja y amarilla alrededor de
la muñeca del niño. Su padre observaba desde la otra punta
de la habitación, riendo. Su madre era yanqui, presbiteriana.
Siempre estaba agotada; batallaba contra el moho y la humedad

de la casa y contra el diabólico hedor de las serpientes sin ayuda de ningún tipo. Su padre no estaba dispuesto a permitir que una persona negra entrara por su puerta, y no tenían dinero para contratar a una mujer blanca. La madre de Jude tenía miedo de las criaturas con escamas y entonaba himnos en un intento de ahuyentarlas. Cuando estaba embarazada de la hermana de Jude, entró en el lavabo para darse un baño frío una noche de agosto y, como no llevaba las gafas puestas, no vio el caimán albino de casi un metro que su marido había metido en la bañera. A la mañana siguiente, su madre se marchó. Regresó una semana más tarde. Y después de que la hermana de Jude naciera muerta, un bebé como un pétalo perfecto, su madre nunca dejó de canturrear en voz baja.

El ruido de la guerra atronó con más fuerza. Al final, fue imposible desoírlo. Jude tenía dos años. Su madre planchó el nuevo traje de color caqui del padre de Jude y a partir de entonces la ausencia paterna llenó la casa con una especie de brisa fresca. Pilotaba aviones de carga en Francia. Jude pensaba en criaturas con escamas que movían unas alas enormes en medio del aire con su padre, furioso, montado a lomos.

Mientras Jude dormía la siesta el primer día que estaban solos en la casa, su madre tiró a la ciénaga todos los frascos de serpientes muertas y decapitó diligentemente a las que quedaban vivas con una azada. Se cortó el pelo con las tijeras de jardinería. Al cabo de una semana se había mudado con el niño a ciento cincuenta kilómetros de allí, a la playa. La primera noche que pasaban en la casa nueva, cuando creyó que su hijo dormía, la mujer bajó a la orilla del mar a la luz de la luna y enterró los pies en la arena. Parecía que el borde reluciente del océano se la tragara hasta las rodillas. Jude contuvo la respiración, angustiado. Una ola grande le cubrió los hombros y, cuando retrocedió, su madre volvía a estar entera.

Era un mundo nuevo, lleno de delfines que se deslizaban junto a la costa describiendo arcos brillantes. A Jude le encantaban las bandadas de pelícanos que sobrevolaban como fantasmas con forma de cuña y cómo él y su madre excavaban como locos para buscar caracoles de mar que luego hundían aún más en la arena mojada. Contaba mentalmente cuántos atrapaban y, cuando volvían a casa, informaba a su madre de que habían desenterrado cuatrocientos sesenta y uno. Ella lo miraba sin parpadear detrás de sus gafas y contaba las criaturas en voz alta. Cuando terminaba, se lavaba las manos en la pila durante un buen rato.

Te gustan los números, dijo al fin un día la madre, dándose la vuelta.

Sí, contestó él. Y ella sonrió, y desprendió una especie de brillo cariñoso que lo sobresaltó. Notó cómo se colaba dentro de él, se instalaba en sus huesos. Lo besó en la coronilla y lo metió en la cama y, cuando el niño se despertó en mitad de la noche y la encontró a su lado, puso la mano debajo de la barbilla de su madre, donde la dejó hasta la mañana siguiente.

Jude empezó a advertir que el mundo funcionaba de maneras que se le escapaban, supo que él solo lograba atrapar los flecos de un tejido más grande. La madre de Jude montó una librería. Como las mujeres no podían comprar tierras en Florida por sí mismas, su tío paterno, un hombrecillo rechoncho que no se parecía en nada al padre de Jude, compró la tienda con el dinero de ella y firmó en su nombre. Su madre empezó a vestir trajes escotados y a quitarse las gafas antes de montarse en el tranvía, de modo que los ojos que mostraba al mundo eran dulces. En lugar de cantar a Jude para que se durmiera como hacía en la casa de las serpientes, le leía. Le leía a Shakespeare, Neruda, Rilke, y él se quedaba dormido con sus cadencias y el ritmo lento del mar entremezclados en la mente.

A Jude le encantaba la librería; era un lugar luminoso que olía a papel nuevo. Las solitarias novias de la guerra llegaban con sus carritos de bebé y se marchaban con brazadas de clásicos de la Modern Library, los marineros de permiso entraban por casualidad y acababan por salir, encantados, con montones de libros aferrados contra el pecho. Después de cerrar, su madre apagaba las luces y abría la puerta posterior a las personas negras que esperaban allí con paciencia, el hombre digno con su boina al que le encantaba Galsworthy, la mujer gorda que trabajaba de sirvienta y leía una novela al día. Tu padre se pondría hecho una furia. Bueno, pues peor para él, le decía a Jude su madre, con una determinación tan rotunda que acabó por borrar de la mente del niño los últimos trazos de la mujer temerosa que había sido.

Una mañana, justo antes del amanecer, Jude estaba solo en la playa cuando vio una inmensa brecha metálica a poco menos de cien metros de la costa. El submarino lo miró con su único ojo periscópico y volvió a hundirse en silencio. Jude no se lo contó a nadie. Se guardó para sí ese peligroso conocimiento, lo escondió en un lugar en el que lo atenazaba y apretujaba, pero donde no podría amenazar al inmenso mundo.

La madre de Jude contrató a una mujer negra llamada Sandy para que la ayudase con las tareas del hogar y para que cuidara de Jude mientras ella estaba en la tienda. Sandy y su madre se hicieron amigas y algunas noches él se despertaba con las risas procedentes del porche, y cuando salía, se encontraba a Sandy y a su madre disfrutando de la brisa nocturna que soplaba del océano. Bebían aguardiente de endrina y comían tarta de limón, que Sandy siempre se preocupaba de tener a mano a pesar de que a esas alturas el azúcar empezaba a escasear. Le dejaban tomar una porción y el chiquillo se dormía en el ancho regazo de Sandy, con el dulzor de la tarta agriándosele en la lengua, y en los oídos la exhalación del océano, las voces de las mujeres.

A los seis años descubrió la multiplicación por su cuenta, acuclillado sobre un hormiguero a pleno sol. Si doce hormigas salían del hormiguero por minuto, pensó, eso significaba que setecientas veinte se marchaban a la hora, una inmensidad de partidas y de regresos. Corrió a la librería, enmudecido por la felicidad. Cuando hundió la cabeza en el regazo de su madre, las mujeres que charlaban con ella junto al mostrador confundieron sus sollozos y creyeron que le ocurría algo triste.

Seguro que el chico echa de menos a su padre, dijo una señora, intentando ser amable.

No, dijo su madre. Ella era la única que comprendía su corazón desbocado, así que le rascó la cabeza con cariño. Pero algo cambió dentro de Jude; y de pronto pensó con admiración en su padre, de quien su madre había hablado en tan contadas ocasiones durante todos aquellos años que el hombre mismo se había desvanecido. A Jude le costaba recordar incluso el roce áspero de escama contra escama y la oscuridad de la casa de estilo *cracker* de la ciénaga, con las cortinas corridas para que no entrara el sol caliente y hediondo.

Sin embargo, fue como si la bienintencionada señora lo hubiera invocado, pues el padre de Jude regresó a casa. Se sentó, inmenso y con las mejillas curtidas, en medio de la galería. La madre de Jude se sentó enfrente en el canapé, apartando las rodillas para no tocar a su esposo. El chico jugaba tranquilamente con su tren de madera en el suelo. Sandy entró con galletas recién hechas y, cuando volvió a la cocina, su padre dijo algo en voz tan baja que Jude no lo captó. Su madre miró a su padre a la cara durante un buen rato, después se levantó y se dirigió a la cocina, y al instante la puerta mosquitera se cerró de un portazo y el chico nunca más volvió a ver a Sandy.

Mientras su madre estaba ausente, el padre de Jude dijo: Nos volvemos a casa.

Jude no se atrevía a mirarlo. El espacio en el que su padre existía le resultaba demasiado pesado y oscuro. Empujó el tren para rodear la pata de una silla. Ven aquí, le dijo su padre, y poco a poco el niño se incorporó y se acercó a las rodillas de su progenitor.

Le arreó tal bofetón que a Jude le ardió la cara desde la oreja hasta la boca. El niño cayó al suelo, pero no lloró ni gritó. Se tragó la sangre de la nariz y notó que se le acumulaba al fondo de la garganta.

Su madre corrió hacia él y lo recogió. ¡¿Qué ha pasado?!, chilló, y su padre dijo con su voz fría de siempre: El chico es tímido. Le pasa algo raro.

Se guarda las cosas. Es reservado, dijo su madre, y se llevó a Jude de allí. El muchacho notó que su madre temblaba mientras le limpiaba la sangre de la cara. Su padre entró en el cuarto de baño y ella masculló: No te atrevas a tocarlo nunca más.

Él contestó: No hará falta.

Su madre permaneció junto a Jude hasta que se quedó dormido, pero cuando Jude despertó, vio la luna por el espejo retrovisor del automóvil y los perfiles recortados de sus padres mirando hacia delante, concentrados en el túnel de la carretera oscura.

La casa junto a la ciénaga volvió a llenarse de serpientes. El tío que había ayudado a su madre con la librería dejó de ser bienvenido, aunque era el único pariente que tenía su padre. La madre de Jude cocinaba bistec con patatas todas las noches, pero ella no comía. Se convirtió en un palo, una hoja de cuchillo. Se sentaba en la mecedora del porche con la bata de estar en casa, el pelo pegajoso de sudor. Jude se colocaba a su lado y le susurraba sonetos antiguos al oído. Ella tiraba de él para acercarlo más y hundía la cara entre el hombro y el cuello de su hijo y, cuando parpadeaba, las pestañas mojadas le hacían cosquillas, y Jude sabía que era mejor no apartarse.

En paralelo a su trabajo, su padre había empezado a vender serpientes a zoos y universidades. Desaparecía durante dos o tres noches seguidas y después regresaba con la ropa apestando a humo y cargado de sacos de serpientes negras o de cascabel. Una vez, llevaba fuera dos noches cuando la madre llenó su maleta de cartón azul con la ropa de Jude a un lado y la de ella al otro. No dijo nada, pero se delató al canturrear una melodía. Caminaron juntos por las calles oscuras y se sentaron a esperar el tren durante un buen rato. El andén estaba vacío; el suyo era el último tren antes del fin de semana. Le iba dando caramelos para chupar y Jude notaba cómo a su madre le temblaba todo el cuerpo a través del contacto con el muslo, que tenía bien apretado contra el suyo.

Tantas cosas se habían agolpado dentro de él mientras esperaban que fue casi un alivio cuando el tren llegó silbando a la estación. Su madre se puso de pie y alargó el brazo hacia Jude.

Este le sonrió alzando la vista y ella le respondió con una sonrisa amable.

Entonces el padre de Jude apareció en el haz de luz y lo atrapó en volandas. El cuerpo que Jude notó debajo del suyo estaba tenso y el chiquillo se sorprendió tanto que el grito se le atragantó. Su madre no miró a su marido ni a su hijo. Parecía una estatua, flaca y pálida.

Por fin, cuando el revisor dijo: ¡Viajeros al tren!, emitió un horrible sonido estrangulado y se apresuró a colarse por la puerta del vagón. El tren ululó y se puso en marcha lentamente. En ese momento Jude ya pudo gritar, y vaya si lo hizo, a pleno pulmón, aunque su padre lo sujetaba con tanta fuerza que le era imposible escapar, pero el tren hizo desaparecer a su madre en la oscuridad sin detenerse.

Entonces se quedaron solos, el padre de Jude y él, en la casa junto a la ciénaga.

Las palabras languidecieron entre ellos. Jude era quien se encargaba de barrer y frotar, quien preparaba los bocadillos para la cena. Cuando su padre se marchaba, abría las ventanas para ventilar y liberarse de parte del olor a reptil podrido. Su padre arrancó las violetas y las rosas de su madre y plantó mandarinos y arándanos, porque decía que la fruta atraía a los pájaros y los pájaros atraían a las serpientes. El chico tenía que caminar cinco kilómetros hasta la escuela, donde no le contó a nadie que ya sabía los números mejor que los maestros. Era pequeño, pero nadie se metía con él. El primer día, cuando un grandullón de diez años intentó burlarse de su ropa, Jude se abalanzó sobre él con una saña que había aprendido observando a las serpientes de cascabel y el chico mayor acabó con la cabeza ensangrentada. Los demás lo evitaban. Era una criatura entre dos mundos, sin madre pero no sin padre, raquítico y andrajoso como un chico pobre, pero hijo de un catedrático, siempre con la respuesta correcta cuando los profesores le preguntaban, pero sin soltar palabra por iniciativa propia. Los demás alumnos mantenían las distancias. Jude jugaba solo o con alguno de los sucesivos cachorros que su padre llevaba a casa. Como era inevitable, los perros siempre acababan por correr hasta la orilla de la ciénaga, donde uno de los caimanes de cuatro metros y pico se los merendaba.

La soledad de Jude creció hasta convertirse en un ser vivo que le hacía sombra y que solo desaparecía cuando el muchacho estaba en compañía de sus números. Más que las canicas o los soldaditos de plomo, los números eran sus compañeros de juego. Más que los bastones de caramelo o las ciruelas, los números le hacían salivar. Por muy confuso y desordenado que fuera el mundo, los números, predecibles y pulcros, proporcionaban orden.

Cuando tenía diez años, un hombre orondo y de baja estatura lo paró por la calle y le puso un paquete en los brazos casi a la fuerza. A Jude le sonaba un poco, pero no supo identificarlo. El hombre se llevó un dedo a los labios y luego se esfumó. Una vez en su habitación, por la noche, Jude desenvolvió los libros. Uno de ellos era una antología de poemas de Frost. El otro era un libro de geometría, el mundo desmenuzado hasta quedar reducido a una serie de líneas y ángulos. Alzó la vista y el sol de la mañana le llegó entre los laureles. Más que la sensación de que el libro le había enseñado geometría, tenía la sensación de que le había mostrado algo que ya vivía dentro de él, pero que no había detectado hasta ese momento.

También había una carta. Iba dirigida a Jude, con la letra redonda de su madre. Mientras se sentaba en clase a dividir las horas hasta poder ser libre, mientras preparaba los bocadillos de atún para cenar, mientras cenaba con su padre, quien intentaba corregir a Benny Goodman en la radio, mientras se lavaba los dientes y se ponía un pijama que le iba pequeñísimo, los cuatro ángulos rectos perfectos de la carta lo llamaban. La colocó debajo de la almohada, sin abrir. Durante una semana entera, la carta ardía debajo de todas las cosas, igual que el sol en un día caluroso y nublado cuando se ocultaba pero siempre estaba presente.

Al final, después de haber exprimido al máximo todo lo que podía aprender del libro de geometría, colocó el sobre, todavía sellado, dentro y precintó con celo las tapas. Luego lo escondió entre el colchón y el somier de muelles. Todas las noches, después de rezar sus oraciones, comprobaba que siguiera allí, y con ese consuelo se metía en la cama. Cuando una noche vio que faltaba el celo del libro y la carta había desaparecido, supo que su padre la había encontrado y que no había nada que hacer.

La siguiente vez que vio al hombrecillo orondo por la calle, lo paró. ¿Quién es usted?, le preguntó, y el hombre parpadeó antes de contestar: Tu tío. Al ver que el rostro del niño no traslucía comprensión, el hombre alzó los brazos y exclamó: ¡Ay, ven aquí!, e hizo ademán de abrazarlo, pero Jude ya se había dado la vuelta.

La universidad creció de manera inexorable. Bajo un suministro constante de aire acondicionado, se hinchó y se expandió tragándose la tierra que había entre la ciénaga y los edificios, hasta que los caminos de la universidad se construyeron pegados al terreno de su padre. A partir de entonces, las cenas estaban amenizadas por los vituperios del hombre: ¿acaso no sabía la universidad que sus serpientes necesitaban un hogar, que esa expansión de hectáreas arenosas era uno de los refugios de reptiles más ricos de América del Norte? Nunca vendería, nunca jamás. Estaba dispuesto a matar para conservarlo.

Mientras su padre hablaba, el traidor que había en Jude, el pequeño Judas, soñaba con las cantidades que le habían ofrecido a su padre. Qué simple parecía hacer que el dinero creciera. A diferencia de números de otro tipo, el dinero ya estaba autofertilizado; se duplicaría y volvería a duplicarse hasta que al final formase una masa abrumadora. Jude sabía que, si alguien tenía suficiente dinero, se le acababan las preocupaciones.

Cuando Jude tenía trece años, descubrió la biblioteca universitaria. Un día de verano, alzó la mirada desde una pila de libros en la que había estado hurgando con alborozo (trigonometría, estadística, cálculo, todo lo que había encontrado) y vio a su padre enfrente de él. Jude no sabía cuánto tiempo llevaba allí. Era una mañana húmeda, e incluso dentro de la biblioteca el ambiente resultaba asfixiante, pero su padre no parecía notarlo, se le veía fresco a pesar de la camisa descolorida por el sol y el pañuelo rojo al cuello.

Venga, vamos, le dijo. Jude lo siguió, medio mareado. Solo cuando llevaban dos horas en la furgoneta comprendió que iban a cazar serpientes juntos. Era su primera vez. De pequeño había suplicado a su padre que le dejara ir, pero cada vez que se lo pedía, su padre decía que no, era demasiado peligroso, y Jude no le replicaba que dejar que un chico viviera por su cuenta una semana en una casa llena de veneno y pistolas y con una instalación eléctrica de calidad dudosa era igual de peligroso.

Su padre montó la tienda de campaña y comieron judías de una lata a oscuras. Se tumbaron uno al lado del otro en los sacos de dormir hasta que su padre dijo: Se te dan bien las matemáticas.

Jude contestó: Sí, aunque lo dijo con tanto pudor que parecía una mentira. Algo cambió entre ellos y se durmieron en medio de un silencio con las aristas más suaves que de costumbre.

Su padre lo despertó antes del amanecer y, al salir de la tienda trastabillando, Jude se encontró un café granuloso con leche condensada y nubes de azúcar calientes. Su padre iba en busca de serpientes mocasines, así que le dio a Jude sus botas de agua mientras él empezaba a vadear la ciénaga protegido únicamente por unos vaqueros y unas botas de cuero. Según dijo, le habían mordido tantas veces que ya estaba acostumbrado. Cuando le entregó el palo a su hijo y señaló una brecha negra que se tostaba al sol, el chico tuvo que imaginarse la serpiente como si fuera una línea en el espacio, que no hacía más que unir un punto con otro, para lograr atraparla. La serpiente giró para unir el punto número uno con el número tres hasta formar un vencido ocho, y entonces Jude la depositó en el saco. Trabajaban en silencio, lo único que llegaba a sus oídos era el sonido de la exuberante vida natural de Florida, los pájaros impasibles, el zumbido de los insectos.

Cuando Jude se montó de nuevo en la furgoneta al final de la jornada, le dolían las piernas de tanto esfuerzo como le había costado hacerse el valiente. Bueno, ahora ya lo sabes, dijo su padre con una voz extraña y solemne, y Jude estaba tan cansado que no se molestó ni entonces, ni después, hasta que llegó a la edad de su propio padre, en dar los pasos necesarios para comprender esas palabras.

Su padre empezó a almacenar los ratones que usaba de cebo en el armario de Jude, y para eludir los sentenciados chillidos, el muchacho se unió al equipo de atletismo del instituto. Descubrió su talento en la pista de doscientos metros. Cuando llegó a casa con un trofeo de las competiciones estatales, su padre sujetó un momento el objeto y luego lo apartó.

Sería diferente si dejaran correr a los negros, dijo.

Jude no dijo nada, así que su padre añadió: Dios sabe que no soy amante de esa raza, pero cualquier negro podría vencer a todos los chicos blancos que conozco.

Jude volvió a quedarse callado, pero evitó a su padre el resto de la velada y no le preparó un bistec extra cuando se hizo la cena. Seguía sin dirigirle la palabra cuando su padre se marchó de viaje y transcurrió más de una semana. Jude estaba tan acostumbrado que no se alarmó hasta que se le acabó el dinero y su padre seguía sin regresar.

Alertó a la secretaria de la universidad, quien envió a un grupo de estudiantes al lugar en el que habían visto al padre de Jude. Encontraron al viejo dentro de la tienda de campaña, abotargado, con la lengua fuera y la cara completamente negra; entonces Jude comprendió que incluso las cosas que más amabas podían matarte. Asimiló esta lección hasta metérsela en los huesos, y a partir de entonces pensaba en ella cada vez que tenía que tomar una decisión.

En el funeral, por una especie de retorcida lealtad a su padre, evitó a su tío. No sabía si su madre se había enterado de que se había quedado viuda; pensó que probablemente no. En la escuela, no le contó a nadie que su padre había muerto. Se consideraba una isla en medio del océano, sin esperanza de ver otra isla en la distancia, ni siquiera un barco navegando.

Jude vivía solo en la casa. Dejó que los ratones murieran y luego tiró las serpientes formando unas altas parábolas retorcidas hacia la ciénaga. Restregó la casa hasta dejarla reluciente y consiguió eliminar el hedor a reptil, después puso cera, pintó las paredes y lo pulió todo hasta que la casa fue digna de recibir a su madre. Esperó. Su madre no llegó.

El día que terminó el instituto, Jude empaquetó su ropa, cerró la casa a cal y canto y tomó el tren a Boston. Su tío le había contado que su madre vivía allí, así que cursó la solicitud y lo aceptaron en la universidad de la ciudad. Su madre tenía una librería en un callejón oscuro. Jude estuvo un mes pasando por delante hasta aunar el coraje suficiente para entrar. Ella siempre estaba en la trastienda, o colocando libros en las estanterías, o charlando sonriente con alguien, y Jude notaba un baño de oscuridad en las entrañas y sabía que era el destino, que le decía que hoy no era el día. Cuando por fin entró, fue solo porque la vio sola junto a la caja registradora, y su rostro (ceroso, con bolsas) era tan triste en reposo que al verlo se le borraron todos los pensamientos de la mente.

Su madre se levantó con un llanto mudo y se precipitó hacia él. Él la sostuvo estoicamente. Olía a gatos y la ropa le colgaba como si hubiera adelgazado mucho en poco tiempo. Jude le contó que había muerto su padre y ella asintió y le dijo: Lo sé, cariño, lo soñé.

Su madre no dejó que se marchara. Lo arrastró hasta su casa y le hizo espaguetis a la carbonara y puso sábanas limpias en el sofá para que durmiera allí. Sus tres gatos maullaron junto a la puerta del dormitorio hasta que la mujer volvió a meterse dentro con ellos. En mitad de la noche, Jude se despertó y se la encontró en el sillón, con las manos apretadas y mirándolo con ojos vidriosos. Él cerró los suyos y apretó los puños con fuerza. Se quedó tumbado con el cuerpo rígido, a punto de gritar por la agonía de sentirse observado.

Iba a verla una vez a la semana, pero rechazaba la invitación cada vez que le proponía quedarse a cenar. No podía soportar la densidad ni el retraso del amor de su madre. Todavía estaba en el primer curso de carrera cuando la enfermedad que se había ido filtrando en ella desde hacía tanto se apoderó de su madre y también ella lo abandonó. Ahora estaba solo.

Entonces lo único que le quedó fueron los números.

Más adelante tendría los números pero también la enorme y cautivadora máquina del laboratorio que Jude alimentaba con bolas de papel cuando se equivocada y la motocicleta que le encantaba porque rugía como un demonio. Le asignaron una clase, pero al cabo de un mes lo retiraron de la docencia y le dijeron que estaba más dotado para la investigación. A sus veintilargos, había chicas borrachas y tontas a las que podía seducir sin decir una palabra, porque percibían una especie de peligro latente en él.

Conducía la motocicleta a toda velocidad por las calles heladas. Nadaba por la noche en bahías en las que se habían avistado grandes tiburones blancos. Bajaba como un rayo por pistas de esquí cuando apenas tenía una vaga idea de la mecánica de ese deporte. Bebía tanta cerveza que una mañana se despertó y descubrió que le había salido una barriga tan gorda como la de una embarazada. Se reía para sacudirla, le encantaba ver cómo se bamboleaba. Le resultaba reconfortante, como una almohada infantil aferrada a su cintura todo el día.

Cuando cumplió los treinta, Jude estaba hastiado. Se aficionó a los puentes, a su fuerza tensil, al gélido río que corría debajo. Una resolución fue cobrando forma bajo sus pensamientos, igual que una contusión que se endureciera debajo de la piel.

Y entonces, un día cruzó la carretera sin mirar y la furgoneta de una panadería, llena de blandos bollitos tan esponjosos y calientes que todavía seguían creciendo en las bandejas, lo atropelló. Se despertó con una pierna tan retorcida que no la reconocía, un lado de la boca carente de dientes y la cabeza en el regazo de una mujer que lloraba por él, aunque no lo conocía de nada y él le estaba manchando de sangre toda la falda. Había montañitas de pan caliente desperdigadas a su alrededor. Fue el pan lo que hizo que el dolor regresase a su cuerpo, la profunda calidez y el buen olor. Mordió el bajo de la falda de la mujer para no gritar.

Ella lo acompañó al hospital y permaneció toda la noche con él para impedir que se quedara dormido y pudiera acabar entrando en coma. Era una mujer hogareña, tres años mayor que él, una vendedora de antigüedades de piernas recias que describió su tienda, en una calle tan diminuta que el sol nunca tocaba las ventanas. Se la imaginó en la tienda oscura y silenciosa, deslizándose de un aparador a otro. Cada vez que iba a verlo al hospital, le daba de comer arroz con leche y le cepillaba el pelo indomable con cuidado hasta que le quedaba liso en la coronilla.

Una noche, Jude se despertó sobresaltado: las estrellas brillaban furiosas por la ventana del hospital y alguien respiraba dentro de la habitación. Notó un peso en el pecho y, cuando bajó la mirada, descubrió la cabeza durmiente de la mujer. Por un momento no supo quién era. Cuando por fin la identificó, la sensación de desconocimiento había calado en él. Nunca la conocería de verdad; conocer a otra persona era algo inalcanzable, una nube. Nunca podría empezar siquiera a aprehender en su mente a otra persona como si fuese una ecuación, pura y completa. Se concentró en la parte del pelo fino de ella, que a oscuras y tan de cerca parecía un montón de puntadas torpes sobre cera blanca. Contempló esa parte hasta que el horror se disipó, hasta que su olor, el amargor del pelo sucio, el jabón de lavanda con que se lavaba la cara, llegó a él, y apoyó la nariz contra el calor de ella para aspirarla.

Al amanecer, la mujer se despertó. Tenía la mejilla marcada con las arrugas del camisón hospitalario de él. Lo miró con pasión y él se echó a reír, así que ella se limpió la saliva reseca de la comisura de los labios y se dio la vuelta, como decepcionada. Se casó con ella porque no hacerlo había dejado de ser una opción durante la noche.

Mientras Jude aprendía a caminar de nuevo, le llegó una carta de la universidad de Florida en la que le hacían una oferta tremenda por las tierras de su padre.

Así pues, en lugar de ir de viaje de novios a las Mil Islas, con los pinos y el agua fría y el biquini de su esposa apretándole las carnes blancas, cogieron un tren nocturno que bajaba a Florida y caminaron a pesar del calor hasta la periferia del campus universitario. Donde él recordaba vastos montes de robles, había ahora edificios rectangulares de ladrillo. Los estanques con musgo eran ahora aparcamientos.

Solo la propiedad de su padre, cuarenta hectáreas, seguía superpoblada de palmeras enanas y viñas. Sacudió los insectos rojos de los funcionales pantalones de lona con bolsillos de su mujer y la condujo a casa de su padre. Las termitas habían cincelado largos túneles en los tablones del suelo, pero la robusta casa de estilo *cracker* había logrado mantener a raya la mayor parte de la naturaleza desbocada. Su esposa tocó la repisa de la chimenea hecha de duramen de pino y se volvió hacia él con alegría. Más tarde, cuando Jude regresó a casa con una caja de verduras y encontró la cocina limpia y recién barrida, oyó tres golpetazos en la planta superior y corrió para descubrir que ella había matado a una serpiente negra en la bañera con el talón descalzo y se reía asombrada de su propia gesta.

Qué magnífica le resultaba, una valkiria, medio desnuda y guerrera con la serpiente muerta a sus pies. En su cuerpo, la culminación de todas las cosas. No se lo dijo, por supuesto; no podía. Se limitó a alargar el brazo y ponerle las manos encima.

Por la noche, ella rodó hacia su esposo en la cama y enroscó los pies en sus tobillos. De acuerdo, dijo. Podemos quedarnos.

Yo no he dicho nada, contestó él.

Y ella sonrió con cierta amargura y dijo: Bueno, nunca dices nada.

Trasladaron sus cosas a la casa en la que él había nacido. Pusieron aire acondicionado, renovaron la estructura, hicieron grandes ampliaciones. Su mujer abrió una tienda y viajó en coche hasta Miami y Atlanta para llenarla de antigüedades. Él fue vendiendo las tierras de su padre, pero despacio, en parcelas pequeñas, a unos precios que ascendían vertiginosamente con cada venta. Los números vivían dentro de él, lo calentaban, le proporcionaban una frenética clase de júbilo. Jude hizo unas inversiones tan astutas que cuando su mujer y él tenían treinta y tantos años, abrió una botella de vino y anunció que ninguno de los dos tendría que volver a trabajar jamás. Su mujer se rio y bebió el vino, pero continuó con la tienda. Cuando ya casi era demasiado vieja para concebir, tuvieron una hija y le pusieron el nombre de la madre de Jude.

Cuando este sostuvo a la recién nacida en brazos en casa por primera vez, comprendió que nunca se había sentido tan aterrado por nada como por esa masa de carne moteada. Qué fácil era quebrarla sin querer. Se le podía escurrir de las manos y romperse en pedazos en el suelo; podía provocarle una pulmonía mientras la bañaba; podía decir algo terrible si estaba furioso y la niña se marchitaría. Todos los errores que podía cometer se desplegaron ante él. Su mujer vio que se ponía pálido y le quitó a la recién nacida de los brazos justo antes de que Jude se desplomara. Cuando recuperó el sentido, su mujer estaba lívida pero tranquila. Aunque él protestó, ella volvió a ponerle a la niña en brazos.

Inténtalo otra vez, le dijo.

Su hija creció, fuerte y rubia como su esposa, pero sin una pizca de la genialidad de Jude para los números. Le resultaban tan secos como las galletas en la boca; prefería la música y la lengua. Se alegró por ella. Así amaría de un modo más moderado, más expresivo. Pese a que no le hacía carantoñas como la madre, seguía considerándose un buen padre: nunca le pegaba, nunca la dejaba sola en la casa, le decía cuánto la quería mediante regalos, le proporcionaba todo lo que imaginaba que la niña podría querer. Era un padre callado, pero estaba seguro de que su hija comprendía el alcance de su corazón.

Y sin embargo, su hija nunca se cansaba de poner una expresión singularmente irritante, todavía más tensa cuando competía, una expresión que mostró por primera vez el día en que, siendo muy pequeña, se puso a buscar huevos de Pascua con otros niños. Apenas podía andar con los pololos manchados de hierba, pero incluso cuando los demás niños se resguardaron del sol de Florida a la sombra para comerse el botín de chocolate, la hijita de Jude siguió yendo y viniendo en busca de huevos, escondidos con tanta astucia entre las palmas de sagú que no habían sabido encontrarlos en la primera búsqueda frenética. Fue apilándolos en el regazo de su padre hasta que no cupieron más, y cuando este le dijo muy en serio que ya bastaba, se puso a chillar.

Su tío gordo y viejo fue a cenar a su casa un día, luego pasó a visitarlos una vez a la semana y luego se hicieron amigos. Cuando el tío murió de un aneurisma mientras daba de comer al canario, le legó a Jude su colección de chaquetas de esmoquin apolilladas y las fotos familiares en recargados marcos.

La universidad creció alrededor de la parcela con las últimas cuatro hectáreas de Jude, un cojín protector entre la antigua casa y el resto del mundo. Cuanto más construían alrededor de su retazo de tierra, menos serpientes veía Jude, hasta que dejó de darle aprensión caminar descalzo por el gramón para sacar la basura hasta el borde del camino. Construyó una verja alrededor de su terreno y se reía de las ofertas de la universidad, advirtiendo desesperación en aquellas cifras cada vez más infladas. Pensaba en sí mismo como en el virus de la célula activa, latente, paciente. Los arroyos que daban a la ciénaga quedaron aislados por las construcciones de la universidad, de modo que esta se convirtió en un lago pequeño, en el que Jude instaló unas máquinas de pompas de jabón para ahuyentar a los mosquitos. Había caimanes, a veces bastante grandes, pero puso una valla invisible y se aseguró de que los perros de la familia nunca se acercaran demasiado al borde del agua para impedir que los engulleran. Los caimanes se limitaban a observarlos desde la orilla.

Y entonces, un día, Jude se despertó con la sensación de que una cúpula de cristal había caído sobre él. Se duchó con una sensación de incomodidad, se quedó un rato sentado en el borde de la cama. Cuando su esposa fue a decirle algo, observó con confusión la forma en que su boca se abría y se cerraba como un pez, sin emitir sonidos.

Creo que me he quedado sordo, dijo, y no llegó a oír sus propias palabras, sino que percibió cómo vibraban en la caja del cráneo.

El médico lo sometió a pruebas y más pruebas, pero nadie comprendía qué le había ocurrido en el cerebro o los oídos. Le pusieron un audífono que convertía las conversaciones en un burbujeo submarino. La mayor parte del tiempo lo llevaba apagado.

Por la noche iba a la cocina oscura en busca de un anhelado pollo al curry, de cebolla cruda o de melocotones en conserva, sabores fuertes y sencillos que le recordaran que seguía ahí. Se encontraba con su hija en la isla de la cocina, con su encantadora cara agria iluminada por la pantalla. Ella lo miraba con el ceño fruncido y volvía a fijarse en la pantalla para mostrarle lo que había descubierto: implantes de cóclea, rehabilitación audiológica, milagros.

Pero no había nada apto para él. Estaba condenado. Tomó la cena de Acción de Gracias conteniendo las ganas de llorar encima de los boniatos asados. Su familia se había reunido ante él, su esposa y su hija y sus mejores amigos y los hijos de estos, y los veía reírse, pero no oía las bromas. Ansiaba que alguien alzara la mirada, lo viera a la cabecera de la mesa, alargara el brazo y le diera unas palmaditas en la mano. Pero todos estaban demasiado contentos. Se embutían el tenedor rebosante en la boca sin parar y lo dejaban limpio. Pinchaban la carne del pavo, pescaban las nueces del pastel de hojaldre.

Después de cenar, con un cosquilleo en los brazos a causa del agua caliente de fregar los platos, Jude se sentó con los demás a ver el fútbol y se reclinó en el sillón con los pies en alto, y todos los niños se durmieron a su alrededor en el sofá, y él fue el único que permaneció sentado, en vigilia, y observó cómo dormían.

El día que su hija se fue a estudiar a la Universidad de Boston, su mujer se marchó con ella.

Pronunció marcando mucho las palabras para que la entendiera: ¿Te las arreglarás cuatro días solo? ¿Podrás cuidar de ti mismo?

Y él dijo: Sí, claro. Soy un adulto, cariño mío, pero por la mueca que hizo ella supo que lo había dicho demasiado alto. Jude cargó las maletas de ambas en el coche, y su hija lloró en sus brazos y él le besó una y otra vez en la coronilla. Su esposa lo miró con preocupación pero también le dio un beso y se montó en el vehículo. Y entonces, igual de silencioso que todo lo demás, el coche se puso en marcha.

La casa se le hizo inmensa. Se sentó en el estudio, que había sido su dormitorio de la infancia, y le pareció ver el lugar tal como era antes, austero y lleno de serpientes, en la parte más alta de la casa, con su mármol y sus paredes brillantes y las lámparas de riel por encima de la cabeza.

Esa noche se puso a esperar, con el audífono sintonizado tan fuerte que empezó a emitir agudos pitidos que le hacían daño. Buscaba el dolor. Se quedó dormido viendo una serie que, sin sonido, se reducía a unas personas de aspecto raro que ponían expresiones muy exageradas, y cuando se despertó vio que apenas eran las ocho de la tarde y le dio la impresión de haber estado siempre solo.

No sabía que echaría de menos el pesado cuerpo de su mujer en la cama junto a él, los bocadillos que preparaba (con demasiada mayonesa, aunque nunca se lo decía), el olor de su gel en el cuarto de baño húmedo por las mañanas.

La segunda noche se sentó en la negra densidad del porche y contempló el lago que había sido una ciénaga. Se preguntó qué habría ocurrido con los reptiles de allá fuera, adónde habrían ido. Solo en la oscuridad, Jude deseó poder oír el bullicio nocturno de la universidad a su alrededor, los gritos de los estudiantes borrachos, el rasgueo del bajo, el ruido de los partidos de fútbol en el estadio que tanto irritaban a Jude y a su esposa en el pasado. Pero podría haber estado en cualquier parte, en medio de cientos de kilómetros de erial, de tan silenciosa como era la noche para él. Incluso los mosquitos parecían haber disminuido de algún modo. De niño, a esas alturas ya se habría convertido en una única picadura gigante.

Incapaz de dormir, se subió al tejado para aplanar la cañería que había quedado abollada en el centro al caérsele encima una rama de roble. Gateó entre las planchas de amianto, todavía calientes del día, para arreglar el tapajuntas de la chimenea. Desde allí arriba, la universidad se desplegaba en espiral a su alrededor, y bajo las farolas un grupo de chicas que aspiraban a entrar en una hermandad subían lentamente con sus llamativos vestidos ajustados y tacones por la colina, en fila india, como las hormigas.

Bajó a regañadientes al amanecer y se llevó una lata de atún y una jarra de agua fresca a la orilla del lago, donde le dio la vuelta a la barca de aluminio que su esposa le había comprado unos cuantos años antes, con la esperanza de que se aficionara a la pesca.

¿Pescar?, había dicho él. No he ido de pesca desde que era un crío. Entonces pensó en todos aquellos sábalos, lucios y róbalos que su padre cocinaba con los limones del limonero que había junto a la puerta de atrás y él se comía sin dedicarle ni el menor cumplido. Debía de haber hecho un mohín al recordarlo, porque su esposa se dio por vencida.

Creí que te iría bien tener una afición, le había contestado ella. Si no te gusta pescar, búscate otro entretenimiento. O lo que sea.

Jude le había dado las gracias, pero nunca había tenido tiempo de usar ni la caña ni la barca. Ahí estaba, con su reluciente barriga palideciendo bajo diversas capas de polen. Ahora era el momento. Estaba ansioso de algo indefinible, algo que pensaba que había dejado atrás mucho tiempo antes. Pensó que tal vez podría encontrarlo en el lago.

Empujó la barca hacia el agua y empezó a remar. No había viento y el sol ya era abrasador. El agua estaba caliente y densa por las algas. Una garza se alzaba sobre una pata entre los cipreses. Algo grande saltó y describió unos círculos que se extendieron hacia la barca, haciendo que esta se meciera levemente. Jude intentó ponerse cómodo pero estaba sudando, y además los mosquitos lo olieron y revolotearon en una nube. El silencio era escalofriante, porque Jude recordaba que el lago era un tupido tapiz de sonidos, los silbidos y zumbidos de las grullas de las dunas, las cigarras, los búhos, los misteriosos gritos infrahumanos demasiado distantes para ser identificados. Sentía deseos de conectar con algo, algo que había perdido, pero no estaba allí.

Se rindió. Sin embargo, cuando se enderezó para remar de vuelta, ambos remos se soltaron de los enganches y se alejaron flotando. Quedaron a unos tres metros de distancia, enredados en las lentejas de agua.

La espesura del agua ocultaba su peligro, pero Jude sabía que estaba allí. Estaban los caimanes, con sus ojos saltones que lo vigilaban en ese preciso instante. El otro día, desde el dormitorio había visto uno con los prismáticos que medía por lo menos cuatro metros. Ahora lo percibía cerca, en algún lugar. Y aunque aquello había dejado de ser una pradera, continuaba habiendo algunas víboras, mocasines de agua, serpientes enanas bajo las hojas podridas de la orilla del lago. Estaba el agua misma, tan recalentada que albergaba flagelados que entran por la nariz e infectan el cerebro, una infinidad de seres minúsculos que te devoran. Estaba el calor ardiente y los mosquitos que se alimentaban de tu sangre. Estaba el silencio. No nadaría en aquel terrorífico caos. Agitado, se puso en pie y notó que la barca se deslizaba unos cuantos centímetros bajo sus pies, así que se sentó de golpe, aferrándose a la borda. Estaba a treinta metros de la orilla en un día sin un soplo de brisa. El viento no lo propulsaría hasta el borde. Allí se quedaría atascado para siempre; su esposa regresaría dos días más tarde y encontraría su cadáver flotando en la barca de pesca. Bebió un poco de agua para tranquilizarse. Cuando decidió recordar algoritmos atesorados en la mente, sintió que habían perdido su sabor.

Ahora solo había pájaros silenciosos y sol y mosquitos; abajo, un mundo de escurridizos depredadores. En la delicada panza de la barca, estaba solo. Cerró los ojos y notó que el corazón le latía en los oídos.

Nunca había tenido tiempo de dejarse apresar por la duda. Ahora lo único que tenía era tiempo. Las horas goteaban una tras otra. Empezó a sudar. Estaba mareado. El sol apretaba cada vez más y no había alivio posible, ni rastro de sombra.

Jude se quedó adormilado, y cuando despertó, supo que si abría los ojos vería a su padre sentado en la proa, fulminándolo con la mirada. Qué hijo tan terrible era Jude, un Judas que había arruinado lo que su padre amaba más que a nada. El miedo atávico se despertó en él y tragó lo mejor que pudo con la garganta seca. No abriría los ojos, no le daría esa satisfacción al viejo.

Márchate, le dijo. Déjame en paz. En su cabeza, la voz era solo un retumbar.

Su padre esperó, paciente y callado, una densa masa oscura en el extremo de la barca.

No soy como tú, papá, dijo Jude más tarde. Yo no prefiero las serpientes a las personas.

El sol empezó a declinar; el ambiente olía igual que su padre. Jude respiró por la boca.

Aún más tarde, añadió: Eras un hombre asqueroso e infeliz. Y siempre te he odiado.

Pero le pareció demasiado duro, así que añadió: No lo decía del todo en serio.

Pensó en ese lago. Pensó en cómo vería su padre la vida de Jude. Semejante ecosistema tan delicado, calibrado con tal precisión que había terminado destruido por la cuidadosa parcelación del amor, de la tierra, por parte de Jude. La avaricia, la fagotización de la universidad. Aquellas criaturas escamosas, muertas. El asombro en la voz de su padre el día aquel que habían salido a cazar mocasines de agua; el amor nítido y reluciente que creció dentro de Jude, tanto tiempo atrás, cuando amaba los números. La promesa de Jude no se había cumplido, las elecciones no habían sido pasionales. Jude se había mantenido a salvo.

Y a pesar de todo, ahí estaba. Solo igual que su padre cuando murió en aquella tienda de campaña. Aislado. Achicharrado. Viejo.

Con desesperación se planteó echarse a bucear en las peligrosas aguas, y pensó que probablemente merecía que lo mordieran las alimañas. Pero entonces el viento se despertó y empezó a empujarlo por el lago, hacia su casa. Cuando abrió los ojos, su padre no estaba con él, pero la casa se alzaba por encima de la proa, destartalada, demasiado grande, el refugio de una persona loca. Apartó la vista, incapaz de soportar la estampa. El sol se esfumó. A pesar del dolor, de las ampollas y quemaduras en la piel de las piernas y los brazos, a pesar de los inmensos habones de las picaduras de mosquito que tanto le escocían, luego se dio cuenta de que había debido de quedarse dormido porque, cuando volvió a abrir los ojos, las estrellas habían salido y la barca empujaba contra la orilla.

Con los huesos doloridos, se puso en pie y se tambaleó hasta el borde del lago.

Y entonces algo blanco y grande fue corriendo hacia él y, como había pasado el día entero sentado junto al fantasma de su padre, comprendió que eso también era un fantasma y levantó la cabeza para mirarlo, con calma y mentalizado. Las luces de la casa brillaban a la espalda del ser, que tenía un halo dorado alrededor. Sin embargo, la silueta se detuvo justo delante de él y Jude vio, sobresaltado, que era su esposa, y que el halo era su encrespado pelo canoso que captaba la luz, y entonces supo que debía de haber regresado antes de tiempo, se dio cuenta de que le tendía una mano, le ponía la suave palma en la mejilla y le decía algo que siempre sería un misterio para él, pero por el modo en que sonreía, supo que lo estaba reprendiendo con cariño. Dio un paso más hacia su mujer y apoyó la cabeza en el hueco de su cuello y expulsó lo inadecuado de la situación, para inspirar el amor y la grasa de los viajes de ella, y supo que había tenido suerte y que había escapado de la hambrienta oscuridad una vez más.

Los perros se vuelven lobos

Llegó la tormenta y borró la tranquilidad.

Bueno, pensó la hermana mayor, una isla nunca está tranquila del todo. Incluso sin la tormenta, había olas y viento y aires acondicionados y generadores y animales que se desplazaban por ahí en la oscuridad.

Lo que había borrado la tormenta había sido el silencio de la otra cabaña. Hacía horas que no se oían risas, ni corchos de botella, ni rastro de la algarabía a la que las niñas se habían acostumbrado durante los dos días anteriores.

Era porque ya no quedaban adultos. Las habían dejado solas en la isla a las dos chiquillas. De cuatro y siete años. Qué cositas tan lindas, les decían los desconocidos. ¡Un par de muñequitas! Tenían la misma cara que su madre, eran clavadas. Fulanas en potencia, decía bromeando su madre, pero las vigilaba ansiosa con el rabillo del ojo. Era una buena madre.

Por lo menos el peludo perro blanco había dejado de gemir. Se había acercado lentamente hasta quedar junto a la cama de las niñas, pero cuando habían intentado acariciarlo, les había dado un zarpazo en la mano. El animal se veía dividido entre su odio hacia los niños y su odio hacia la salvaje tormenta que atronaba fuera.

La hermana mayor dijo: Había una vez una…

… princesa, añadió la hermana menor.

Coneja, dijo la hermana mayor.

Una princesa coneja, dijo la menor.

Había una vez una diminuta coneja morada, dijo la hermana mayor. Un hombre la vio y la atrapó con su red. La familia de la coneja trató de impedírselo, pero no pudo. El hombre fue a la ciudad y llevó a la coneja a una tienda de animales y la puso en una caja en el escaparate. La gente se pasaba el día metiendo la mano para tocar a la coneja morada. Al final, entró una niña que la compró y se la llevó a casa. Entonces las cosas mejoraron para el animal, aunque seguía echando de menos a su familia. Fue creciendo y dormía en la cama con la niña, pero se pasaba el día mirando por la ventana, muy triste. Empezó a olvidar que era una coneja. Un día, la niña le puso una correa y salieron al parque. La coneja levantó la vista y vio a otra coneja que la observaba desde el lindero del bosque. Se miraron la una a la otra durante tanto tiempo que al final recordó que no era una niña sino una coneja y que la otra coneja era su propia hermana. La niña era amable con ella y la alimentaba, pero la coneja miró a su hermana y supo que era su única oportunidad. Se zafó del collar de la correa y corrió con todas sus fuerzas por el campo, hasta que su hermana y ella se adentraron saltando en el bosque. La familia de la coneja se alegró muchísimo de verla. Hicieron una fiesta, bailaron, cantaron y comieron col y zanahorias. Fin.

La hermana menor se había quedado dormida. Las dos cabañas de pescadores se mecían sobre los postes de madera, el muelle chocaba contra la orilla, el viento hablaba entre las rendijas de los marcos de las ventanas, las palmeras se zarandeaban, las olas bramaban y rompían con furia. La hermana mayor abrazó a su hermanita.

Durante toda la noche, la isla y ella se quedaron despiertas, la isla porque nunca dormía, la niña porque sabía que solo su fiera atención las mantendría a salvo.

Antes de que las dejaran solas en el campamento pesquero de la isla en medio del océano, estaban Joe el Fumeta y Melanie. Eran un par de desconocidos para las niñas. Él llevaba una bandana roja por encima de las cejas. Ella camisas que no lograban contener toda su carne.

La niña de más edad sabía que los dos adultos estaban nerviosos, porque no paraban de fumar y discutir cuchicheando mientras las chiquillas veían *Blancanieves* una y otra vez. Era la única cinta que tenían. Por la tarde, Joe el Fumeta llevó a las niñas a dar un paseo al estanque que había en el centro de la isla. Era un sitio raro. Más allá de la bahía de arena donde estaban el muelle y la cabaña, el terreno se volvía agreste, con una especie de piedra esponjosa y árboles que parecían encogidos y azotados por el viento.

Tened cuidado, les dijo. Hacía mucho tiempo, habían rodado una película de Hollywood allí y unos monos se habían escapado. Si os acercáis, os arrancarán el pelo y os robarán la comida del plato y os tirarán caca a la cabeza. Lo decía en broma, o tal vez no. Costaba saberlo.

Las niñas no vieron ningún mono, pero sí unas inmensas cucarachas apestosas, una serpiente ratonera que tomaba el sol en el camino de arena y varios pájaros blancos de cuello largo que Joe el Fumeta llamaba ibis.

En la cabaña, Melanie les dio hamburguesas sin ketchup ni pan y les dijo que no tocaran al perro porque era un mamón ingrato. La hermana menor no hizo caso y, de pronto, tenía el brazo lleno de sangre. Melanie se encogió de hombros y comentó: Ya te lo dije. La mayor cogió una de las compresas maxi de su madre del neceser y la envolvió, con la parte adhesiva hacia fuera, alrededor del brazo de su hermana.

Joe el Fumeta se pasó toda la tarde sentado bajo la palmera lila de dedos de plátano, verdes y con protuberancias. Escuchaba la radio Banda Ciudadana. Al final se levantó y llamó a Melanie a gritos. Esta salió corriendo, los pechos y la barriga se le movían en todas las direcciones imaginables debajo de la camisa. La hermana mayor oyó que Joe el Fumeta decía: Es más seguro dejarlas.

Melanie asomó la cabeza por la puerta de la cabaña para mirar dentro. Estaba pálida debajo del bronceado de tono naranja.

Les dijo: Quedaos aquí. Si aparece alguien, de ningún modo os vayáis con ningún hombre. Chicas, escuchadme. Quedaos aquí, sed buenas. Mandaré a una señora a que pase a recogeros dentro de unas horas.

Las niñas salieron y vieron que Joe el Fumeta y Melanie corrían por el muelle. Melanie gritaba el nombre del perro, pero este se quedó quieto y no la siguió. Y entonces Joe soltó amarras y Melanie saltó al barco en el último momento. Una pierna se le quedó colgando en el agua, luego la levantó, la subió por la borda y se alejaron a toda velocidad.

Antes de eso, exactamente un día antes de que Joe el Fumeta y Melanie dejaran a las niñas solas en la isla, su madre había ido a verlas a su propia cabaña. Iba vestida muy guapa y olía igual que un jardín. Su novio Ernesto y ella se iban a dar una vuelta en el barco de Ernesto, les dijo. Solo estaremos fuera un par de horas, ositos míos. Las abrazó muy fuerte, tenía los ojos maquillados con sombra azul y las pestañas tan densas y largas que era un milagro que pudiera ver. Les dejó la marca de unos besos rojos en las mejillas.

Pero las horas fueron pasando y no había ni rastro de ella. Cuando cayó la noche, las niñas tuvieron que dormir en el suelo de la cabaña de Melanie y Joe el Fumeta, y ellos dos se pasaron la noche cuchicheando detrás de la puerta del dormitorio.

Y dos días antes de eso, su madre había ido a la habitación de las niñas en Fort Lauderdale en plena noche y había metido de cualquier manera unas cuantas cosas suyas en una bolsa mientras les decía: ¡Nos vamos de excursión en barco, preciosas! Ernesto nos hará ricas, y se echó a reír. Su madre estaba tan guapa que sencillamente irradiaba luz. Antes de que hubiera amanecido siquiera, ya estaban en el barco de Ernesto, avanzando a toda máquina en la oscuridad. Y entonces habían llegado a esa islita y los adultos se habían pasado todo el día y toda la noche hablando en la otra cabaña, y su madre les había parecido salvaje por dentro y ruborizada por fuera.

Y antes de que apareciera Ernesto, muchas noches antes que él, su madre solía llegar a casa a las tantas, muy alterada. Normalmente les preparaba la cena a las niñas y después dejaba a la pequeña al cargo de la mayor; era esta quien se aseguraba de que la pequeña se lavara los dientes y quien le leía un cuento antes de dormir. La mayor nunca dormía en su propia cama, se limitaba a quedarse junto a su hermana hasta que su madre volvía a casa. Algunas veces, cuando la madre entraba, despertaba a las niñas y las hacía levantarse en camisón, con la noche todavía pegada a las ventanas y los aspersores salpicando en el jardín, y olía a vodka, humo y dinero, y ponía música a un volumen atronador y las tres empezaban a bailar. Su madre fumaba y freía unos huevos y unas tortitas que acompañaba con helado de fresa. Les hablaba de las otras mujeres con quienes trabajaba: idiotas, las llamaba. Furcias. No se fiaba de las demás mujeres. Eran todas unas perras que te daban puñaladas traperas y que te robarían antes de ayudarte. Le gustaban los hombres. Los hombres eran fáciles. Con los hombres, las cosas estaban claras. Las mujeres eran demasiado complicadas. Siempre andabas a tientas. No podías darles ni un dedo, porque acababan destrozándote, decía.

Antes de que acabar bajo el sol abrasador de Fort Lauderdale, habían estado en Traverse City, de donde la hija mayor solo recordaba las cerezas y los dedos congelados.

Antes de Traverse City, fue San José, con sus enormes plantas de aloe vera y la lavandería debajo de su apartamento que no paraba de hacer ruido en todo el día.

Antes de San José, Brookline, donde la hermana menor llegó a sus vidas envuelta en una mantita de rayas azules y rosas, un gorrito con forma de tricornio.

Antes de Brookline, Phoenix, donde vivieron con un hombre que podría haber sido el padre de la hermana menor.

Antes de Phoenix, era demasiado pequeña para recordarlo. O a lo mejor no había nada.

La mañana estaba tan despejada que casi resultaba molesta. Una vez, en la tienda benéfica Goodwill, su madre había encontrado una copa que repasaba con la uña, y la copa cantaba con una voz aguda y perfecta. La luz del sol era igual después de la tormenta.

No había nadie para decirles que no lo hiciesen, así que comieron gelatina de uva a cucharadas para desayunar. Volvieron a ver el vídeo de *Blancanieves*.

El perro gimoteó junto a la puerta. Tenía una canastilla mullida en el cuarto de baño donde hacía sus cosas. Melanie es una vaga redomada, murmuró su madre la primera vez que vio la canastilla. Qué puta vaga. Pero a lo mejor el perro necesitaba que le diera el aire, pensó la hermana mayor. Se levantó y le puso la correa de color rosa y lo llevó afuera. El perro bajó los peldaños de la entrada tan rápido que la correa se le escurrió de las manos. El animal se volvió para mirar a la niña y esta vio el mecanismo que se accionaba en su mente canina; luego salió disparado hacia el bosque. Ella lo llamó varias veces, pero no regresó.

Volvió adentro, pero no le dijo a su hermana lo que había ocurrido. Por fin, a la hora de la cena (atún y tostaditas con queso), la pequeña miró alrededor y preguntó: ¿Dónde está el perro?

La mayor se encogió de hombros y dijo: Creo que se ha escapado.

La hermana menor se puso a llorar y ambas salieron con un cuenco de agua y una lata de atún. La abrieron y llamaron y llamaron al perro. Este salió trotando del bosque. Tenía palos enredados en el pelaje y barro en el vientre, pero parecía feliz. No se acercó a las niñas ni por asomo, se limitó a gruñirles hasta que entraron en la cabaña y entonces las vigiló a través de la puerta mosquitera mientras engullía la comida. La hermana mayor salió de repente para intentar agarrarlo de la correa, pero el animal corrió como un rayo y volvió a desaparecer.

La pequeña no paró de llorar hasta que su hermana sacó las galletas de Melanie. No toquéis mis malditas Oreos, les había dicho, pero ahora ya no estaba allí para gritarles. Se las comieron todas.

De madrugada oyeron un ruido terrible, como de una trituradora, y salieron con linternas y miraron en el aparato de aire acondicionado y vieron que una serpiente marrón había caído dentro desde una palmera; cada vez que las aspas giraban, un milímetro más de la serpiente quedaba engullido por el ventilador. Observaron cómo se disolvía la serpiente trocito a trocito, hasta que la piel cayó entera hacia un lado y quedó tirada en el suelo, sin una pizca de carne.

Las niñas se despertaron pegajosas y acaloradas. El aire acondicionado se había muerto en algún momento antes del amanecer.

La mayor pensó que la serpiente lo había estropeado, pero resultó que nada más funcionaba (ni la luz, ni la bomba de agua, ni la nevera) y entonces comprendió que era el generador. La chiquilla salió y le dio una patada al aparato. Descubrió un agujero por donde entraba el gasoil y miró hacia el interior con la linterna.

Nos hemos quedado sin gasoil, le dijo a su hermana, que volvía a chuparse los dedos, como hacía cuando era un bebé.

Arréglalo, dijo la hermana menor, me muero de calor. Pero aunque miraron y remiraron, no había más combustible. Cuando la mayor intentó tirar de la cadena, tampoco funcionó. Cuando la cabaña empezó a oler mal a causa del retrete y de la cesta del perro, regresaron a la otra cabaña, donde las cosas de su madre todavía estaban en los armarios y el tocador. Se acostumbraron a ir al baño fuera.

En su cabaña no quedaba comida, así que rapiñaron todo lo que encontraron en la de Melanie y Joe el Fumeta. Guisantes congelados, que comieron como si fuesen palomitas, una ración de comida precocinada, que abrieron y dejaron fuera para el perro. Un taco de queso y mostaza amarilla. Pan blanco, más queso pero cremoso, una lata de judías. Bourbon y puros que olían como un cajón de especias.

Por la tarde se pusieron la ropa de su madre, su maquillaje. Parecían versiones diminutas de ella, ambas, aunque a la hermana menor no le hacía falta tomar el sol para estar morena.

La mayor leyó todo lo que pudo a su hermanita. Había un libro grueso, amarillento e hinchado, encima de la mesilla de noche de Melanie. En la portada salía un hombre con un hacha al hombro, pero sin camiseta. Leyó la caja de cereales que encontró hurgando en la basura. Leyó las revistas viejas de la mesita de centro.

La niña de más edad supo que se habían quedado sin agua cuando les entró sed e intentaron abrir el grifo. Durante un buen rato no hizo caso de la sed, hasta que notó la garganta rellena de algodón y se cansó de oír quejarse a su hermana.

Anochecería al cabo de una media hora. El sol ardía en el borde del océano.

La hermana mayor suspiró. Creo que tendremos que ir al estanque, dijo.

La menor empezó a llorar. Pero ¿y los monos?, dijo.

Haremos mucho ruido. No nos harán nada si estamos juntas, le contestó la mayor, y caminaron muy rápido, de la mano, hasta el estanque. Regresaron con el crepúsculo. Las niñas vieron un fogonazo blanco en el bosque, y la pequeña se asustó tanto que se le cayó el cubo y derramó la mitad del agua, y corrió despavorida hasta la cabaña, que cerró de un portazo. La hermana mayor lloró de rabia y tuvo que volver cargando con los dos cubos. Por pura maldad, no le dejó beber a su hermanita hasta que metió el agua en una cazuela y la colocó encima de la parrilla de carbón para que hirviera, cosa que tardó muchísimo, tanto que la luna se puso gorda y brillante en el cielo.

Por la mañana, la mayor le deshizo las trenzas a su hermana y el pelo de la pequeña se expandió en una hermosa nube oscura.

Cogieron el único cuchillo que había, un cuchillo para carne, y tallaron el extremo de unos palos para hacerles punta, y así se adentraron en el agua fresca y poco profunda para pescar, porque pronto necesitarían encontrar comida. Pero el agua estaba tan buena y los peces eran tan pequeños que abandonaron las lanzas improvisadas y se pasaron la mañana nadando.

Se pintaron las uñas de las manos con esmalte que habían encontrado en el botiquín de Melanie. Luego se pintaron las de los pies, después se pusieron tatuajes temporales de corazones en los bíceps, pero la piel les picaba tanto que se los rascaron hasta borrarlos por completo.

Encontraron una barra de caramelo en una mesilla de noche, luego una revista guarra debajo de la cama de Joe el Fumeta. Una mujer le lamía una perla húmeda de la piel íntima y rosada a otra mujer.

¡Puaj!, dijo la hermana mayor, y tiró la revista, pero la hermana menor hizo los ruidos que hacía su madre cuando estaba en la cama con sus novios. Luego se puso a llorar. Al principio, se limitó a negar con la cabeza cuando su hermana le preguntó por qué lloraba. Al final reconoció: Echo de menos al perro.

Nadie puede echar de menos a ese perro, pensó la hermana mayor.

¿Cómo pudo abandonarlo Melanie?, preguntó la menor.

Entonces la hermana mayor pensó: Ah.

Vamos a la caza del perro, dijo.

Cogieron el cuchillo de la carne, unos prismáticos, una botella vieja de whisky con la poca agua hervida que les quedaba y un sombrero de panamá gigante que habían encontrado en un armario. Se lo puso la hermana mayor, porque no paraban de salirle ampollas por el sol. Tomaron el resto de las tostaditas y se rociaron con lo que quedaba del spray antiinsectos Skin So Soft de Melanie.

La hermana menor volvía a estar contenta. Era la primera hora de la tarde. No hacía viento y el calor asfixiante del claro aflojó cuando se adentraron en el bosque. Canturreaban el nombre del perro mientras caminaban. La hermana mayor escudriñaba las ramas con nerviosismo en busca de monos.

En medio del estanque vieron una inmensa garza gris, inmóvil, como una escultura. Había nudos de ciprés, como estalagmitas, en las partes menos profundas.

En la orilla más alejada del estanque había una pequeña barca de remos de madera vuelta del revés. Era de un azul laminado. La hermana mayor le dio una patada y se preguntó cómo podría arrastrarla por el bosque hasta la cala y el muelle. Entonces se preguntó cómo podía estar segura, una vez que la hubieran echado al agua, de que flotarían hacia tierra firme y no hacia el mar de un azul intenso. Quizá fuera mejor limitarse a esperar la llegada de la señora que se suponía que iba a enviar Melanie.

Cuando levantó la mirada, su hermanita había desaparecido. Notó que el corazón se le salía del cuerpo. Primero llamó a su hermana y luego chilló su nombre una y otra vez.

Oyó una risa a su espalda y su hermana surgió de detrás de una piedra partida que formaba una cueva invisible de poca profundidad. Qué mala, le gritó la hermana mayor, y la pequeña se encogió de hombros y dijo: Lo siento, aunque no lo sentía.

Podría haber habido serpientes ahí dentro, dijo la mayor.

Pero no había, contestó la menor.

Recorrieron toda la isla y encontraron una playa de arena dorada al otro lado. Tenían los vestidos empapados en sudor cuando regresaron al estanque y llenaron la botella de whisky con agua verdosa.

De vuelta en el campamento pesquero, el perro las esperaba en la escalera de una cabaña. Las niñas vertieron agua sin hervir para él y el perro la lamió toda, vigilándolas con sus furiosos ojos de botón negro. A pesar de que la hermana menor le cantó en susurros con esa voz que su madre siempre decía que era capaz de hacer bajar a los ángeles del cielo, el perro no se acercó a ellas, sino que volvió a refugiarse en el bosque.

Las niñas tenían la ropa tan sucia que se pusieron las últimas dos camisetas limpias de Joe el Fumeta. Las prendas iban barriendo el camino por detrás de las niñas como si fuesen vestidos de cola cada vez que corrían, unos fogonazos de color rojo y azul por el bosque dorado y verde.

La hermana menor transportó su cubo todo el camino de vuelta desde el estanque sin protestar.

Pescaron tres cangrejos debajo del muelle con las manos y los hirvieron, y la carne les supo a mantequilla, y se bebieron el agua en la que los habían hervido como si fuera sopa, y después se sintieron saciadas durante un ratito.

Más tarde, se les acabó todo lo que les quedaba de comer. Los plátanos de las palmeras, según decía Joe el Fumeta, no estaban maduros aún y se pondrían enfermas si los probaban. La hermana mayor había oído hablar de gente que comía bichos y había infinidad de cucarachas por todas partes, pero pensar en el crujido entre los dientes hizo que le entraran arcadas.

Se comieron el cacao de labios de sabor cereza. Abrieron una lata sin etiqueta que encontraron en la parte posterior del armario: mandarinas. Comieron unos extraños frutos rojos de los arbustos, aunque su madre siempre les había advertido que no lo hicieran.

Tengo hambre, dijo la pequeña.

Érase una vez, dijo la mayor, un niño y una niña cuya familia era muy pobre y no tenía nada para comer. Se les notaban las costillas. La madre tenía un novio al que no le gustaban los niños. Un día, el novio le dijo a la madre que tenían que librarse de los niños y que iba a llevárselos a dar un paseo y los dejaría abandonados en el bosque. La niña había oído a los adultos hablando la noche anterior, así que por la mañana se llenó los bolsillos de cereales.

Si tenían cereales no se morían de hambre, dijo la hermana menor.

La niña se llenó los bolsillos con piedrecitas azules de la pecera. Y cuando el novio los condujo hacia el bosque, fue tirando las piedrecitas una por una al borde del sendero para que cuando él se esfumara los hermanos pudieran encontrar el camino de vuelta. Siguieron las piedras hasta llegar a casa y la madre se puso muy contenta de verlos. Pero el novio se enfadó mucho. Al día siguiente se los llevó de nuevo, pero les había cosido los bolsillos para que no pudieran dejar rastro. Los abandonó y los niños vagaron y vagaron hasta encontrar una cueva donde esconderse para pasar la noche. A la mañana siguiente, les llegó un olor a fuego de chimenea y lo siguieron hasta encontrar una casita en el bosque, hecha de galletas y chocolate. Al verla, corrieron hasta ella y empezaron a dar mordiscos a la casa porque hacía mucho que no comían. Salió una señora. Fue amable con ellos y les dio un montón de pastel y mini pizzas.

Y leche, añadió la hermana pequeña. Y manzanas.

En la casa había un televisor. La señora ni siquiera les mandó que se sentaran para comer; se quedaban ahí tumbados y veían dibujos animados mientras comían durante todo el día. El niño y la niña se pusieron muy, muy gordos. Y cuando estaban requetegordos, la señora los ató e intentó embutirlos dentro del horno como si fuesen un par de pavos. Pero la niña era muy lista. Dijo: ¡Ay, déjame darte un último beso! Y la señora inclinó la cabeza hacia delante y la niña le mordió en la garganta. Como se había convertido en la campeona de los glotones en casa de la mujer, se comió a la señora enterita, hasta que no quedó nada, ni siquiera sangre. Y el niño y la niña se pasaron todo el invierno comiéndose la casa de caramelo y, cuando llegó la primavera, se habían convertido en adultos. Entonces fueron a buscar al novio de su madre.

¿Por qué?, preguntó la hermana menor.

Para comérselo, dijo la mayor.

¿Las personas comen personas?, dijo la pequeña.

Algunas veces hay que hacerlo, contestó la mayor.

No, dijo la pequeña.

Vale. Pues entonces la señora estaba hecha de nata montada, dijo la hermana mayor. Nunca encontraron al novio. Pero si lo hubieran encontrado, se lo habrían comido.

La cabeza de la hermana mayor estaba llena de nubes tranquilas. La arena de la bahía le olía a almendras. Estaba sentada sola junto a la parrilla de carbón, esperando a que el agua hirviera. La pequeña estaba dentro, cantándose nanas para quedarse dormida. La mayor se dio cuenta de que estaba contenta. Sobre ellas pendía la luna menguante. Procedente del mar, les llegaban el graznido y los ruidos de unos pájaros grandes con la garganta de color rojo sangre que pasaban volando por allí en su ruta a un lugar más frío, un lugar más grande, un lugar mejor que aquel.

Hay un hombre, dijo la hermana menor desde la puerta mosquitera.

No hay ningún hombre, contestó la mayor adormilada.

Está en un barco. En el muelle, dijo la pequeña, y entonces la mayor oyó el rumor del motor. Se levantó tan rápido que la cabeza se le quedó sin sangre y se cayó al suelo, luego se puso de rodillas y se incorporó de nuevo.

Vamos, susurró mientras agarraba a su hermana. Y salieron por la puerta, bajaron la escalera y se adentraron en el bosque.

Se acuclillaron entre los helechos para que estos las ocultaran. Estaban desnudas y bajo sus pies descalzos el terreno podía estar plagado de serpientes, lagartos y arañas.

Las botas del hombre atronaban por el muelle. Se hizo visible. Era robusto, con vaqueros y una camiseta de deporte sudada, una gruesa cadena de oro alrededor del cuello. La hermana mayor supo (algo que le llegó como un susurro silencioso) que, en realidad, era un hombre malo.

Estaos quietas, decía el susurro. Huid.

El hombre entró en la cabaña de las niñas y se oyó el ruido de los destrozos; entró en la cabaña de Melanie y Joe el Fumeta y volvieron a oír destrozos. Cuando salió, volcó la parrilla de una patada y la niña mayor le puso la mano sobre la boca a su hermana para que no chillara. El hombre se dio la vuelta despacio y miró hacia el bosque.

¡Salid!, gritó. Tenía un acento marcado. Sé que estáis ahí.

Esperó y dijo: Tenemos a vuestra mamá. ¿No queréis ver a vuestra mamá? Os prepararemos un banquete increíble, y podréis sentaros en sus rodillas y coméroslo todo. Sé que tenéis hambre.

La hermana mayor empleó todas sus fuerzas para impedir que la menor se pusiera de pie. El hombre debió de oírlas, porque volvió la cabeza en dirección a ellas.

¡Corre!, dijo la hermana mayor, y ambas corrieron por el bosque, los palmitos les azotaban los tobillos y les salía sangre. Encontraron el camino, encontraron el estanque.

La mayor se introdujo en la cueva que había cerca de la barca, y luego llegó su hermana, y la abrazó muy fuerte.

Al cabo de poco oyeron los pasos del hombre como una apisonadora y su respiración; el aire entraba y salía de sus pulmones con dificultad. Niñas, dijo, os he visto. Sé que estáis por aquí.

De pronto vieron sus botas, estaba muy cerca. Se aproximó a la barca y le dio una patada, luego otra, y entonces las niñas vieron que la madera podrida se rompía y un centenar de bichos asustados salían corriendo.

Vale, dijo. No pienso perseguiros todo el día. Moríos de hambre si queréis.

Las niñas se quedaron en silencio, temblando, hasta que oyeron que los pasos del hombre se alejaban. Al cabo de mucho más tiempo, oyeron que el barco se ponía el marcha y después el rumor del motor fue menguando hasta desaparecer. Aun así, aguardaron un poco más.

Algo se movió entre los arbustos a sus pies y el perrillo salió de su escondite dentro de la cueva, donde debía de haber estado cobijado todo ese tiempo, a unos centímetros de ellas. Las niñas observaron cómo recogía la correa rosada con la boca y se alejaba trotando.

¿Dónde está la señora?, preguntó la pequeña. Tarda mucho.

¿Qué señora?, dijo la mayor.

La que tenía que salvarnos, dijo la hermana menor. La que mandaba Melanie.

La mayor se había olvidado de que se suponía que esperaban a una señora. Las niñas estaban cobijadas en su nido. Habían cogido todas las almohadas y sábanas del campamento y las habían apilado en el centro de la sala de estar de su cabaña, donde la brisa soplaba sobre sus cuerpos sudorosos al circular desde la puerta mosquitera hacia la ventana. La mañana ya estaba avanzada, pero los huesos de las niñas se negaban a levantarse. Quedaos tumbadas, les decían los huesos. Sus propios corazones tocaban música en sus oídos.

A esas alturas, la mayor casi podía ver a la señora acercándose por el muelle. Llevaría un vestido azul con la falda tan ancha que podrían esconderse debajo; tendría el pelo rubio de su madre, más oscuro en las raíces. Bajaría la cabeza y les sonreiría. Niñas, susurraría. Venid a casa conmigo.

Hacía tres días que no comían. En algún lugar no muy lejano, el perro blanco había aullado toda la noche hasta que sus aullidos se confundieron con el viento. La hermana mayor había soñado con el patio de su apartamento de Fort Lauderdale, con el agua de la fuente color turquesa y el abono de cedro teñido de rojo y el árbol cargadísimo de naranjas que casi se pelaban solas entre los dedos, con el sol dorado que bañaba todas las superficies, todo brillante pero imposible de tocar, como si lo vieran tras un cristal.

Llegó la noche, llegó el día, llegó la noche.

El perro se había quedado mudo. A la hermana menor se le marcaban mucho las costillas bajo la piel. Tenía los ojos encendidos, igual que los tenía su madre cuando regresaba a casa después del trabajo, con ganas de bailar, fumar, cantar.

El cuerpo de la hermana mayor estaba hecho de aire. Era un globo, que flotaba sobre el suelo. La luz en las olas en la bahía la hacía llorar, pero no de tristeza. Era tan hermoso…, el mar quería hablar con ella; estaba a punto de decirle algo, pero debía observarlo con más atención.

El zumbido de un mosquito junto a su oreja era de una belleza punzante. Dejó que el mosquito se posara en su piel, y poco a poco el insecto succionó y bombeó y la niña notó que su sangre subía por el cuerpo de la pequeña criatura.

Todo la superaba. Durante los años venideros siempre recordaría esos días de calma. Atesoró aquellos hermosos y suaves días mientras los años fueron cambiando de terribles a soportables y a mejores, y notó cómo iba creciendo, afilándose. Acabó por aprender el lenguaje de los hombres y lo utilizó en contra de ellos: se hizo abogada. Su hermanita, tan cariñosa, tan frágil,

solo quería que la abrazaran. Durante mucho tiempo, su hermana mayor fue la única que lo hizo. Ella era el caparazón que la
contenía. Pero entonces la pequeña conoció a un hombre que
primero le dio amor, luego se lo quitó hasta que ella creyó en las
mismas cosas que creía él. Hizo que renunciara a su apellido,
que la hermana mayor había luchado por mantener durante toda
su infancia, aunque sus terceros padres de acogida habían querido adoptarlas, porque era lo único que les quedaba de su madre. Y entonces, un día la hermana mayor se sentó en un banco
y vio cómo su hermanita se casaba con ese hombre. Llevaba un
vestido blanco con una falda tan voluminosa que casi no podía
caminar y se comprometió con ese hombre por completo. La
hermana mayor la observó y empezó a temblar. Lloró. Un deseo
horrendo se extendió por su cuerpo, como la tinta en el agua:
ojalá su hermana y ella se hubieran quedado en la isla tantos
años atrás; ojalá hubieran ido desvaneciéndose poco a poco en
su hambre hasta convertirse en luz del sol y polvo.

Había una vez, dijo la hermana mayor con voz rota, y la pequeña susurró: No. Calla, por favor.

Había una vez, dijo la hermana mayor, dos niñas hechas de
aire. Eran tan hermosas que cuantos las veían querían recoger-
las y metérselas en el bolsillo. Un día, el dios del viento las vio
y las quiso tanto que las levantó en volandas y se las llevó con él
a las nubes para que fueran sus hijas. Y vivieron allí para siempre
con su padre, y el lugar estaba lleno de arcoíris y de gente cantando y de cosas ricas para comer y camas mullidas rellenas de plumas.

Fin, dijo la pequeña.

La hermana menor sesteaba en la cabaña. La mayor dejó que su cuerpo flotase sobre el sendero que conducía hasta el estanque y volviese cargado de agua. No les quedaba carbón, así que tuvieron que hervirla encima de unos palos que había recogido en el camino de vuelta.

A cinco metros de las cabañas, oyó un ruido casi imperceptible. Atisbó entre los palmitos y vio un brillo metálico. Caminó entre las zarzas, pero ni una sola llegó a arañarla.

Era el perro. Había tirado tanto de la correa cuando daba vueltas alrededor de un encinillo que se le había salido la lengua y tenía los ojos abultados. Ya no era una bolita blanca de algodón, sino un cúmulo de nudos de cuerda amarilla y marrón.

La niña se sacó el cuchillo para carne del cinturón, se arrodilló y serró y serró. Tenía que descansar de vez en cuando, porque se mareaba mucho. Al final, logró cortar la correa y el perro se incorporó y se alejó trastabillando de nuevo entre la maleza. Allí viviría para siempre, la niña lo sabía. Se quedaría en aquel bosque, corriendo, aullando y comiendo pájaros, peces y lagartos. Ese perro era demasiado malvado para morir jamás.

Al regresar se encontró con su hermana desnuda en el exterior de la cabaña, bajo la palmera platanera. Mira, dijo la niña medio adormilada mientras se chupaba los dedos.

La mayor miró, pero no vio nada. No vio los plátanos verdes como dedos regordetes colgando, que sí estaban allí cuando había ido a buscar el agua; no vio las pieles, que encontró más tarde en la basura.

Había un mono, dijo la hermana menor. Un mono diminuto. Tenía dedos como los de las personas. Se sentó en el tejado y peló los plátanos y se los comió todos.

La hermana mayor miró a su hermanita. Esta le devolvió la mirada con sus ojos redondos. Luego hubo un largo silencio y algo apartó a la mayor de allí, mientras aún asentía con la cabeza.

De acuerdo, vale. Había un mono.

Entonces, por encima del viento, desde el otro lado del estanque, desde la playa que había en el extremo opuesto de la isla, llegó un sonido que la hermana mayor captó, luego perdió y después volvió a captar. Era una canción que su madre solía cantarles mientras sonaba en la radio del coche. Una canción. Eso significaba una radio. La mayor cogió la cara de la pequeña entre las manos. Tenemos que prepararnos cuanto antes, dijo. Luego tendremos que correr.

Se frotaron y asearon entre las olas y, mojadas, se pusieron los vestidos de su madre, las únicas prendas limpias que tenían. Vestidos de tubo con estampados tropicales que a la hermana mayor le llegaban por debajo de la rodilla y por los tobillos a la menor; cuando se los ponía su madre le iban tan cortos que algunas veces al sentarse se le veía la ropa interior. Se rociaron las muñecas y la cabeza con el perfume de su madre.

Entonces echaron a correr. Pararon cuando todavía estaban entre los árboles, les faltaba el resuello.

Había un barco anclado a poca distancia, un bote hinchable de goma varado en la parte húmeda de la arena y una caña de pescar enterrada junto al bote. Había una mujer tumbada sobre una toalla. Tenía la piel blanca, aunque se le estaban enrojeciendo los hombros y los muslos. Estaba rolliza. Tarareaba una canción que no encajaba con la que sonaba en la radio, mientras balanceaba los pies adelante y atrás al compás.

Había un hombre junto al bote con un bañador bajado hasta las rodillas. Las niñas vieron que estaba meando. Ni siquiera se lavó las manos en el mar, sino que se acercó a la mujer y se encorvó para ponerlas en una nevera portátil un minuto, antes de meterlas por dentro de la parte inferior del biquini de la mujer, que gritó y le dio un manotazo.

El hombre se rio y sacó una lata de cerveza de la nevera portátil. La abrió y dio un buen trago, entonces cogió un bocadillo envuelto en papel encerado. A la hermana mayor se le hacía la boca agua. Se alegró cuando el hombre hizo una bola con el envoltorio y no lo tiró al suelo, sino que lo devolvió con esmero en la nevera.

La mayor miró a su hermana. Parecía una salvaje. Se le notaban todos los huesos. Le retiró las hojas secas del pelo, le sacudió el polvo del vestido, sacó el lápiz de labios de su madre, que se había metido en el bolsillo justo antes de salir a la carrera por la puerta de la cabaña. Le pintó los labios a su hermana y después le dibujó unos circulitos en las mejillas. Ahora yo, le ordenó la

menor, que arrugó la cara por la concentración mientras el pintalabios le hacía cosquillas en las mejillas y en la boca a la mayor.

Volvió a guardarse el lápiz de labios en el bolsillo. Conserva-
ría el cartucho dorado en el que iba mucho después de que se
hubiese acabado el maquillaje que protegía, cuando lo único que
quedaba ya era el dulce olor ceroso de su madre.

¿Lista?, preguntó. Su hermana asintió con la cabeza y la cogió de la mano. Juntas salieron de las sombras hacia la playa
cegadora.

La mujer de la toalla levantó la vista hacia ellas y luego se
hizo visera con las manos para verlas mejor. Más adelante, esa
mujer fue a visitarlas una vez y desapareció enseguida, tras de-
jarle un obsequio a la hermana mayor, una estampa del aspecto
que tenían las chiquillas justo en aquel momento: niñas fantasma con maquillaje de payaso y unos sacos de estampado floral,
que avanzaban lentamente desde el bosque oscuro. La mujer
abrió la boca y un grito de alarma se le atascó en la garganta.
Asombrada, levantó los brazos. Las niñas tomaron el gesto por
una señal de bienvenida. Aunque estaban agotadas y se sentían
diminutas bajo el sol furioso, corrieron.

La oscuridad perpetua

Era un antiguo campamento de caza destartalado en medio de más de treinta kilómetros de matorrales. Nuestro amigo había visto una pantera de Florida deslizándose entre los árboles unos días antes. Pero en aquella época las cosas empezaban a deshilacharse entre nosotros y el campamento estaba libre y silencioso, así que había logrado vencer la resistencia de mi cauteloso marido y mis dos hijos pequeños, que querían cangrejos ermitaños y cometas y tablas de esquí acuático y arena para las vacaciones de Pascua. En lugar de eso, obtuvieron cenotes antiquísimos cubiertos de helechos, la posibilidad de morir en las garras de un felino.

Una de las cosas que me gustaban del lugar era que por la noche las mosquiteras de las ventanas se abombaban bajo las tiernas barrigas de los lagartos.

Incluso metida en el mismo saco de dormir que mi hijo pequeño, el dorado, el frío de marzo parecía atravesarme los huesos. Me encantaba comer, pero a esas alturas había adelgazado tanto que me movía con suma delicadeza, como si me hubiese vuelto translúcida.

Contábamos con la escasa electricidad de un generador alimentado por gas pero carecíamos de internet, y había que colarse por la ventana del altillo y ponerse de pie en el tejado para tener cobertura en el móvil. El tercer día, los chicos se habían dormido y yo había bajado la intensidad de las linternas cuando mi marido se levantó y salió, y oí sus pisadas en el tejado metálico, un hermano gigante de los mapaches que nos despertaban pataleando por allí arriba en plena noche cual ladrones.

Entonces mi marido dejó de moverse y se quedó quieto tanto tiempo que llegué a olvidarme de dónde estaba. Cuando bajó la escalera de mano del altillo, estaba blanco como el papel.

¿Quién ha muerto?, pregunté con ironía, porque si alguien iba a morir, seríamos nosotros, con los cráneos sobresaliendo de las fauces de un felino en peligro de extinción. Resultó ser un chiste muy malo, porque era cierto que alguien había muerto, esa misma mañana, en uno de los edificios de apartamentos de mi marido. La ocupante de la quinta planta se había matado, tal vez voluntariamente, con aspirinas, vodka y una bañera. Los inquilinos de las plantas cuarta, tercera y segunda estaban fuera, en algún lugar remoto con playas y combinados alcohólicos, y el del primer piso había descubierto el problema solo cuando el agua mortal había goteado hasta su alfombra.

Mi marido tenía que marcharse. Acababa de despedir a uno de los manitas y el otro estaba en su propia aventura por el Caribe, comiendo en un bufet libre al son de un calipso en un crucero. Hagamos las maletas, dijo mi marido, pero en ese momento mi vena rebelde era igual que una niebla densa y pegajosa que me rodeaba el cuerpo y no se despejaba nunca, no había ningún sol dentro, así que le dije que los chicos y yo nos quedaríamos. Me miró como si estuviera loca y me preguntó cómo íbamos a apañárnoslas sin coche. Yo le pregunté si creía que se había casado con una mujer incompetente, con lo cual metí el dedo en mi propia llaga, porque la raíz de nuestros problemas era que, en realidad, justo eso es lo que había hecho. Durante muchos años solo se me habían dado bien las cosas que me interesaban, y como lo único que me interesaba eran mis libros y mis hijos, el resto de mi vida había ido retrocediendo poco a poco. Y si bien era cierto que mis hijos eran increíblemente fascinantes, dos placas de Petri en los que crecían cultivos humanos, ser madre nunca había sido tan fabuloso, y me negaba a hacer todo lo que parecía asignado por defecto a mi género porque me resultaba insultante. No pensaba comprarles ropa, ni hacer la cena, ni llevar la agenda de las actividades, y por supuesto no pensaba invitar a sus amiguitos a jugar a casa, jamás de los jamases. Para mí, la maternidad significaba llevar a los chicos a vivir aventuras de un mes por Europa, enseñarles a tirar cohetes, nadar en pos de la gloria. Les enseñé a leer, pero la comida se la podían preparar ellos. Los abrazaría todo el tiempo que quisieran que los abrazara, pero eso era un mero gesto de humanidad. Tendría que ser mi marido el que supliera todas mis carencias. Es agotador vivir inmersa en una deuda que crece día a día pero que no tienes intención de saldar.

Dos días, me prometió. Dos días y estaría de vuelta para el mediodía del tercero. Se inclinó para besarme, pero le ofrecí la mejilla y me di la vuelta, sin levantarme, cuando los faros deslumbraron y luego menguaron en la pared. Mientras el ruido del motor se desvanecía, la noche cobró atrevimiento. El viento murmuraba bajos sonidos inhumanos entre los pinos e, inspirados, los animales desplegaron sus gritos de llamada y respuesta. Todo me mantuvo alerta hasta poco antes del amanecer, cuando me quedé dormida unos minutos hasta que la cachorra gimoteó y me despertó. Mi hijo mayor lloraba porque había apartado el saco de dormir durante la noche y ahora tenía frío, pero también demasiado sueño para enmendar la situación.

Preparé unos huevos revueltos con una vengativa cantidad de mantequilla y cheddar, además de unos vasos de leche con cacao y un dedo de caramelo, con la esperanza de dejar a mis hijos catatónicos con las calorías, pero las calorías solo sirvieron para fortalecerlos más.

Nuestro amigo había tratado el perímetro del claro en el que nos hallábamos con repelente para panteras, una especie de orina sintética de súper depredador, y nos sentíamos relativamente a salvo cerca de la cabaña. Jugamos a hacer carreras hasta que la perra se desmadró, se puso a dar saltos y les mordió en los brazos a mis hijos con sus dientecillos jóvenes, y los chicos gritaron de dolor y frustración, y me enseñaron las marcas rosadas en la piel. Eché una buena reprimenda a la cachorra, que se alejó discretamente hasta el porche, desde el que nos observaba con el morro sobre las patas. Los chicos y yo nos pusimos a jugar al fútbol. Nos mecimos en la hamaca. Contemplamos los halcones de alas rojas que trazaban círculos. Obligué a mi hijo mayor a leerle

Alicia en el País de las Maravillas al pequeño, lo cual fue un desastre, es un libro muy ocurrente y victoriano para los niños modernos acostumbrados a los dibujos animados. Comimos, después el mayor intentó hacer fuego frotando unos palos, mientras su hermano pequeño atendía con solemnidad, y se pasaron el resto del día construyendo una cabaña con ramas. Luego llegó la cena, las canciones, un baño en el abrevadero de acero galvanizado para caballos que alguien había convertido en una bañera de agua fría, la hora de quitar garrapatas y ácaros rojos con unas pinzas de depilar, y así dimos por concluida la primera jornada.

Mientras jugábamos fuera habíamos sentido un peso encima, no como si algo nos vigilara de verdad, sino sencillamente la posibilidad de que alguien pudiera estar vigilándonos cuando nos encontrábamos tan lejos de la humanidad en aquel árido páramo de Florida.

El segundo día debería haber sido como el primero. Dupliqué las calorías, añadiendo tortitas al desayuno, y conseguí que los chicos se tumbaran pensativos a hacer la digestión en la hamaca durante un rato antes de que se pusieran a zarandear los árboles.

Sin embargo, por la tarde se fundió la única bombilla que teníamos. La cabaña era toda de madera oscura y no lograba ver ni el dibujo de los platos que fregaba. Encontré otra bombilla en un armario y arrastré un taburete alto desde la barra para comer y pedí al mayor que sujetara el asiento, que daba vueltas, mientras yo me subía. La bombilla vieja estaba caliente y me la estaba pasando de una mano a la otra mientras sujetaba la nueva bajo el brazo, cuando la cachorra saltó hacia la cara de mi hijo mayor. Este soltó el taburete para defenderse y yo di un giro en el aire, luego me caí y aterricé en el suelo de cabeza, y entonces supongo que perdí el conocimiento.

Al cabo de un rato abrí los ojos. Dos niños me miraban desde arriba. Estaban pálidos y me resultaban familiares. Uno era rubio, el otro moreno; uno pequeño, el otro corpulento.

¿Mami?, dijo el niño pequeño, bajo el agua.

Volví la cabeza y vomité en el suelo. El chico grandullón arrastró una perrilla que me olfateaba la cara y la sacó por la puerta.

Lo único que sabía yo era que me dolía mucho y que no debía moverme. El chico mayor se inclinó sobre mí, luego levantó una bombilla intacta de debajo de mi axila con expresión victoriosa; yo era una gallina, la bombilla era el huevo.

El chico más pequeño sujetaba una servilleta de papel mojada y me daba toquecitos en las mejillas. El olor de la cachorra me hizo vomitar otra vez. Cerré los ojos y noté los toquecitos en la frente, en el cuello, alrededor de la boca. El más pequeño tenía la voz aguda. Cantaba una canción.

Me eché a llorar con los ojos cerrados y las lágrimas calientes corrieron por mis sienes hasta entrarme en los oídos.

¡Mami!, gritó el chico mayor, el solemne y moreno, y cuando abrí los ojos, los dos niños lloraban, y así fue como supe que eran los míos.

Solo dejadme descansar un momento, dije. Me tomaron de la mano. Podía notar las manos calientes de mis hijos, lo cual era una buena señal. Moví los dedos de los pies, luego los pies enteros. Moví la cabeza hacia delante y hacia atrás. Me funcionaba el cuello, aunque con el rabillo del ojo veía fuegos artificiales.

Puedo ir andando a la ciudad, le decía el chico mayor a su hermano dentro de una burbuja de agua, pero la ciudad más cercana estaba a treinta kilómetros. La seguridad estaba a treinta kilómetros y había una pantera entre ese punto y nosotros, y no solo eso: también era posible que hubiera hombres terribles, cenotes, caimanes, el fin del mundo. No había teléfono fijo, ningún cable de espiral, y si unos niños utilizaban los móviles en esas circunstancias podían acabar cayendo con facilidad por el tejado metálico resbaladizo y en pendiente.

Pero ¿y si se muere y de repente me quedo solo?, preguntó entonces el pequeño.

Vale, voy a sentarme, dije.

La cachorra aullaba junto a la puerta.

Levanté el cuerpo y me apoyé sobre los codos. Con suma cautela, me senté. La cabaña se hundía y daba vueltas. Vomité otra vez.

El chico mayor salió corriendo y volvió con una escoba para limpiar. ¡No!, exclamé. Siempre soy demasiado dura con él, con este niño precioso que es tan inteligente, que carece de toda lógica.

Vida mía, dije, y no podía parar de llorar, porque le había llamado «vida mía» en lugar de pronunciar su nombre, porque en ese momento no me acordaba de cuál era. Respiré hondo cinco o seis veces. Gracias, dije con voz más tranquila. Mira, tira un rollo de papel de cocina encima y cúbrelo con la alfombra para que la perra no se acerque. El pequeño hizo lo que yo había dicho, metódicamente, algo que no era su estilo en absoluto; siempre ha preferido observar con alegría cómo las demás personas trabajan para él.

El mayor intentó convencerme para que bebiese agua, porque es lo que hacemos en nuestra familia en lugar de poner tiritas, que me niego a comprar porque no son más que basura de color carne.

Entonces el niño pequeño gritó porque se había movido a mi alrededor y había visto mi coronilla ensangrentada, y entonces tocó el corte con la servilleta de papel con la que antes me había limpiado la boca manchada de vómito. El papel se desintegró en sus manos. Se encaramó a mis piernas y apoyó la cara en mi vientre. El mayor me puso algo frío en la herida; más tarde descubrí que era una lata de cerveza de la nevera.

Se quedaron así en silencio muchísimo rato. Los nombres de los chiquillos volvieron a mí, al principio bailaron evasivos fuera de mi alcance, pero luego, cuando los atrapé entre las manos, los hice míos.

En el instituto jugaba en el equipo de fútbol, una mediocampista rápida y agresiva, y el traumatismo craneal era un viejo amigo. Recordaba esa constante labilidad emocional porque la había experimentado una vez que me llevaron a urgencias con una conmoción cerebral. La confusión y la sensación de fatalidad también me resultaban familiares. Me vino una instantánea de mi madre sentada junto a mi cama durante una noche entera, sacudiéndome para despertarme cada vez que yo trataba de conciliar el sueño, y entonces quise tener allí a mi madre, no en su estado actual, mermado, de jubilada frágil, sino tal como era en mi juventud, una persona pequeña pero gigantesca, una persona capaz de tapar el sol.

Mandé al pequeño a buscar un rollo de polvorienta cinta de embalar y al mayor a buscar gasas de mi neceser, y cuando regresaron, me pegué la gasa a la cabeza con la cinta de embalar, dando vueltas y vueltas mientras empezaba a llorar ya por la muerte de mi larga melena, que había sido mi mascota más cara.

Centímetro a centímetro, recorrí la habitación hasta la cama y me subí como pude, a pesar de que veía rayos y centellas detrás de los globos oculares. Los chicos dejaron entrar a la cachorra desterrada y, cuando abrieron la puerta, también dejaron entrar la noche, porque mi caída nos había robado varias horas de vida.

Fue entonces, con la entrada de la noche, cuando comprendí por fin la profundidad de tiempo a la que todavía tendríamos que hacer frente. Pedí a los niños que me llevaran linternas, luego un abrelatas y el atún y las judías envasadas, que abrí poco a poco, pues no resulta fácil en posición supina, y convertimos la comida en un juego, aunque solo con pensar en comer algo se me ponía piel de gallina. El mayor nos llevó leche en unos frascos. Dejé que mis hijos se terminaran el envase entero de un litro de helado, que era de mi marido, su particular recompensa diaria por ser bueno y amable, pero llegados a ese punto el hombre merecía nuestra deslealtad, porque no estaba allí.

Había empezado a llover, al principio con un suave repiqueteo en el tejado metálico.

Intenté contarles a mis hijos un cuento aleccionador sobre una niña pequeña que se caía en un pozo y tenía que esperar una semana hasta que los bomberos daban con la manera de rescatarla, algo que tal vez ocurriera de verdad en la penumbra de mi infancia, pero o bien la historia les resultó demasiado abstracta, o bien la conté de una forma muy caótica, pues no parecieron captar mi necesidad de que se quedaran dentro de la cabaña, de que no fueran a ninguna parte, si pasaba lo peor, lo impensable que yo empezaba a bordear, como si fuera un hoyo que se abría justo delante de cada frase que me disponía a pronunciar. No paraban de preguntarme si le regalaron un montón de juguetes a la niña cuando la sacaron del pozo. La pregunta se alejaba tanto de mi propósito que les dije, en un arrebato de malicia: Por desgracia, no, no le regalaron nada.

Hice que los niños me mantuvieran despierta contándome historias. Al menor le encantaba un programa de televisión británico sobre la vida marítima, algo que el mayor consideró una bobada de niños pequeños, hasta que fingí que no me creía lo que me contaban. Entonces ambos empezaron a hablarme de una especie de tiburón, el tollo cigarro, que dejaba agujeros perfectamente redondos en las ballenas, como si tuvieran un molde de galleta en la boca. Me hablaron de un pez llamado humuhumunukunuku pua'a, un nombre precioso que no supe repetir en condiciones, a pesar de que me lo cantaron una y otra vez, entre risas, con la tonadilla de la canción «Brilla, brilla, estrellita». Me hablaron del siluro que camina, que puede pasar tres días fuera del agua merodeando por el barro. Me hablaron de la luz solar, el atardecer y la oscuridad perpetua de los fondos abisales del mar, de las tres densidades del agua, en la que primero hay una luz transparente, luego una luz parduzca y turbia, y después una ausencia total de luz. Me hablaron de los requetemolinos, en los que una corriente de aire va en una dirección y otra en dirección opuesta y donde se encuentran forman un tornado, que se estira, dijo mi hijo pequeño, desde los fondos abisales, donde los peces son ciegos, y sube muy alto, muy alto, muy alto, hasta los pájaros.

Me había puesto a temblar muchísimo, un detalle que mis hijos, en un arrebato de buena educación, no mencionaron. Apilaron todos los sacos de dormir y todas las mantas encima de mí, luego se metieron dentro y se quedaron dormidos sin bañarse ni cepillarse los dientes ni quitarse la ropa sucia, algo que en el fondo daba igual, porque la sudaron en menos de una hora.

No dimos de cenar a la perrilla, pero no se quejó, y aunque no solíamos permitírselo, se subió a la cama y durmió con la cabeza apoyada en el vientre de mi hijo mayor, porque era su favorito, ya que era el cachorro más grande de todos.

A partir de entonces solo conté conmigo misma para velar mi vigilia, aunque todavía era temprano, las nueve o diez de la noche.

Tenía una novela nórdica en la mesita de noche que me inquietaba y me ponía nerviosa, así que intenté leer *Alicia en el País de las Maravillas*, pero con el cerebro hecho papilla me pareció incomprensible. Entonces ojeé una revista de caza, lo cual hizo que me acordara de la pantera de Florida. No me había olvidado por completo de ella, pero solo era capaz de hacer frente a unos cuantos terrores a la vez, y mientras mis hijos estaban despiertos, había habido otros más acuciantes. Tres días antes habíamos visto un excremento en el bosque al dar un paseo, un excremento enorme, o era de oso o de pantera, pero sin duda de un carnívoro gigante. El peligro había sido abstracto hasta que vimos esa prueba corporal de su existencia, y mi marido y yo condujimos a los niños de vuelta a casa, cantando sin parar, los cuatro cogidos de la mano, y dejamos a la perra suelta para que diera vueltas a nuestro alrededor con alegría, porque, por pequeña que fuera, llevaba en la sangre que ante un peligro sería la primera en sacrificarse.

La lluvia arreció hasta convertirse en estruendo, pero mis sudorosos hijos siguieron durmiendo. Pensé en las olas del sueño que pasaban apresuradas por su cerebro, que barrían los restos diminutos y sin importancia de lo ocurrido en el día para que las verdades más consistentes del mañana pudieran entrar. El repicar de la lluvia en el tejado tenía una solidez agradable, como si el ruido fuese una barrera que nada podía traspasar, un refugio contra la noche inminente.

Intenté echar mano de los poemas de mi juventud, pero apenas pude recordar algunos versos sueltos, que agrupé en un extraño poema triste, Blake y Dickinson y Frost y Milton y Sexton, un poema de mercadillo de métrica pegajosa que a pesar de todo cobró vida y me dio la mano durante un rato.

Entonces la lluvia amainó, hasta que no quedó más que algunos golpecillos espaciados de las gotas que resbalaban de los pinos. A una linterna se le acabaron las pilas y la luz de la que quedaba era escasa y frustrante. A duras penas me veía la mano o la sombra que proyectaba en la pared cuando la levantaba. Esa linterna era mi hermana; en cualquier momento ella también podía apagarse para siempre. Me atraqué la vista con la cabaña, que con la negrura inminente se había convertido en un lugar hecho de oro, pero entonces las sombras ya parecían demasiado densas, se difuminaban en los bordes, y se movían cuando apartaba los ojos de ellas. Me daba más seguridad mirar las mejillas de mis hijos dormidos, cremosas como quesos.

Esa última hora aproximada de luz era elegíaca, así que intentaba transmitir físicamente a mis hijos el amor que sentía con ellos cada vez que sus cuerpos me tocaban la piel.

Volvió a levantarse viento, y este tenía su propia personalidad; estaba de un humor ácido y malicioso. Se restregaba contra la pequeña cabaña y jugaba en las esquinas y rompía ramas de los árboles y las arrojaba al tejado, de modo que brincaban como criaturas con extrañas fauces con las que arañaban el suelo. El viento embistió con su cuerpo interminable contra la puerta.

Todo dependía de mi capacidad para estar inmóvil, pero notaba un montón de picores en la piel. Algo terrible dentro de mí, la cosa más oscura, me impulsaba a darme golpes con la cabeza contra el cabecero de la cama. Me lo imaginaba una y otra vez, el crujido seco al darme hacia atrás, la oleada y el derramamiento de paz.

Empecé a contar mientras respiraba cada vez más despacio y cuando iba por doscientos todavía no me había calmado; conté hasta mil.

La linterna parpadeó y también se apagó. La oscuridad se apoderó de todo.

La luna apareció por el tragaluz y se abrió paso entre la negrura.

Cuando desapareció y me quedé sola de nuevo, noté la disociación, un cambio físico, como si lo mejor de mí se desprendiera de mi cuerpo y se sentara a un par de metros de distancia. Fue un gran alivio.

Durante unos instantes percibí la sensación de vigilancia mutua, la espera de algo definitivo, aunque nada definitivo llegó, y entonces mi yo incorpóreo se levantó y rodeó la cabaña. La perra se removió y emitió un débil gemido por la nariz, pero continuó durmiendo. Notaba el suelo frío bajo los pies. Mi cabeza rozaba los travesaños, pese a que estaban a tres metros de altura. El lugar en el que mi cuerpo y los de mis dos hijos yacían juntos era una masa negra que latía, un agujero de luz.

Salí de la cabaña. El camino era de barro pálido y estaba lleno de abrojos; lo noté frío y mojado después de la lluvia. Los goterones de las ramas de los árboles me dejaron un sabor a pino. El bosque no estaba oscuro, porque la oscuridad no tiene relación alguna con el bosque (el bosque está hecho de vida, de luz), pero los árboles se movían con el viento y las criaturas sutiles. No me encontraba en un único lugar. Estaba con los mapaches del tejado que ahora jugueteaban con el candado de la bicicleta en el cubo de la basura del final de la calle, también estaba con las crías de halcón de alas rojas que respiraban solas en el nido, con el armadillo que obligaba a su cuerpo cubierto de armadura a desplazarse por los arbustos. No me había dado cuenta de que había perdido el sentido del olfato hasta que regresó a mí con avidez; percibí el olor de los gusanos que trazaban su camino bajo las agujas de los pinos y del moho que expulsaba nuevas esporas, que cobrarían vida gracias a la lluvia.

Estaba alerta, me movía con sigilo por el sotobosque y las puntas de los palmitos me arañaban el cuerpo.

La cabaña no se veía, pero estaba presente, un dolor en el costado, una sensación de densidad y falta de aire. No podía apartarme de ella, tampoco podía regresar, solo podía describir círculos alrededor de la cabaña, círculos y más círculos. Con cada uno de ellos, una angustia terrible y punzante crecía en mí y tenía que moverme más deprisa, más deprisa, cada vuelta generaba más salvajismo. Lo que se había construido para parecer sólido era frágil ante el tiempo, porque el tiempo es impasible, más animal que humano. Al tiempo le daría igual si desapareciéramos. Continuaría sin nosotros. No puede vernos; siempre ha sido ciego a lo humano y a las cosas que hacemos para mantenerlo a raya: las taxonomías, la limpieza, la organización, el orden. Incluso esa cabaña con sus ángulos pensados a la perfección, sus venas de tuberías y cables, era poco más estable que las marcas que habíamos hecho con el rastrillo en la arena por la mañana, unas marcas que el tiempo ya había borrado.

El ser del bosque corría y corría, pero esa carrera no podía evitar el lento cambio. Una neblina baja se elevó desde el suelo y se fue despejando poco a poco. Los primeros pájaros lanzaron sus preguntas al aire fresco. El cielo desplegó su azul. Salió el sol.

El regreso fue gradual. Mi hijo mayor abrió los ojos castaños y me vio sentada junto a él.

Estás fatal, me dijo, mientras me daba palmaditas en la cara, y las palabras ya solo me llegaban a medias bajo el agua.

Me dolía la cabeza, así que mantuve la boca cerrada y sonreí con los ojos, y él se dirigió despacio a la cocina y volvió con unos bocadillos de manteca de cacahuete y gelatina, con una baraja de cartas Uno, con el café frío de la cafetera del día anterior para contrarrestar el trueno bajo y constante de mi dolor de cabeza, con la perra que él mismo había dejado salir y había alimentado.

Lo observé. Estaba radiante. Mi hijo pequeño se despertó pero no se levantó, como si tuviera la cara pegada a mi hombro por la piel. Se pasaba por los labios uno de los rizos que no se me habían manchado de sangre, igual que hacía después de mamar cuando era bebé.

Mis niños no eran desdichados. Por norma general, yo era una madre preocupada, con poco tiempo para ellos, atareada, trabajadora, hasta que estallaba en risas y diversión, y luego volvía a mi agujero de trabajo; ahora lo único que podía hacer era sentarme con ellos, hablar con ellos. Ni siquiera podía leer. Fueron cariñosos conmigo, me recordaron a una hembra de golden retriever que tuve de niña, una perra con una boca tan suave que era capaz de ir al lago y robar crías de pato y mantenerlas intactas sobre la lengua durante horas hasta que nos dábamos cuenta de que se había sentado extrañamente erguida en el rincón, con aire pícaro. Mis hijos se parecían a su padre; algún día serían hombres que cuidarían de sus seres queridos.

Cerré los ojos mientras los niños jugaban al Uno partida tras partida, sin cansarse.

Llegó el mediodía, se fue el mediodía, y mi marido no regresó.

En un momento dado, algo cruzó el bosque junto a la cabaña con una sacudida, y todo quedó en silencio, y tanto los chicos como la perra me miraron y sus caras eran como pájaros pálidos alzando el vuelo, pero, por suerte, mi sentido del oído había anulado lo que fuera que había ocasionado semejante terror repentino sobre todas las criaturas de la tierra, salvo sobre mí.

Cuando oímos el coche a lo lejos a las cuatro de la tarde, los chicos se levantaron de un salto. Salieron a toda prisa de la cabaña y dejaron la puerta abierta de par en par a la luz cegadora que me hacía daño a la vista. Oí la voz de su padre, y después sus pasos, y echó a correr, y detrás de él los chicos también corrían, la perra corría. Ahí estaban los pies de mi marido en el camino de tierra. Ahí estaban sus pesados pies en el porche.

Durante lo que dura media respiración, me habría esfumado. Yo era todo lo que tanto temíamos, esa pasiva Reina del Caos con su corona ensangrentada de cinta de embalar. Mi marido llenó el vano de la puerta. Es un hombre que ha nacido para llenar los huecos de las puertas. Cerré los ojos. Cuando los abrí de nuevo, noté su enorme presencia sobre mí. En su rostro había

algo que me hizo callar por dentro, que hizo que un chisporroteo lento y largo reptara por mis brazos desde las yemas de los
dedos, porque lo que leí en su cara fue lo peor, fue miedo, y era
inmenso, era elemental, como el viento mismo, como el sol frío
que pronto notaría yo en la seda de mi piel animal.

La pared del ojo de la tormenta

Empezó con las gallinas. Eran de la raza roja de Rhode Island y las había criado desde que eran polluelos. Aunque las llamé hasta desgañitarme, se habían acurrucado en la oscuridad debajo de la casa y se negaron a salir, una borrosa masa que apenas latía. ¡Pues muy bien, mierdosas ingratas!, dije antes de abandonarlas a la tormenta. Me quedé en la cocina, de pie junto a la única ventana que había dejado sin cubrir con tablones y observé la magulladura del huracán que se extendía por el oeste. Noté el miedo de las gallinas que subía a través de los tablones del suelo y llegaba a mí como si fuese una plegaria.

Esperamos. En la televisión, el hombre del tiempo imitó el revuelo del huracán con el cuerpo como si fuera un mimo atrevido pero inepto. Todas las demás criaturas de la tierra se tumbaron lo más planas posible, se escondieron bajo tierra. Yo me quedé de pie en la ventana, vigilando, una capitana al timón, cuando las primeras ráfagas llenaron los robles de la orilla más alejada del lago y avanzaron a la carrera por el agua. El viento hizo temblar el césped, mi jardín, zarandeó los calabacines que aún no había recogido y los movió de lado a lado como campanas de iglesia. Y entonces el viento arremetió contra la casa. ¡Venga, atrévete!, grité. O quizá fuera otra de las cosas de mi absurda vida que solo susurré.

No obstante, al principio no ocurrió casi nada. Al lago se le erizó la piel; era como si contemplara la carne sensible de un lagarto enorme. El vaivén del roble trazó arcos más grandes sobre el agua. Los palmitos asentían con la cabeza, aceptando el baile.

El vino que había estado bebiendo era muy bueno. Abrí otra botella. Estaba guardado en una nevera especial de la bodega que había sido diseñada para reproducir con precisión la humedad terrosa de las cavas de Borgoña. Una botella costaba un año de jubilación, o una hora observando con los ojos entornados la barriga regordeta de un huracán.

El jeep de mi vecino levantó montículos de polvo blanquecino en la carretera. Cuando me vio junto a la ventana, frenó en seco. Bajó la ventanilla de su portezuela y gritó, y cobijó la cara en el cuello, cuya tonalidad se parecía bastante a la de un ladrillo, pero un poco más cálido. Sin embargo, a esas alturas el viento era ya tan estruendoso que su voz se perdió, y sentí una oleada de afecto por él al ver que se inclinaba por fuera de la ventanilla y gesticulaba. Nos habíamos enrollado unos años antes en un acto benéfico del Conservation Trust, justo después de que mi marido me dejara, los cuerpos cuarentones de los dos embutidos en ropa elegante. Noté el sabor a whisky y la extrañeza de su bigote contra mis dientes. Ahora brindé por él con la copa y él gritó tan fuerte que se le amorató la cara, y su perro de caza asomó la cabeza por la ventanilla de atrás y empezó a ladrar. Levanté dos dedos y, con tranquilidad, le di la bendición de un Papa. A punto de estallar y muy ofendido, subió la ventanilla. Hizo un gesto como si arrugara una hoja de papel y la tirara por detrás del hombro, y a continuación aceleró para unirse a los últimos rezagados que se dirigían al norte tan rápido como les permitían los motores. La fuerte arremetida de la tempestad los sacaría de la carretera de un plumazo. Más tarde me enteraría de cómo el jeep de mi vecino, a ciento sesenta kilómetros por hora, había besado amorosamente la plataforma de hormigón de un paso elevado. Su perro aterrizaría más allá de los seis carriles en una cañería subterránea en dirección sur y allí se cobijaría, enterrado. Una vez pasada la noche y cuando amaneciera un día tranquilo, el animal se levantaría e iría hasta la carretera y se encontraría con que era el único superviviente milagroso de un sándwich de carne y metal de kilómetro y medio de longitud.

Empecé a cantar para mí canciones de mi infancia, canciones con letras que entonces no comprendía y ahora seguía sin comprender, canciones populares y tonadillas de anuncios y la nana húngara que mi padre me cantaba durante mis numerosas noches en vela cuando era pequeña. Era una niña muy nerviosa de cejas muy espesas, y las canciones solo lograban que me entrasen ganas de seguir despierta más tiempo, de aguantar más que mi padre, hasta que se quedaba dormido hecho un ovillo contra el cabecero de mi cama y yo podía observar cómo los sueños se agitaban bajo su rostro apuesto. Enervada pero atenta, al día siguiente en el colegio era incapaz de seguir la voz de la profesora, las cuerdas de sus frases mientras nos paseaba por la historia, la literatura o las matemáticas, y llenaba los cuadernos de dibujos: un centenar de casas distintas, con suelos, ventanas y puertas. Me pasaba el día garabateando con furia. Creía que si conseguía dibujar el lugar adecuado donde cobijarme, podría escapar de las soporíferas horas en la escuela y dibujarme a mí misma volviendo sana y salva a casa.

La casa aspiró una bocanada trémula, y los tablones gimieron cuando las ventanas se combaron hacia dentro. La oscuridad cayó sobre el mundo exterior. La lluvia se desató. No era un tren de carga ni un motor a inyección ni una catarata que rompiera a mi alrededor, sino más bien todo. El tejado rugía con el agua, la ventana se emborronó. Cuando la tormenta amainó, vi una rama del tamaño de una locomotora del roble centenario que había junto al lago quebrarse y caer con indolencia, mientras el musgo mojado flotaba extendido como unas inútiles alas oscuras.

Más que verlo noté que la electricidad se había ido. El tiempo se borró de los aparatos eléctricos y las luces parpadearon para nunca más abrir los ojos. La casa se volvió siniestra, opresiva con su oscura humedad. Cuando me di la vuelta, vi a mi marido en la lejana entrada de la casa.

Te estás bebiendo mi vino, me dijo. Lo oí perfectamente, a pesar de la tormenta. Era un hombre achaparrado, treinta años mayor que yo. Me pareció oler las ramitas de menta que masticaba y el ungüento que se ponía en la piel para la psoriasis.

No pensé que fuera a importarte, le dije. Ya no lo necesitas.

Se llevó las manos al pecho y sonrió. Una semana después de dejarme, su corazón se rompió en pedazos. Estaba en la cama con su amante. Ella era tan escandalosamente joven que yo daba por hecho que hablaban como los niños pequeños. Él no había querido niños hasta que acabó follándose a una cría. Me alegré de que fuera ella la que tuvo que quedarse atrapada bajo el cuerpo sudoroso y cada vez más frío de él, la que tuvo que gritar su nombre para no obtener respuesta.

Mi marido se acercó y se colocó a mi lado, junto a la ventana. Me quedé muy quieta, como siempre que estaba cerca de él. Observamos el mundo con su borrachera en el exterior. Mis hermosos tomates se habían aplastado y las jaulas metálicas daban brincos por el césped, como si unos fantasmas se las hubieran puesto de miriñaque.

Todavía estás aquí, por supuesto, me dijo. Aunque te dijeron que desalojaras hace días.

Esta casa es vieja, contesté. Ha sobrevivido a otras muchas tormentas.

Nunca escuchas a nadie, dijo.

Toma una copa de vino, dije. Quédate conmigo. Mira el espectáculo. Pero por el amor de Dios, cierra el pico.

Me miró con ojos penetrantes. Tenía unos enormes ojos castaños que se mantenían jóvenes por mucho que se alagartara su piel. Sus ojos habían sido lo que había hecho que me enamorase de él. Era muy buen poeta. La noche que lo conocí me quedé hechizada en una lectura poética a la que me había arrastrado mi amiga, sus palabras ablandaron la tierra a mi alrededor, de modo que cuando alzó la mirada, esos ojos castaños pudieron formar un túnel y abrirse paso hasta mí.

Bebió un sorbo de vino y gimió para expresar su satisfacción. Está en su mejor momento, dijo. La perfección. Bébetelo ahora.

Eso pensaba hacer, contesté.

Comenzó a divagar ante mí. Sabía que sus poemas dejaban de ser buenos cuando empezaban a ser vagos. ¿Qué tal va mi reputación?, preguntó, con los dedos de las manos juntos como unas manoplas. Yo era su albacea literaria; no había tenido tiempo de cambiar esa última disposición.

Estoy dejando que languidezca, dije.

Ah, comentó. *La belle dame sans merci.*

No hablo italiano, dije.

Es francés, rectificó.

Ay, cariño. Mi ignorancia debía de sacarte de quicio.

Preciosa, dijo, no sabes ni la mitad de lo que pasaba.

Bueno, dije entonces. Pero sí sé mi mitad.

No dije, nunca había dicho: Señor, cómo anhelaba una versión de ti que pudiera sostener, entera, en mis brazos.

Me guiñó un ojo y el olor a menta se intensificó, y noté una presión en la boca, luego una disminución. Y después solo quedamos la tormenta, la casa y yo.

La oscuridad se duplicó, el sonido se acrecentó. Había unas venas azules palpitantes dentro de las nubes; recordé una salida de caza con mi marido, los órganos del ciervo destripado en el suelo. El alcanfor y la magnolia y la lagerstroemia inclinaban sus coronas hacia la tierra, se doblaban hacia atrás como acróbatas. Mi mesa de picnic de teca cobró vida y corrió con torpeza hacia la carretera, persiguiendo a las sillas que ya habían huido en esa dirección.

Mi mejor gallina de puesta fue arrancada de su cobijo bajo la casa y se deslizó en una horripilante diagonal por delante de la ventana. Por un momento, nos miramos a los ojos, los suyos casi de lagarto. Respiré hondo. El cristal se nubló y, cuando volvió a despejarse, la gallina había salido volando. Entonces la capa superior del lago pareció elevarse en una inmensa sábana y chocar contra la casa. Cuando el viento barrió el agua hacia la carretera, mi jardín se convirtió en un pozo en el que se retorcía un lucio y una cría de caimán cavó con furia un hoyo en el barro. Por detrás de los arándanos aplastados, una criatura de pesadilla hecha de barro se levantó y se inclinó contra el viento. Resultó ser un hombre que unos instantes después el viento cogió por la pechera y arrojó contra la puerta de mi casa. No pensé antes de correr y abrirla para que el hombre pudiera entrar tambaleándose. El viento me levantó los pies del suelo y tuve que aferrarme fuerte al pomo para no salir volando. El viento levantó un macetero y lo estampó contra el microondas. El hombre caminó a gatas y me ayudó a empujar la puerta hasta que por fin se cerró y la tormenta se desvaneció, aullando al encontrarse de nuevo fuera.

El hombre estaba cubierto de barro, desnudo, riendo. Un rizo dorado despuntaba entre la mugre de la cabeza y le limpié la cara con el bajo del vestido hasta que vi que era mi novio del instituto. Me senté en el suelo junto a él y fui rascando el barro de su cuerpo con las uñas hasta que pude contemplarlo en su totalidad.

¡Uau!, gritó cuando pudo hablar. Siempre había sido un chico alegre, hablador y cariñoso. Me agarró la cara entre las manos y dijo parafraseando a Eliot: ¡Estás vieja! ¡Estás vieja! Súbete el bajo del pantalón por las piernas.

No llevo pantalón, dije, y aparté la cara con brusquedad. Todavía quedaba agua en las cañerías, así que lo lavé hasta dejarlo limpio. Improvisó un taparrabos con un paño de cocina. Mantuvo la cabeza alejada de mí, y me miró con el rabillo del ojo hasta que le cogí la barbilla y la volví hacia mi cara. Ahí estaba, la rosa mojada que florecía sobre su oreja. Dio un largo trago de vino y observé un ligamento rojo que se movía por encima del hueso.

Así que de verdad lo hiciste, dije.

Un amigo de un amigo de un amigo me había contado una cosa: Calgary, el peor motel que podía encontrarse, la antigua pistola de duelo de la familia. Pero no me fiaba del amigo ni del amigo del amigo, y desde luego mucho menos del amigo en tercera potencia, y aquel acto parecía tan poco propio de un alma tan vivaz que decidí que no podía ser cierto, imposible.

Qué raro, dije. Siempre fuiste la persona más feliz que conocía. Eras tan feliz que tuve que romper contigo.

Agachó la cabeza y me subió en su regazo. Feliz, ¿eh?, dijo.

Me apoyé en su pecho delgado y joven. Pensé en lo cansada que estaba después de dos años con él, en lo imposible que me resultaba aguantar sus llamadas a las tres de la madrugada porque tenía que leerme sin falta un fragmento de Benjamin, en los sábados que tenía que salir a buscarlo por los bares para acabar encontrándolo en la sala de estar de algún desconocido, en cómo, si hubiera tenido que hacerle un maldito sándwich de huevo más para llenarle la boca y tranquilizarlo y hacer que se durmiera al amanecer, yo misma me habría roto en pedazos. Pasamos nuestro último mes juntos en España. Había vendido mis óvulos para pagar el viaje, y perdí a mi novio en Barcelona. Durante una hora lloré en el centro de un cúmulo de españoles preocupados, hasta que él se acercó por la calle caminando con grandes zancadas, con el perro afgano que había robado a algún desconocido tirando de la correa que sujetaba en la mano. Una luz peculiar se había encendido en sus ojos; relucía ante él, un heraldo que anunciaba su peculiar personalidad. Lo miré a la cara en la penumbra de esa casa azotada por la tormenta, miré el agujero en un lado de su cabeza.

Sonrió, expectante, me rozó los nudillos con los labios. Dije: Ay.

Agua pasada, dijo. Se ventiló media botella de vino como si fuera un vaso de plástico lleno de cerveza. Un enjambre de bichos de los palmetos salió despedido por el conducto del aire acondicionado y desfiló en fila india, dando la impresión de tener buenos modales. Notaba lo fino que era el paño entre su piel y mis piernas, lo mucho que me había atraído siempre aquel chico tan guapo.

Dios mío, cuánto te quería, dije. En aquella época me había guardado el secreto en el pecho; entonces creía que no decírselo me daba poder sobre él.

También es agua pasada, dijo. Ahora cuéntame qué haces aquí.

La barca de remos se deslizó por el lago, sacudiendo los remos como si fuesen los brazos de un nadador. Se lanzó contra los troncos de los robles y allí se quedó encajada. Vi el temblor en el cristal de la ventana, la oscuridad era tan profunda que me veía reflejada, con canas en las sienes, arrugas desde la nariz hasta los labios. La casa era como una caverna que me envolvía. Y yo que pensaba que a estas alturas estaría llena: un marido, vocecillas infantiles, por lo menos unas gallinas.

¿Te acuerdas de nuestros hijos?, le pregunté.

Sonrió de oreja a oreja. Clothilde, dijo. Rupert. Níspero y Níscalo, los gemelos. Dodie. Australopithecus. Y Daga. Todos niños prodigio, con tu cerebro y mi físico.

Te has olvidado de Cleanth, dije.

¡Mi favorito!, dijo. ¿Cómo puedo haberme olvidado? Creador de pasatiempos, campeón en el Certamen Nacional de Deletrear. El buenazo de Cleanth.

Se acercó el dorso de mi mano a los labios y lo besó. Qué mal, murmuró.

Antes de que pudiera preguntar qué estaba mal, la ventana estalló hacia dentro y nos bañó de cristales. El viento entró con fuerza y succionó a mi antiguo novio. Me aferré a la encimera como pude y vi a mi chico guapo zambullirse de cabeza en el estanque de un metro de profundidad en que se había convertido el patio. Se tumbó boca arriba y dio unas cuantas brazadas. Entones imitó a una de mis gallinas muertas que flotaban por el agua, con sus dos alas extendidas hacia el cielo maldiciendo su suerte. Como dos nadadores sincronizados, dieron vueltas uno alrededor de otro, con los brazos hacia el cielo y luego, como si se los tragara el agua, ambos se hundieron.

Me metí dos botellas y un sacacorchos dentro de las mangas y avancé hacia el vano de la puerta a contracorriente haciendo acopio de todas mis fuerzas. Cuando la rebasé, apenas podía caminar. La casa se zarandeaba a mi alrededor y el viento no daba tregua, tumbaba relojes y sillas, pasó las páginas de la partitura del piano antes de arrancarla y tirarla lejos. Ojeó los libros uno por uno, como si buscara notas al margen y luego tumbó las librerías. El agua subía a presión desde debajo de la casa, se colaba entre las ranuras del suelo, por los conductos, convertía mis moquetas en ciénagas. Las ratas se precipitaron escaleras arriba hacia mi dormitorio. Yo avanzaba como podía entre el desastre y al final empecé a arrastrarme, paso a paso, a cuatro patas. Una tortuga acuática me adelantó, luego vi pasar un mapache con una cría aferrada a su lomo, mirándome con enormes ojos de ladrón. Cucú, dije, y el animalillo escondió la cara en el cuello acolchado de su madre. A la luz de un reloj despertador de pilas vi ratas, una serpiente, una comadreja, un montón de bichos desperdigados por la habitación, como si se hubieran reunido para una fiesta de pijamas, todos aquellos ojos relucientes en la oscuridad. El cuarto de baño era la única estancia sin ventanas en el corazón de la casa, y en cuanto estuve dentro, los encerré fuera a todos.

Me senté en la bañera, porque me encantaba su frío abrazo sobre mi cuerpo. Siempre he sentido una afinidad especial con las bañeras; sin nadie más dentro de nosotros, somos como suaves recipientes blancos de la nada. En el baño la oscuridad era absoluta, el cuarto estaba bien aislado. La casa se retorció y se zarandeó; por encima, el tejado se desmembraba poco a poco. El viento tocó la chimenea como si fuera un instrumento, hasta que todo el lugar silbó como una gaita. Saboreé cada sorbo de vino y me pregunté cómo sería el final: el tejado desaparecería y el vendaval entraría al galope; la casa se separaría de la tarima y me dejaría a la intemperie; una serpiente mocasín entraría reptando por las tuberías y encontraría un lugar cálido en el que anidar entre mis piernas.

Por encima del aullido de la tormenta, me llegó el siseo y el chisporroteo de una cerilla mojada. Entonces se encendió una débil pero luminosa llama cerca del inodoro, que se apagó enseguida. En su lugar apareció el olor dulce del humo de una pipa.

Santo Dios, dije.

No. Tu padre, contestó él con su acento suave. Me di cuenta de que sonreía cuando me dijo: Y cuida con lo que dices, preciosa mía.

Lo noté cerca, sentado en el borde de la bañera, como si se tratase de un lado de la cama. Noté su mano, que me apartaba el pelo mojado de la boca. Levanté la mano y agarré la suya, palpando la piel floja contra el hueso frágil. Me alegré de estar a oscuras. El cáncer lo había devorado por dentro. Mi madre, después de un exceso de gin-tonics, siempre se volvía cruel. Una vez me había descrito el final de mi padre. Los últimos días, me había dicho, era un saco de carne abotargada.

Yo no estaba cuando ocurrió. Ni siquiera me habían dicho que estaba enfermo. Me habían mandado a un campamento con los scouts. Mientras mi padre moría lentamente, yo aprendía a hacer nudos. Mientras él alucinaba sobre su pueblo, sobre los cerezos, el toro en el campo que bramaba por la noche porque quería sexo, yo besaba a una chica llamada Julia Pfeffernuss. Después de ese beso me pasé años creyendo que las lenguas tenían que saber a los tréboles que habíamos masticado porque tenían las raíces dulces. Mientras mi padre se olvidaba del inglés y llamaba a gritos a su madre en húngaro, yo robaba un barco de vela y me adentraba sola en el tranquilo centro de la reserva. Antes de que construyeran la presa, allí había una aldea. Bajé las velas, eché el ancla y me puse a bucear. Abrí los ojos y me encontré delante de la habitación de una adolescente, con sus cepillos y peines todavía sobre el tocador, yo en un espejo de algas, enmarcada por la ventana. Vi un siluro vivo sobre una bandeja en el comedor, como si se ofreciera para comer; me miró y sacudió la cabeza antes de alejarse nadando con aspecto sabio. Vi sábanas olvidadas en la cuerda de tender, ondeando hacia arriba en busca del sol. Salí del lago y subí a la barca y puse rumbo al campamento, y no le dije a nadie lo que había visto, nunca jamás, ni una sola vez, ni siquiera a mi marido, que se lo habría apropiado como si la historia fuera suya.

Podría habérselo contado a mis amigas del campamento, supongo. No creo que tuviera intención de guardarme el milagro solo para mí. Pero la directora del campamento me estaba esperando en el muelle, con una lástima hambrienta que le hacía estirar los labios, la capucha roja de la sudadera hinchada por el viento tras ella. En mi recuerdo, se quedó congelada en mitad del movimiento, una lengua grande y fea.

La primera vez que vimos esta casa con sus veinticuatro hectáreas de terreno, no me enamoré de los suelos de duramen de pino ni del ventilador del ático que mantenía la casa fresca todo el verano sin aire acondicionado, ni de las magnolias que florecían en sus cálices de luz blanca. Me enamoré del columpio alargado del cedro centenario que había sobre el lago, un columpio que habría emocionado a algún niño, que esperaba a otro. Mi marido miró el estudio, panelado con madera de caoba, y dijo en voz baja: Sí. Yo me quedé plantada en la cocina y miré el columpio, cómo el sol acariciaba la madera con delicadeza, la promesa que encerraba, y pensé: Sí. Día tras día durante diez años, contemplé cómo se movía el columpio expectante con la suave brisa de la mañana, y pensé: Sí, la palabra iba perforándome en silencio el diafragma, ese mismo Sí hasta el día en que mi marido me dejó, e incluso después de que se marchara, e incluso después de su muerte; incluso entonces, mantenía la esperanza.

Durante un buen rato permanecimos en esa misma posición: la mano de mi padre en la mía, envueltos en la feroz oscuridad. Esperaba que él hablase, pero siempre había sido un hombre que sabía cómo peinar el silencio entre la gente. Él fumaba, yo bebía, y el mundo se hacía añicos, ofuscado en su pataleta.

Perdí la conciencia de mi cuerpo. Solo quedaba la suavidad de la porcelana debajo de mí, el calor de la mano de mi padre. El tiempo pasó, infinito, una inhalación.

Poco a poco, el viento se tranquilizó. Sollozó. Paró. La casa tembló y gimió y volvió a asentarse sobre los cimientos. Un hilo de amanecer pintó una raya gris debajo de la puerta. Mi cuerpo regresó a sí mismo. Solo oía mis latidos y la lluvia que caía del tejado cuando dije: ¿Te acuerdas de cuando telefoneabas a tu familia en Hungría?

Siempre te ponías hecha una furia, dijo mi padre. Me gritabas cuando intentaba hablar. Tu madre tenía que llevarte a comprar un helado cada vez que quería llamar a mi familia.

No podía comérmelo. Me limitaba a observar cómo se derretía, dije.

Ya lo sé.

Sigo sin poder comer helados, añadí. Odiaba que abrieras la boca y de repente te convirtieras en otra persona.

Esperamos. El aire parecía hervido, tanto pegajoso como mojado. Le dije: Nunca pensé que pudiera estar tan sola.

Todos estamos solos, contestó.

Tú me tenías a mí.

Cierto, dijo. Me apretó la nuca, me masajeó las contracturas para tranquilizarme.

Escuché los cambios del mundo exterior. O estamos en el ojo de la tormenta o ya la hemos superado, dije.

Bueno, siempre habrá otra tormenta, ya lo sabes.

Me puse de pie, medio atontada, las botellas se me resbalaron del cuerpo y cayeron haciendo ruido en la bañera. Sí, ya lo sé, contesté.

Todo irá bien, me dijo.

Viniendo de ti, eso no significa nada, dije. Todo va bien para los muertos.

Cuando abrí la puerta del dormitorio, la habitación resplandecía de luz. La madera contrachapada que había sobre las ventanas había recibido el viento como si fuera la vela de un barco y se habían arrancado los marcos de la casa. Había agujeros rectangulares en la pared. Las criaturas habían salido de la habitación. La tormenta había levantado las sábanas como un buen invitado después de dormir, y toda la ropa de cama había salido volando, salvo una sábana, que colgaba pálida y perfecta encima del espejo, ahorrándome tener que ver mi estampa.

El daño ya estaba hecho: árboles de trescientos años destrozados, ciudades aplastadas como si un puño hubiera bajado desde el sol y hubiera apretado con saña. Mi vida se había desperdigado por tres estados del país. Alguien encontró una novela con mi ex libris tostándose al sol encima de un coche en Georgia. Mirara donde mirase, solo había muertos. El hijo de unos vecinos, sorprendido por la tormenta, se había quedado merodeando fuera mientras el resto de la familia intentaba salvar lo que les quedaba, y se había caído en la piscina y ahogado. El equipo de baloncesto del instituto, haciendo oídos sordos a todas las advertencias, había cruzado un puente y había sido engullido por el Golfo. Viejos amigos se vieron arrastrados por las inundaciones; otros, al constatar lo poco que les quedaba, habían dejado que se les rompiera el corazón. La tormenta había robado el resto del vino y también la bodega en sí. Mis gallinas se habían ahogado, despedazadas, y sus plumas moteaban el suelo. Durante semanas, el hedor de su podredumbre se colaba en mis sueños. A lo largo del mes siguiente, el moho devoró la escayola para abrirse paso y dejó fabulosos murales abstractos en tonos salvia y siena quemado. Pero la estructura había aguantado, las puertas habían aguantado. La casa, en definitiva, había aguantado.

Mientras bajaba la escalera, pasé por delante de una congregación de armadillos apiñados en el rellano. Los pájaros habían llenado la galería acristalada: cardenales y chotacabras y búhos. Poco a poco, los insectos huyeron de mis peldaños. Escurrí las alfombras, que sangraron sus tintes vegetales encima de los tablones del suelo. Mi cerebro era demasiado pequeño para mi cráneo, y se iba dando golpes de lado a lado mientras yo andaba. Desplazarme entre tanta humedad era como abrirme camino entre seda mojada. Aun así, abrí la puerta para comprobar la devastación del exterior.

Y ahí me quedé, sin aliento. Me eché a reír. Joder, esto sí que es una sorpresa, dije en voz alta. O tal vez no.

Las casas nos contienen; ¿quién puede decir lo que contenemos nosotros? En el lugar donde antes estaban los peldaños de la entrada, en equilibrio junto a la pendiente: un huevo, entero y mudo, acumulando toda la luz del amanecer en su cáscara.

Por el dios del amor, por el amor de Dios

Una casa de piedra engolfada entre viñedos. En la buhardilla, una inmensa habitación clara.

La noche había sido prolongada por el modo en que la casa eclipsaba el amanecer. La mañana llegó cuando el sol refulgió contra la colina y de repente brilló en todo su esplendor. Lo que había empezado como una broma en la oscuridad resultó obvio para el campesino que conducía una extraña clase de tractor que se desplazaba entre los ríos de viñas. El hombre se entretuvo a mirar, paralelo a la ventana. Amanda pensó que era un gesto muy francés. El calor que notó en su rostro no se debía a la desnudez; más bien era un plagio. La idea se le había ocurrido la primera vez que el tractor había pasado agazapado por debajo de la ventana. Le dio una palmada en la barriga a su marido, que tenía debajo, y dijo: Acaba.

Un minuto después se bajó de la cama y se dirigió a la ventana, donde, apartando las cortinas hacia ambos lados, aplastó el pecho contra el cristal para gastarle una broma al hombre del tractor. No era un hombre, sino un muchacho. Se echó a reír.

De nuevo en la oscuridad que proporcionaban las cortinas, oyeron que el tractor reanudaba la marcha, después les llegó a ráfagas el canto de varios gallos en el pueblo.

Qué grata sorpresa, dijo Grant, mientras deslizaba la mano por el muslo de ella. Confío en que no los hayamos despertado. Se desperezó, remolón. Amanda se imaginó a sus anfitriones en la habitación del piso inferior: Manfred con la mirada perdida en la pared. Babeando. Genevieve con su bisbiseo pasivo-agresivo debajo de la colcha.

Qué más da, dijo Amanda.

Bueno, contestó Grant. También está Leo.

Me había olvidado.

Pobre chico, dijo Grant. Todo el mundo se olvida de Leo.

Amanda bajó la escalera vestida con ropa deportiva. Pasó por delante de la habitación de Leo y luego retrocedió.

El niño estaba de pie en el alto alféizar de la ventana, con su cuerpecillo de humo apretado contra el cristal. En esa casa los marcos crujían si respirabas sobre ellos más fuerte de lo debido. La podredumbre de aquella madera era más vieja que la propia Amanda. Leo era un niño tan intenso, y tan decidido, que lo observó hasta que recordó que una vez le habían dicho que el cristal no era más que otro líquido muy lento. Entonces echó a correr.

Leo era tan ligero para tener cuatro años Se volcó en sus brazos y le apretó con furia el cuello a Amanda a la vez que susurraba: Eres tú.

Leo, dijo ella. Eso es muy peligroso. Podrías haberte muerto.

Estaba mirando el pájaro, contestó el niño. Apretó un dedo contra el cristal y ella vio, en las piedras blancas del suelo, una especie de depredador con el pico corto. Grande y peligroso, a pesar de estar muerto.

Se ha caído del cielo, dijo Leo. Estaba mirando cómo el negro se volvía azul. Y el pájaro se cayó. Lo he visto. ¡Bum! La cosa mala, he pensado, pero en realidad solo era un pájaro.

¿La cosa mala?, preguntó Amanda, pero el niño no respondió. Ay, Leo, eres un diablillo enmascarado.

Mi madre también me lo dice, contestó. Dice que se mea de risa conmigo. Pero ahora tengo que desayunar, añadió, y se limpió la nariz en la tira del sujetador deportivo de Amanda.

Leo mordió con sumo cuidado la tostada con Nutella, sin dejar de mirar a Amanda ni un instante. Nunca había visto a un niño con los ojos tan negros y brillantes como él. Eran casi cristalinos. Ese brillo de cristal suele aparecer tras largas y lentas raciones de desengaños, por norma general en la mediana edad. Amanda tuvo que apartar la mirada y entonces vio la luz que se extendía hacia la piscina, se adentraba en ella y la hacía relucir.

¿Eres una niña o una mamá?, le dijo Leo.

Por Dios, Leo, contestó. Ninguna de las dos cosas. Todavía…

¿Por qué no?, preguntó él entonces.

No era partidaria de mentirles a los niños. Tal vez se lo replanteara si alguna vez llegaba a tener hijos. Grant y yo éramos demasiado pobres, contestó.

¿Por qué?

Amanda se encogió de hombros. Préstamos para los estudios. Yo trabajo con gente sintecho. La empresa de él está despegando. Lo típico. Pero lo estamos intentando. Puede que pronto sea la mamá de alguien. Puede que el año que viene.

Entonces, ¿ya no sois pobres?, preguntó Leo.

Veo que no te andas con rodeos, ¿eh? Bueno, sí, aún somos pobres. Pero no puedo esperar eternamente.

Leo miró la jirafa tatuada que recorría el brazo de Amanda, desde el codo hasta el lóbulo de la oreja. El niño sintió un cosquilleo de emoción. Miró la piel de gallina que tenía Amanda entre el sujetador deportivo y los pantalones cortos de deporte. Mi madre dice que solo los americanos salen a correr. Dice que no tienen sentido de la dignidad.

¡Ja!, exclamó Amanda. Conozco a tu madre desde la época en que se llamaba Jennifer. Es tan americana como la que más.

¿Como la que más? ¿La que más qué?, dijo Genevieve desde el vano de la puerta. ¡A ti sí que te han dado más esta mañana!, exclamó, mostrando sus enormes dientes blancos.

Lo siento, dijo Amanda, pero en realidad no lo sentía.

Genevieve caminó a paso ligero por el suelo de baldosas y le dio un beso a su hijo en un claro mechón de pelo. Llevaba una bata de seda semitransparente, se le veía el biquini debajo. Aunque estaban dentro de casa, tenía las gafas de sol puestas.

Hola, Jennifer, dijo Leo con voz traviesa.

¿Os pasasteis con el vino anoche?, preguntó Amanda. ¿El restaurante valía todas las estrellas que tiene?

Pero Genevieve se había quedado mirando a su hijo. ¿Me has llamado Jennifer?

La tía Manda me lo ha contado, respondió. Y sí que le daremos a alguien más. Va a venir la chica. La que cuidará de mí hasta que podamos volver a casa.

Genevieve se subió las gafas a la coronilla e hizo una mueca. Amanda cerró los ojos y dijo: Por Dios, Genevieve. Viene Mina. Mi sobrina.

Ay, Dios mío, dijo Genevieve. Tienes razón. ¿A qué hora llegaba su vuelo? A las tres. Hizo unos cálculos y gruñó antes de decir: Todo el día al cuerno.

Claro, porque hoy tenías unos asuntos increíblemente importantes, ¿a que sí?, dijo Amanda. Pilates. Arreglar las flores. Hacer otra excursión a otra cava para probar otro tipo de champán. Menudo sacrificio tener que invertir unas cuantas horas en recoger a Mina, que es casi como mi hermana, la persona que cuidará de tu hijo durante el resto del verano por el precio de un billete de avión

Ya lo pillo, dijo Genevieve.

Un billete, continuó Amanda, que Grant y yo compramos para poder cenar fuera por lo menos una vez en nuestras únicas vacaciones desde hace cuatro años, en lugar de tener que hacer de canguros de Leo toda una semana mientras vosotros dos salís.

Ambas mujeres miraron a Leo y parpadearon varias veces.

A quien queremos muchísimo, dijo Amanda. Pero aun así…

¿Te sientes mejor?, preguntó Genevieve. Algunas personas no llevan bien el tema de la edad, le dijo a su hijo.

Leo se bajó del taburete en el que estaba subido y salió por el porche, luego bajó por la larga pendiente hacia la piscina.

Si no te quisiera como a una hermana, te estrangularía, dijo Amanda.

En cuanto su hijo desapareció, la sonrisa de Genevieve también se esfumó. La piel de su rostro era como seda que alguien hubiera arrugado con la mano. Supongo que tienes derecho a estar disgustada, contestó. Te he utilizado. Pero ya sabes que la comida es lo único que despierta a Manfred y Leo no puede ir a esos restaurantes.

Amanda respiró hondo. Las llamas de su enfado siempre se apagaban rápido. Cubrió despacio la distancia que las separaba y abrazó a su amiga, siempre tan diminuta, pero en aquella época especialmente flaca, como si tuviera los huesos hechos de tiza. Es solo que estoy frustrada, dijo sobre la cabeza de Genevieve. Ya sabes que en general no nos importa hacerlo, sobre todo teniendo en cuenta que dejáis que nos bebamos todo vuestro champán.

Genevieve se apoyó contra Amanda y descansó un rato así.

Vaya, vaya. Hola, señoras, dijo Grant, que había bajado la escalera sin hacer ruido. Se colgó de los brazos larguiruchos en el marco de la puerta, tenía los ojos todavía más bonitos porque aún estaban adormilados. Qué guapo era su marido, pensó Amanda. Desaliñado, con la luz de las canas que moteaban sus sienes.

Era injusto que los hombres se volvieran aún más apuestos con los años. Cuando se conocieron, apenas era más guapo que Amanda; aunque es posible que en aquella época enmascarase su belleza bajo abundante marihuana e idealismo.

Cuando las mujeres se separaron, Grant dijo: Tengo una idea aún mejor: vayamos todos arriba, y guiñó un ojo.

Gordo pervertido, dijo Amanda, y lo besó, enterrando las manos un instante en sus rizos. Entonces salió al camino y rodeó el pájaro muerto antes de echar a correr colina abajo hacia el pueblo.

Genevieve y Grant prestaron atención a los pasos de Amanda hasta que dejaron de oírse. Grant sonrió. Genevieve sonrió. Grant enarcó una ceja y señaló hacia arriba con la cabeza, hacia la habitación que había bajo el alero. Genevieve se mordió el labio inferior. Luego bajó la mirada al césped; Leo ya había dejado atrás la piscina y estaba en el cerezal, agachado sobre algo que había en el suelo. Miró a Grant con ironía y él extendió la mano.

Genevieve se acercó a él pero, antes de que se tocaran, oyeron unos pesados pasos en las escaleras. Manfred.

Joder, murmuró Grant.

Más tarde, articuló Genevieve con los labios en silencio. Encendió el fogón de gas, sacó unos huevos de la nevera. El rubor ya había desaparecido de sus mejillas cuando los cascó en la sartén.

Grant puso la cafetera encima del fogón; Manfred entró en la cocina. Tenía el pelo plateado y peinado hacia atrás, y se desplazaba como si fuera un hombre un palmo más alto y cincuenta kilos más delgado.

A Genevieve se le hinchó el pecho como antaño al verlo con la camisa blanca arrugada y mocasines. Él se sentó a la mesa de pino sin barnizar, iluminada en parte por el sol, y levantó la cara fina hacia el calor, como un gato.

Cariño, dijo su esposa. ¿Cómo te encuentras hoy?

Me cuesta mucho, dijo él en voz baja. Las cosas no vuelven.

Ella repasó en la palma de la mano las pastillas que debía tomar Manfred y le sirvió agua con gas en un vaso. Todavía no hace ni tres semanas, dijo. La vez anterior empezaste a recuperarlo todo más o menos a las tres semanas. Le tendió las pastillas, el vaso. Apretó la mejilla contra la coronilla de él y aspiró su olor.

Se van a quemar los huevos, dijo Grant.

Pues dales la vuelta, contestó ella sin levantar la mirada.

Las abejas que revoloteaban sobre Leo ya hacían mucho ruido. La hierba estaba fría por el rocío. Leo tenía mucho cuidado con las ramas. No quería mirar las viñas que había más allá; se parecían demasiado a columnas de hombres con los brazos apoyados sobre los hombros de los demás. Más allá estaban los tractores y los franceses en los campos, tan lejanos que era imposible captar el sentido de sus palabras: cha, cha, cha, cha, cha. Durante unos días, antes de que llegara Manda y después de que su padre volviera del hospital con aspecto de patata hervida, una simpática anciana del pueblo se había encargado de hacerles las comidas. Algunas noches permitía que Leo se quedara con ella cuando su madre no podía parar de llorar. La anciana tenía una despensa larga y fría, repleta de frascos relucientes y latas de galletas. Criaba gallinas en un corral y tenía una higuera, y su hijo le daba nata fresca. Allí era donde se refugiaría si Manda no se lo llevaba cuando se fuera. Con ese pensamiento, su cuerpo empezó a zumbar de preocupación, como si también estuviese lleno de abejas. Manda era su bella jirafa. Leo habría prendido fuego a todos los demás de haber podido. Cuando terminó con su tarea, volvió a subir la pendiente. En la cocina, Grant bebía café y leía una novela, y su padre se dedicaba a cortar lentamente unos huevos fritos para que se les saliera la parte amarilla como si fuera sangre sobre una rodaja de jamón. Tenía yema en la barbilla. Leo cogió el atizador y la pala del imponente hogaril de piedra. En un rincón había un dadito minúsculo de queso que Leo miró durante un buen rato, y se imaginó que le saltaba dentro de la boca, sus molares se hundirían en la corteza dura para acceder al suave interior. Se resistió. Fuera, el halcón pesaba más de lo que se había imaginado. Tuvo que pararse tres veces antes de llegar siquiera hasta donde estaba su madre, que hacía la postura del gato junto a la piscina. Ella siempre intentaba que Leo se pusiera a hacer yoga a su lado, pero él no le veía la gracia. La postura que prefería él era la del cadáver. De nuevo en el cerezal, dejó el ave en la pila de ramitas que había amontonado. Se apartó y contuvo la respiración. Sopló el viento y las plumas del pájaro se rizaron. Leo observó muy atento, presintiendo el milagro que se produciría de un momento a otro. Pero el viento murió de nuevo y el pájaro siguió tieso en el nido que Leo le había hecho, pues el ave, como todo, continuaba muerta.

En cuanto se metieron en el coche, Amanda se sintió aliviada. No le gustaba pensar así, pero había algo opresivo en Manfred. Una estrella inversa que succionaba toda la luz.

Podríamos comer en la ciudad, dijo Genevieve mientras maniobraban por el pueblo.

No puedo creer que vayamos a ir a París, dijo Amanda. Pensó en *pâté*, en *crêpes*, platos que nunca había tomado servidos por una persona francesa de verdad. Su pelo mojado llenó el coche de aroma a romero. En el asiento de atrás, Leo lo inspiró con los ojos cerrados.

¿Nunca has ido a París?, preguntó Genevieve. Pero si estudiaste francés en la universidad.

Esa había sido la época en que su amistad se había ensombrecido. A Genevieve la habían mandado a aquella sofisticada facultad en Nueva Inglaterra, se había silenciado entre sus nuevos amigos. Amanda había quedado atrapada en la Universidad de Florida, había fingido que no se había criado a la vuelta de la esquina. Volvieron a entrar en contacto varios años después de graduarse, cuando Genevieve empezó a trabajar en Florida, aunque Sarasota nunca había estado a su altura.

Qué va, nunca llegué a ir a Francia, dijo Amanda. Tenía que trabajar en tres sitios solo para sobrevivir.

Pero para eso están los préstamos universitarios, dijo Genevieve. Cuando vio que Amanda no contestaba, Genevieve suspiró e hizo un círculo con el índice y el pulgar y dijo: Vale. Lo he vuelto a hacer. Soy una privilegiada. Lo siento.

Al cabo de un rato, Amanda dijo: Una vez mi madre dejó de fumar y ahorró para que yo pudiera ir. Pero mi padre encontró el fajo que guardaba. Ya sabes cómo son las cosas en mi familia.

Desde luego. Vaya tela. Por cierto, ¿qué tal lo llevan?

Mejor, dijo Amanda. A papá lo hemos metido en una residencia para veteranos de guerra y mamá se dedica a deambular por casa. Mis hermanos perdieron el negocio de los montacargas el año pasado, pero están bien. Y mi hermana está en Oregón, o eso creemos. Nadie sabe nada de ella desde hace tres años.

¿Ni siquiera Mina?, preguntó Genevieve. Me dijiste que iba a la universidad. ¿No ha tenido noticias de su madre en tres años?

Ni siquiera Mina, contestó Amanda. Vive en nuestra habitación de invitados para ahorrar. Es fantástico tenerla por allí, es como un rayo de luz, siempre friega los platos, se ocupa del jardín. Pero bueno, claro, podríamos decir que prácticamente la crie yo, incluso cuando yo misma no era más que una cría. Seguro que te acuerdas. Tenía que cambiarle los puñeteros pañales y por eso no pude apuntarme a fútbol ni a nada. Sophie era una puta.

Genevieve se rio y entonces vio que Leo las miraba por el retrovisor, así que interrumpió la risa e infló las mejillas. Mis padres están como siempre, dijo. Caminan tensos y furiosos hacia la eternidad.

¿Te acuerdas de aquel poema de Frost que citábamos cuando nos preguntábamos cuál de nuestras familias nos mataría antes?, preguntó Amanda. «Algunos dicen que el mundo acabará en fuego, otros dicen que en hielo.» Etcétera. Habría dado cualquier cosa por un poco de hielo.

Por lo menos en tu familia había algunas alegrías. Por lo menos había amor, dijo Genevieve.

Por lo menos tu familia no te hizo sangrar nunca, dijo Amanda. Una y otra vez.

Olvidado en el asiento de atrás, la vocecilla de Leo: Creía que erais hermanas.

¡No, por Dios!, exclamó Genevieve, y luego miró a Amanda y dijo: Lo siento.

Amanda sonrió y dijo: No me importaría compartir parte de los genes de tu madre. Su cara bonita. Por lo menos, sus pómulos. Lo que habría podido hacer yo si hubiera tenido esos pómulos. Gobernar el mundo.

Posees tu propia belleza, dijo Genevieve.

Una vez más, habla la privilegiada, dijo Amanda, haciendo el gesto del círculo con el índice y el pulgar.

Leo pensó en eso durante dos pueblos enteros. Había un campo lleno de caravanas, niños que corrían y unos perros agitados que le hicieron temblar de anhelo. ¿Por qué iba a querer Amanda parecerse a mamá cuando Amanda era tan tan preciosa? Pero cuando se disponía a preguntárselo, las mujeres ya estaban hablando de otras cosas.

El sol se desplazó. Manfred desplazó la silla a la par. No pensaba en nada, el tiempo tenía la consistencia del agua. La energía se estaba acumulando hasta llegar a un punto en el que hubiera suficiente para que explotara y luego se apagara. Aún no veía acercarse el momento, pero percibía esa acumulación. Ansiaba lo que vendría después. El silencio, la nada. Los pájaros cantores contenían sus trinos; todo el exterior estaba quieto. El hombre alto que las mujeres habían dejado atrás deambulaba de un lugar a otro sin asentarse. Manfred no se molestaba en escuchar cuando le hablaba. Al mediodía, el sol se colocó encima de la casa y el último retazo de calor desapareció de la ventana. Manfred se quedó sumido en el frío. Pronto se pondría de pie; pensó en la cena que haría esa noche, planeó cada bocado. Al fin y al cabo, su energía era finita, y debía ahorrarla. Abrió los dedos y se encontró con que las pastillas se habían derretido hasta formar una pasta en la palma, igual que había ocurrido el día anterior y el anterior del anterior.

Las mujeres se habían sentado a una mesa en una plaza enmarcada por plataneros. Un tiovivo vacío daba vueltas. Una vez, Amanda vio a una madre que había perdido a sus hijos en una verdulería con el mismo tipo de iluminación histérica.

¿Monoprix?, preguntó Amanda. Su primera comida parisina y se habían sentado en una cadena de tiendas barata.

Cariño, solo tenemos una hora y aquí el café no está mal. Además, a Leo le encanta la noria, dijo Genevieve.

Amanda notó como si le echaran arena en la parte interna de los párpados.

¡Yo invito a comer!, exclamó Genevieve.

Bueno, pues perfecto: Amanda pidió la ensalada de langosta y una botella entera de vino blanco frío. La camarera frunció el ceño al oír su francés y le contestó en inglés. Aunque Genevieve conducía, también hizo el gesto de pedir una copa.

Leo se quedó embobado mirando el tiovivo sin tocar siquiera el bistec con patatas fritas, hasta que Genevieve lo dejó libre al darle un puñado de euros y el niño echó a correr. Habló al oído a todos los animales de la atracción, hasta que decidió sentarse sobre un mono volador. El hombre que accionaba el tiovivo le dio impulso y Leo se colgó del cuello del mono, mientras la música empezaba a sonar y el mono subía y bajaba por el palo central. Amanda observó a Leo durante las tres primeras vueltas. Estaba serio, no sonreía. Se comió las patatas del niño antes de que se enfriaran.

Siento que esto no sea más agradable, dijo Genevieve. Ya tendrás tiempo de comer bien antes de coger el vuelo de vuelta la semana que viene.

Confío en que sí, dijo Amanda.

La verdad es que estamos recortando un poco los gastos, dijo Genevieve con voz fatigada.

Amanda se rio a carcajadas hasta que se le humedecieron los ojos. Qué ridículo. ¿Dónde estáis recortando gastos?, preguntó cuando recuperó el resuello. ¿En vuestra casa de mil cuatrocientos metros cuadrados en Sarasota? ¿En el castillo de los Alpes?

Una ráfaga de irritación surcó el rostro de Genevieve; pero también se la tragó. Hemos alquilado la casa de Sarasota a un rapero para todo el año, dijo. Y el castillo se ha vendido.

Pero... Espera. Creía que era el hogar familiar de Manfred.

Durante tres siglos, contestó Genevieve. Pero era inevitable.

Amanda cogió la copa llena y bebió y bebió sin parar, luego dejó la copa vacía en la mesa. Vamos, que estáis sin blanca, dijo.

No es broma, dijo Genevieve. En bancarrota. La manía de Manfred ha llegado a proporciones internacionales esta vez. El alquiler del rapero es lo único que nos mantiene a flote. ¿Qué es lo que suele decirse? Todo es cuestión de pasta. O «It's all about de Benjamins», como en la canción de hip-hop.

Eso decía la gente cuando éramos jóvenes. Bueno, cuando teníamos veintipocos. Creía que la casa donde estamos alojados era vuestra.

No, es de la hermana de Manfred. La pobre, hasta hace unos seis meses.

¡Ja!, exclamó Amanda. Era del todo inesperado sentir esa pena por su amiga. Se había acostumbrado a ver a Genevieve como su propia idealización tontorrona. La mejor versión de sí misma.

No llores por mí, dijo Genevieve quitándole hierro. Le apretó el brazo. Nos las arreglaremos.

Lloro por mí, contestó Amanda. Ahora ya no sé ni a quién envidiar.

Genevieve miró con atención a su amiga, se inclinó hacia delante, abrió la boca. Pero lo que fuera que iba a surgir de ella se contuvo, porque Leo había echado a correr hacia ellas por la plaza, con la cabeza gacha. El tiovivo se había parado. El aire se detuvo y se produjo un silencio repentino, como si les hubieran metido lana en los oídos. ¡Cariño!, exclamó Genevieve, y tiró el final de la botella de vino al hacer ademán de incorporarse.

Y entonces el manto que cubría el cielo se rasgó en dos y Leo, que seguía corriendo, se desvaneció en el aguacero. ¡Leo!, gritaron ambas. Al cabo de un momento, el chiquillo apareció junto a la mesa, cerca de Amanda, y le puso la cara fría encima de las piernas descubiertas. Entonces echaron a correr como locos bajo la lluvia, con el niño en el centro, cogido de la mano de las dos. Llegaron al aparcamiento cubierto, un muro de luz y sequedad. Se rieron aliviadas y se dieron la vuelta para observar la cortina de lluvia que había a un palmo de ellas, y el húmedo atardecer que había descendido a toda prisa en pleno mediodía.

Sin embargo, mientras observaban, temblorosas, se oyó un fuerte trueno y un fogonazo de luz partió la plaza por la mitad, y el relámpago se duplicó en el suelo mojado, el tiovivo adoptó un repentino tono gris y todos los animales, con los ojos como platos, huyeron aterrorizados. Genevieve y Leo se acurrucaron contra Amanda, le pusieron la cara en el hombro y en la cadera. Ella los abrazó y contempló el alboroto a través del ardor rojo que emanaba de su vista. Algo se había despertado en ella con la tormenta y estaba exultante.

Todavía estaban empapados cuando llegaron al aeropuerto. Genevieve tenía el vestido calado por los hombros y la espalda, y el pelo se le había erizado en una enorme maraña roja. Leo parecía un molde de cera.

Mina, por el contrario, estaba fresca como una rosa pese a acabar de bajar del avión. Radiante. Pintalabios rojo, tacones altos, minifalda, camiseta con un hombro al aire. Auriculares en los oídos, acompañada de su propia banda sonora. Incluso en París, los hombres se apartaban de su camino embelesados al verla pasar. Amanda observó cómo se acercaba, con el orgullo atascado en la garganta.

Un año más de universidad y el mundo estallaría dondequiera que Mina lo tocara. Inteligente, fuerte, fabulosa, todo. A Amanda le costaba creer que tuvieran algún parentesco y, sin querer, rezó en silencio la oración que siempre recitaba cuando veía a su sobrina. La chica dio un abrazo fuerte y largo a su tía y después se dirigió a Leo y Genevieve.

Leo miraba de arriba abajo la imponente estatura de Mina, boquiabierto.

No puedes ser Mina, dijo Genevieve.

¿No puedo? Mina se echó a reír. Pues lo soy.

Genevieve se volvió hacia Amanda, inquieta. Pero yo la vi al nacer, dijo. Estuve en el hospital contigo, vi a la recién nacida antes que su madre, porque Sophie había perdido tanta sangre que se había desmayado. Me marché a estudiar fuera cuando Mina tenía cinco años. Se parecía a tu hermana. Era rubia.

Ah, dijo Mina, y se inclinó sobre Amanda. Ya lo entiendo. Se refiere a que no puedo ser yo porque soy negra.

Amanda contuvo una carcajada hasta que se le pasó y luego dijo: Al parecer, su padre era afroamericano, Genevieve.

¿Perdona?, preguntó Genevieve.

Cuando crecí, todo se fue oscureciendo, dijo Mina. Algunas veces pasa. No es tan grave. Hola, añadió, inclinándose hacia Leo. Tú debes de ser mi muchachito particular. Encantadísima de conocerlo, señor Leo.

Tú, dijo en un susurro el niño.

Vamos a ser amigos, le contestó Mina.

Lo siento. Es que eres tan guapa…, dijo Genevieve. Me cuesta creer que hayas crecido tanto y seas tan preciosa.

Tú también eres guapa, dijo Mina.

¡Por Dios! Qué condescendencia había en su voz: a Amanda le entraron ganas de apretujarla.

Venga, pongámonos en marcha, dijo Amanda. Tenemos que volver volando a casa si queremos pillar abiertas las tiendas del pueblo y comprar algo de cenar antes de que cierren.

Amanda sabía que en el coche Genevieve hablaría por los codos de sí misma, le contaría a Mina en confianza lo de la terapia de electroshock de Manfred, le hablaría de la enuresis de Leo, de sus problemas intestinales cuando comía demasiado pan. Amanda se sentaría en el asiento delantero, conteniendo su opinión de forma muy ostentosa. En el asiento de atrás, Mina y Leo jugarían en silencio con las manos para cimentar su alianza. Al salir al aparcamiento, el día se notaba fresco, con un frío renovado después de la tormenta. En cuanto dejaron atrás la ciudad, los campos lavados brillaban con tonos dorados y verdes al sol de la tarde.

Había llegado el momento. Manfred se levantó de su silla. Grant casi se atragantó con la manzana. Se había pasado toda la mañana nadando en la piscina y había fingido trabajar en el sitio web que estaba diseñando (el último que diseñaría en su vida, no tenía ningún encargo pendiente) y había dedicado la tarde a jugar al solitario en el ordenador. Había llegado a convencerse de que lo habían dejado solo en casa. El otro hombre había permanecido tan quieto que se había convertido en un mueble más. Había sido más fácil cuando Grant se creía solo. Había tenido todo el día de silencio para defenderse del pensamiento sobre Mina: el beso que le había robado en el cuarto de la lavadora, el rumor de la máquina y el olor a suavizante, el puñetazo tan fuerte que le había provocado una contusión en la sien durante una semana entera. Se le podía perdonar. En cualquier caso, pronto habría acabado todo.

Las mujeres no tardarían en regresar. Deberíamos preparar nuestra parte, dijo Manfred, y salió para ir al Fiat que Grant y Amanda habían alquilado.

Capullo hijo de puta, masculló Grant, pero cogió las llaves y la cartera. Encendió el motor y cuando estaba a punto de tomar la carretera, una cola de tractores subía la colina, camino a casa. Tuvieron que esperar a que aquellas cosas alargadas pasaran. ¿Adónde vamos?, preguntó Grant, sin dejar de mirar cómo los tractores tomaban la curva.

Al pueblo, por supuesto, dijo Manfred, apretándose con fuerza las rodillas con los dedos.

Por supuesto, contestó Grant.

En la panadería no quedaban panes redondos, así que Manfred pidió barras a regañadientes. Compró una tarta milhojas para postre; también compró un surtido de *macarons*. A Leo le encantan, le dijo a Grant, pero antes de que llegaran a la verdulería ya se había comido el de pistacho y el de color rosa.

Compró berenjenas, compró apios, compró endivias y uvas; compró mantequilla y nata líquida para cocinar y nata fresca, compró seis tipos de queso distintos, todos envueltos en papel de estraza.

En la bodega, compró una caja de un borgoña bueno. Creo que en casa ya tenemos suficiente champán, dijo.

Grant pensó en las cajas llenas apiladas en el rincón de la cocina. No estoy seguro, dijo.

Manfred miró a la cara a Grant por primera vez, con la preocupación surcándole la suya, y luego se relajó. Ah, dijo. Estás de broma.

En la carnicería, carne horripilante detrás del mostrador. Manfred compró salchichas, ternera lechal, una terrina de paté con su capa de grasa; compró jamón fino. Grant, que cargaba con casi todas las cajas y bolsas, apenas pudo estirar los brazos cuando llegaron al coche. Manfred miró al cielo y silbó entre dientes ante algo que acababa de ver allí, pero Grant no prestó atención.

Esta noche nos daremos un buen banquete, dijo Manfred una vez dentro y con las puertas cerradas.

Ya lo creo, contestó Grant. El cochecillo parecía sobrecargado y le costó subir la cuesta.

Por detrás, desde el este, oyeron un silbido, y Grant miró por el retrovisor y vio una cortina de agua que trepaba por la colina a una velocidad mucho mayor de la que podría alcanzar su coche. Accionó el limpiaparabrisas y las luces justo cuando la fuerte lluvia empezaba a aporrear el techo. Grant no tenía visibilidad para poder conducir. Se orilló junto a la zanja, dejando dos ruedas en la carretera. Si alguien aceleraba para subir la pendiente detrás de él, se comería el Fiat. Manfred observó las cortinas de agua perdido en sus ensoñaciones, y Grant dejó que el silencio creciera entre ambos. No era desagradable estar así sentado junto a otro hombre. De repente, Manfred dijo, en voz tan baja que casi no se oía bajo la percusión de la lluvia: Me gusta tu mujer.

A Grant no se le ocurrió qué responder, tampoco se esforzó mucho. El silencio se volvió punzante, y Manfred dijo con una sonrisilla: Más de lo que te gusta a ti, tal vez.

Qué va, dijo Grant. Amanda es fabulosa.

Manfred esperó, y Grant dijo, con la sensación de que debía mostrar más entusiasmo: Me refiero a que es un encanto. Y muy inteligente, además. Es la mejor.

Pero…, dijo Manfred.

No. No, dijo Grant. No hay peros. Lo es, y punto. Lo que pasa es que he entrado en la Facultad de Derecho de Ann Arbor y ella todavía no lo sabe. No sabe que voy a ir.

No dijo que Amanda nunca iría con él, que no podía dejar a su achacosa y demente madre abandonada en Florida. Ni que, en cuanto se dio cuenta de que iba a marcharse a Michigan solo, dejando atrás el gato viejo e incontinente que odiaba, el asqueroso suelo de linóleo, los recortes, el tener que comprar papel higiénico malo con vales de descuento, Florida y su calor que chupaba el alma, se sintió ligero. Hacía una semana, cuando habían llegado en coche a la antigua casa de piedra rodeada de todas aquellas viñas, supo que eso era lo que quería: historia, sábanas antiguas y cristalería fina, Europa, belleza. Amanda no encajaba. A esas alturas, estaba tan lejos de él que apenas la veía.

Sintió un dolor en alguna parte próxima a los pulmones; consternación. Lo que dijo fue una menudencia, pero aun así era una traición en cierto modo.

Estoy esperando el momento idóneo para contárselo a Amanda, así que no digas nada, por favor.

Manfred entrelazó las manos. Tenía la cara inexpresiva. Contemplaba la cortina de lluvia a través del parabrisas.

Grant respiró hondo y dijo: Lo siento. Ni siquiera me escuchabas.

Manfred miró casi de reojo a Grant. Pues vete. Qué más da. Todo el mundo se larga. En el fondo, no es para tanto.

Y así de fácil, la piedra que le aprisionaba los hombros había sido levantada. Grant empezó a sonreír. Eres un pozo de sabiduría, compañero, dijo. Un relámpago surcó el cielo a lo lejos. Lo contemplaron.

Aunque hay una cosa que tienes de contarme, dijo Manfred de pronto. ¿Quién es esa mujer de Ann Arbor? Y, al ver que Grant ponía cara de perplejidad, Manfred le dedicó otra sonrisita y dijo: Eso también era una broma, y Grant se rio aliviado y dijo: En serio, no se lo cuentes a Amanda, y Manfred asintió con la cabeza.

Grant se sintió incómodo ante la intimidad de tener a Manfred tan cerca en el coche diminuto. Había algo que había querido decirle desde la boda con Genevieve en Sarasota diez años antes, durante lo que, visto en retrospectiva, había sido sin duda una oscilación maníaca en el péndulo de Manfred. Pavos reales correteaban por los jardines; los recuerdos que se llevaron los invitados fueron cuencos de plata. Grant había prestado atención sin hacer apenas comentarios ante los excesos que Amanda criticaba con lengua viperina. Ahora él veía las cosas de otro modo.

Perdona que te diga esto, dijo Grant. Pero algunas veces incluso te pareces a un conde austríaco. Tienes un aire de nobleza.

Pero no soy más que un barón suizo, contestó Manfred. No significa nada.

Para mí sí significa algo, insistió Grant.

No me sorprende, dijo Manfred. Eres muy americano. Sois todos unos monárquicos disfrazados.

A lo lejos, las nubes se partían y unas lascas de luz caían hasta la tierra. Manfred suspiró. La charla ha sido muy agradable, dijo. Pero creo que ya puedes conducir.

Grant encendió el motor y empezó a subir por la colina, rumbo a casa.

Al llegar, las mujeres soltaron gritos de sorpresa cuando se encontraron a los hombres en la cocina con delantal y cortando verduras. Los hombres miraron a Mina en cuanto salió del coche, y Leo notó la energía que se transformaba y empezaba a fluir en dirección a ella, como en el arroyo que había a los pies de la colina cuando tiraba piedras al lecho. Fuera olía a tierra fértil, a vaca. Manfred les había servido champán a todos y había sacado las copas altas en una bandeja, y todos se lo bebieron en la grava blanca mojada, mientras contemplaban el resplandor de las viñas a la luz de atardecer, los matices verdes y morados del horizonte. «Por Mina», brindaron todos. Incluso a Leo le pusieron un dedo de champán, que siempre le había encantado tanto como la Coca-Cola. Se lo bebió de un trago. Su madre observaba con atención a su padre por encima de la copa, y era cierto que su padre tenía un peligroso tono rosado en las mejillas. La maldad se removió dentro de Leo. Se escabulló a la cocina, en penumbra al atardecer, y se acercó a la chimenea, donde vio la cajita de cerámica con la palabra «allumettes» escrita, o eso había dicho unos cuantos días antes Manda en su tímido francés. Leo tuvo que esperar a que Grant entrara, arrastrando las maletas de Mina con mucho estruendo escaleras arriba. Su madre y Mina lo siguieron, y oyó que su madre le indicaba a la recién llegada que el agua de la ducha salía torcida, le contaba el horario de Leo, le advertía de que el niño no sabía nadar aún y por eso había que tener mucho cuidado con la piscina. El padre de Leo le ofreció con mucha ceremonia el *macaron* de color morado y se puso a cocinar de nuevo, y el niño dejó el dulce en la repisa de la chimenea para que se lo comieran las palomas. Odiaba los *macarons*. Salió al césped, pasó por delante de la piscina, bajó al fresco huerto de árboles frutales de olor dulzón y pegajoso. Resultó que el halcón había crecido mientras él no estaba. Se veía enorme con las sombras que habían caído sobre él. Se plantó sobre el pájaro en su nido y le dijo palabras en alemán, luego en inglés, luego en francés. Se inventó unas palabras mágicas y las dijo también. En uno de los libros viejos de su padre, en la casa que tenían en el castillo de los Alpes, había una ilustración de un pájaro antiguo en llamas, que en la siguiente ilustración se había convertido en un glorioso pájaro nuevo. Leo pensó con anhelo en la cama que tenía allí, en sus libros y juguetes, y en la montaña que veía por la ventana al despertarse. Encendió la cerilla en una piedra. La llama siseó y luego prendió. Algunos palos estaban mojados, pero no justo los de debajo del pájaro, y las ramitas que estaban secas se encendieron justo antes de que la llama le quemase la mano. Las alas del ave, al arder, desprendieron un hedor que Leo no había previsto. Retrocedió un paso y se acuclilló a mirar. Una turbia columna de humo negro. Cuando volvió a alzar la mirada, era mucho más tarde; las sombras a su alrededor se habían acentuado. Ahora el pájaro era una cosa fea y achicharrada, con la mitad cubierta de plumas y la otra mitad desplumada. El fuego se había apagado por completo; ya no quedaba ni atisbo de rojo en las brasas. Alguien lo llamaba: «¡Leo, Leo!». Se incorporó y corrió colina arriba, notaba pesadez en las piernas y por toda la nuca. Era Mina quien lo llamaba, con el atardecer reluciendo en su pelo y el brillo de otra copa de champán en la mano. Uf, por aquí están quemando algo horrible, dijo, olfateando el ambiente. Un chico con la cara anaranjada pasó montado en un tractor que parecía un animal patilargo; se puso de pie y, contento, les gritó algo que ninguno de los dos comprendieron debido al ruido. Mina lo saludó con la mano y le sonrió de oreja a oreja. Miró la cara sucia de Leo, sus manos sucias. Dijo entre risas: Anda, lávate, acábate rápido la cena y te daré un baño y te llevaré a la cama. El corazón del niño no podía contener todo lo que sentía en ese momento. O bien se estaba expandiendo hacia el cielo o se estaba contrayendo hasta convertirse en la cabeza de un alfiler, era difícil saberlo. Leo, lo llamó su madre, ven a darme un beso. «Muérete», pensó él, pero le dio el beso de todos modos en la mejilla suave y empolvada. Le dio un beso a Manda en el cuello, sobre el cuello de la jirafa tatuada, y esta se ruborizó y soltó una carcajada. A su padre no quiso besarlo. Deja en paz al crío, murmuró Manfred a su esposa. El resplandor de las piernas de Mina al subir la escalera. De haber podido, se la habría comido. Dejó que lo lavara con agua caliente y le pusiera un pijama limpio, y él le acarició la suave mejilla y la olió mientras Mina le cantaba una nana.

En el porche hacía frío. Amanda se había puesto un jersey de lana, Genevieve llevaba un chal de brocados. Mientras esperaban a que la cena estuviera lista, comieron paté con pan y bebieron champán, y se dedicaron a escuchar por el intercomunicador la vocecilla chillona de Leo y la voz más grave de Mina, que le respondía. En la cocina había luz y encima de la mesa una vela en un candelabro de peltre que parecía antiguo. Manfred había puesto *Pedro y el lobo*, que era un CD de Leo, pero el resto de la música que había en la casa era de su hermana y no había más que grunge de los noventa. Había una especie de brillo de recién nacido en los ojos de Manfred que hacía que a Amanda le costara mucho mirarlo a la cara. Algo había cambiado entre Grant y Manfred; había una especie de cable entre ellos donde antes no había absolutamente nada.

Ayer envenené las ratas de la cocina, dijo Manfred de repente. Se me olvidó decíroslo. No os comáis el queso que encontraréis por los rincones.

Pobres ratillas, dijo Genevieve. Ojalá me lo hubieras dicho. Habría encontrado una trampa más humana en algún sitio. Es horrible morirse de sed. Se arrebujó en el chal.

¡Ah!, eso explica lo del halcón, dijo Amanda.

Los demás la miraron.

Esta mañana Leo ha visto un halcón que caía muerto del cielo, comentó. Era enorme. Estaba en el acceso de los coches. No sé cómo no lo habéis visto. Seguro que se comió una rata envenenada y la diñó en pleno vuelo.

No, dijo Genevieve, demasiado rápido.

Parece plausible, ¿no?, comentó Manfred. Ay, cariño. Matar a un depredador trae muy mala suerte. Significa el fin de los tiempos.

No sé, creo que el animal simplemente tuvo un ataque al corazón, dijo Amanda, pero apoyó la cabeza en el hombro de su marido, que tardó un momento en deslizar la silla y pasarle un brazo por la espalda.

El viento se contuvo, las copas de los árboles susurraron. La luna salió de detrás de una nube y contempló su reflejo en la piscina.

Entonces oyeron a Mina cantando por el intercomunicador, y Amanda dijo: ¡Escuchad! «Au Clair de la Lune». Se unió a la canción durante una estrofa y luego tuvo que parar.

¿Por qué lloras, boba?, le preguntó Genevieve a Amanda con cariño, acariciándole el pelo. Dos veces el mismo día ya y tú no solías llorar. Una vez vi a tus cuatro hermanos mayores, los cuatro juntos, sentados encima de ti mientras uno de ellos te aporreaba la cabeza, y no lloraste. Peleaste como si fueras una fiera salvaje.

Las hormonas, creo, dijo Amanda. No lo sé. Es solo que todas aquellas noches en las que Sophie salía y dejaba a Mina en nuestra casa yo le cantaba esa canción hasta que se quedaba dormida. Durante horas y horas. Todos gritaban y se peleaban en la planta de abajo, se decían barbaridades, y de vez en cuando, la poli se asomaba, y se veían los intermitentes en la ventana. Pero en mi cama estaba aquella hermosa y dulce niñita que se chupaba el dedo y decía: Cántamela otra vez. Así que yo se la cantaba una y otra vez, una y otra vez, y era lo único que podía hacer por ella.

Escucharon la voz bella y áspera de Mina a través del intercomunicador: «Il dit à son tour: Ouvrez votre porte, pour le dieu d'amour».

En fin, gracias a Dios por madame Dupont, dijo Genevieve. Nos obligó a aprendérnosla en séptimo curso. Nos hizo cantarla en la fiesta del colegio, ¿te acuerdas? Me quería morir.

Nadie miró a Manfred; escudriñaban los cuchillos, el pan. El momento pasó.

Grant preguntó: ¿Qué dice Mina?

Amanda se fijó en que tenía lágrimas en los ojos; le apretó la nuca. Se sintió conmovida. Hacía tanto tiempo que no veía en él esa parte que lo hacía llorar si veían películas sobre la caza de delfines... Sobre él había crecido otro Grant diferente, más duro.

Manfred no pareció dispuesto a traducírselo. Amanda escuchó un minuto más para recomponerse. Es una historia, dijo. Arlequín quiere escribir una carta, pero no tiene pluma y se le ha apagado el fuego, así que va a ver a su amigo Pierrot para pedirle lumbre y algo con lo que escribir. Pero Pierrot está en la cama y no quiere abrirle la puerta, y le dice a Arlequín que vaya a casa de la vecina porque ha oído que alguien está encendiendo el fuego del hogar en la cocina. Y entonces Arlequín y la vecina se enamoran. Es una canción tontorrona, dijo Amanda. Una nana bonita.

Pero Manfred la miraba desde las sombras. Se inclinó hacia delante. Querida Amanda, dijo. El mundo debe de ser duro para ti. Todo sustancia, nada de matices. Arlequín está al acecho. Quiere sexo, *pour l'amour de Dieu*. Cuando Pierrot le da la espalda, va a ver a la vecina para *battre le briquet*. Prender la mecha, seguro que entiendes el doble sentido. En definitiva, se tira a la vecina.

Genevieve se recostó en la silla lentamente, sumida en la oscuridad.

Manfred sonrió a Amanda y se notó una extraña electricidad nueva en el ambiente; ahí había algo, que se mostraba ante Amanda, en la parte posterior de la cabeza. Casi había llegado a comprenderlo, casi lo tenía ahí. Contuvo la respiración para que la sensación avanzara tímidamente hacia la luz.

Mina observó a las parejas desde el vano de la puerta, con la sensación de estar todavía sobrevolando el Atlántico, con la tierra distante y vertiginosa bajo sus pies. Nadie hablaba; no se miraban entre sí. Algo se había agriado desde que los había abandonado media hora antes. Procedía de un hogar lleno de conflictos. Le bastaba echar un vistazo para saber que en cualquier momento estallaría una discusión, y que sería de las gordas.

Dio un paso adelante para distraerlos. Empezó a cantar. No tenía buena voz, pero sí era potente y algunas veces sus cantos eran capaces de disolver una pelea en su casa. Los otros cuatro clavaron los ojos en ella. Notó cómo se expandía dentro de su cuerpo, igual que le sucedía cada vez que se sentía observada. Esta noche Mina era otra persona, extraña. El champán de un rato antes era lo único que había ingerido desde que había salido de Orlando y la había vuelto peligrosa, como una gata.

En algún momento entre su llegada y ahora, por fin había decidido lo que llevaba rumiando unos cuantos días; y en ese momento, lo que ella sabía y ellos ignoraban la llenaba de un secreto subidón de alegría. Helio interno. No pensaba montarse en el avión al final del verano. La facultad era muy gris e inútil en comparación con lo que le esperaba en París, su vida era un paréntesis en aquel lugar sofocante en el que había dejado atrás su infancia. Florida. Bien. Ya estaba harta de todo eso. Un continente entero convertido en pasado. Iría de cabeza al glamour. Solo tenía veintiún años. Era guapa. Podía hacer lo que quisiera. Se sentía en la estimulante escalada hacia la cima de su vida. Mientras caminaba hacia ellos, vio que esa gente había dejado de escalar, que se balanceaba junto al precipicio (incluso Amanda, la pobre y cansada Amanda). Vio que Manfred ya había empezado a precipitarse pendiente abajo. No era más que una exhalación desde las rocas.

El cielo inmenso con estrellas. Glorioso, pensó Mina, mientras se acercaba al resto. El frío en el ambiente, el olor de las cerezas transportado desde los árboles, la ternera con endivias a medio preparar en la cocina, la piscina con su propia luna, la casa de piedra, los viñedos, el campo lleno de franceses de ojos aterciopelados. Incluso el titilar de las velas en esos rostros enfadados de la mesa era romántico. Todo era hermoso. Todo era posible. El mundo entero se había abierto en dos como un melocotón. Y esa pobre gente, esa puta pobre gente. ¿Eran demasiado viejos todos para verlo? Lo único que tenían que hacer era alargar el brazo, arrancarlo del árbol y llevárselo a los labios, para saborearlo igual que ella.

Salvador

El piso que Helena alquiló en Salvador de Bahía tenía techos altos, suelos de mármol, ventanales inmensos. Siempre parecía fresco, incluso cuando las llamaradas del verano brasileño se colaban dentro a última hora de la tarde. Si se asomaba por el balcón, veía el antiguo convento esquinero de su callejón sin salida; por encima de los tejados de tejas rojas alcanzaba a ver hasta el punto donde el muelle se abría al océano. Estaba tan cerca que percibía el leve olor a podrido del litoral y notaba la sal en el aire. Las primeras mañanas se tomaba el café en el balcón, aún con el camisón de algodón, y miraba el agua que se mecía verdosa hacia el horizonte, mientras el océano y el cielo se difuminaban en la neblina al encontrarse.

Una mañana, cuando estaba en el balcón disfrutando del roce del camisón contra los tobillos y la penetrante luz del sol estival, bajó la vista y se encontró con la mirada del tendero del colmado que había en la acera de enfrente. Sujetaba una escoba, pero no estaba barriendo. Su cara redonda y oscura, siempre reluciente como si acabaran de embadurnarla de mantequilla caliente, estaba inclinada hacia arriba, hacia ella. Tenía los labios abiertos y la lengua presionaba sin parar contra el hueco que le quedaba entre los dos dientes delanteros, toda rosada, mojada y lasciva.

Helena entró y cerró la puerta de cristal con ímpetu y dejó la taza de café con sumo cuidado en la mesa del comedor, que era de cristal. Se sentía enferma. Fue al dormitorio para mirarse. La misma luz que bañaba el balcón se colaba a rodajas por las ventanas de su habitación, y se colocó en el haz de luz para ver qué había visto él. En el espejo se le veía todo, literalmente: vio su cuerpo completo (piernas, pubis negro, pezones redondos y marrones), como si el camisón no fuera más que una sombra pálida de su propia piel. Helena pensó en la vista que debía de tener el hombre desde abajo, las suelas rosadas de sus pies presionando contra el suelo de rejilla del balcón, sus piernas en contrapicado hasta el busto, la cabeza coronada de pelo rubio teñido y descaradamente despeinado.

Por el amor de Dios, si parezco una puta, se dijo. Helena se rio de sí misma, y la risa rompió el hechizo, así que se duchó, se vistió y salió a pasar el día. Mientras caminaba por delante del colmado, miró al frente en todo momento, pues no quería darle al tendero la satisfacción de verla mirar hacia los oscuros recovecos de su establecimiento.

Helena se encontraba en ese viscoso grupo de años que comprenden el final de la treintena, en los que percibía que su belleza se iba alejando poco a poco de ella. En otra época había sido preciosa, lo cual dio paso a ser linda, lo cual se transformó en ser atractiva, y ahora, si no hacía algo drástico para detener la caída, acabaría siendo una mujer de mediana edad elegante, que era una casilla muy poco deseable. Era la hija menor de una madre permanentemente enferma que no podía vivir sola, y dado que era la más joven y no estaba casada en el momento en que su madre sufrió el primer brote de enfermedad, fue en Helena en quien recayó el papel de cuidadora. Por norma general, la vida con su madre era apacible, incluso buena, con partidas de cartas y rompecabezas y programas televisivos, con todas esas misas los domingos, de un anacronismo feroz, en latín, con velos. La propia Helena no creía en más dios que el que se reflejaba en la cara de su madre cuando se arrodillaba en el reclinatorio de terciopelo y se olvidaba de lo enferma que estaba.

En conjunto, Helena estaba conforme con el trato, conforme con ser la cuidadora de su madre. No obstante, había que reconocer que el amor era imposible con una madre enferma y beata velando con paciencia su insomnio en la habitación contigua. Tampoco podía plantearse quedar en casa de otras personas, porque su madre necesitaba ayuda cada pocas horas para ir al cuarto de baño o para recordarle la pastilla o una inyección, para tener un regazo en el que apoyar la cabeza y una mano que le enjugara el sudor de las sienes.

Las hermanas de Helena se sentían sumamente culpables al ver que su bellísima hermana se marchitaba con una servidumbre tan obediente, así que una vez al año le daban un buen fajo de billetes e iban a cuidar de su madre dos semanas cada una en lugar de Helena. Durante un mes al año, Helena tenía la libertad y el dinero necesarios para divertirse donde le apeteciera. Acostumbraba elegir lugares tranquilos envueltos de romanticismo: Verona, Yalta, Davos, Aracataca Y para estirar al máximo sus reservas de efectivo, alquilaba un apartamento amueblado y solo cenaba fuera. Se pasaba el día en museos, cafeterías y jardines botánicos, y por las noches, con bastante frecuencia, volvía a casa achispada con los zapatos de tacón en la mano, e intercambiaba besos babosos con un desconocido en el ascensor.

No le costaba encontrar hombres, aunque era indudable que su belleza iba apagándose. Si en el restaurante que había elegido no se le acercaba ningún hombre, iba al bar de un hotel bueno. Si tampoco pasaba nada en el bar, iba a una discoteca y volvía con algún borracho al que doblaba la edad. Sus preferidos, sin duda, eran los empresarios rubios, pero hallaba un placer diferente y a veces más intenso en esos jóvenes, nativos de los lugares que visitaba, algo delicioso en el modo como sus idiomas se deslizaban entre los dos, sin apenas tocarse.

Los hombres no eran tan disciplinados ni tan listos como las mujeres, pensaba Helena; en general, los hombres cogían lo que les ofrecían, sus apetitos eran demasiado crudos y básicos para oponer demasiada resistencia. Eran como niños, engullían el caramelo de golpe, sin pararse a pensar en las consecuencias de su glotonería. Sus visitantes y ella solían mantener en vela a los vecinos, pero estos casi nunca se quejaban; cuando se la encontraban en el pasillo, a menudo se quedaban perplejos al ver los elegantes y pulcros vestidos grises que lucía Helena, su coleta apretadísima, su cara pálida y arrogante. En cierto modo, parecía de mala educación hacer una queja tan bochornosa ante una mujer de porte tan correcto.

Al cabo de un mes de saciar su sed, Helena descubría que casi tenía ganas de regresar al piso cerrado y recargado de tapetes, de recuperar los gritos de dolor medio ahogados de su madre en mitad de la noche.

Una semana después de que el tendero la viera en todo su esplendor, cuando llevaba dos semanas en Salvador, volvió a casa ya al amanecer con uno de sus ligues. Había conocido a un grupo de asistentes de vuelo en un bar, y saltaba a la vista que el único hombre solitario de la tripulación no estaba interesado en ella, o quizá en las mujeres en general, así que Helena había salido con toda la panda de atolondradas al club nocturno de la zona. Allí estaban fuera de lugar, entre las fabulosas criaturas jóvenes con su ropa casi inexistente, su elegancia felina. Al final, las azafatas desaparecieron y Helena se quedó bailando con un chico alto y de piel muy oscura de unos dieciocho años. Aunque su nivel de inglés se limitaba a las letras de rap que tarareaba al son de la música, Helena consiguió transmitirle lo que quería hacer con él. El chico sonrió de oreja a oreja, tenía una sonrisa preciosa. Fueron en la moto de él hasta la parte de la ciudad en la que vivía ella. Helena iba apretando la pelvis contra él mientras circulaban, lo tocaba, y el joven conducía tan rápido que estuvo a punto de perder el control cuando llegaron a la calle adoquinada. Se echaron a reír con alivio y con algo más intenso cuando apagó el motor de la motocicleta y se bajaron; mandándose callar el uno al otro, entraron por la verja de hierro forjado. Helena cerró la puerta y se asomó a la calle mientras oía el sonido metálico de la hoja. Se sobresaltó al ver al tendero con cara de pan. Estaba agachado, a punto de bajar la persiana metálica que protegía el escaparate de la tienda. La vigilaba. Helena notó cómo se le congelaba la sonrisa cuando él sacudió la cabeza de un modo casi imperceptible y se dio la vuelta. Le entraron unas ganas imperiosas de gritarle algo, algo desesperado y cierto, sobre los largos y secos años pasados en la espesura de la enfermedad de su madre, pero el chico la agarró por la cintura, su voz cálida y sibilante y sin sentido junto al oído, y cuando Helena volvió a mirar hacia la calle, el tendero se había marchado.

Helena se despertó a media mañana y descubrió que el chico se había ido. En la cocina encontró un plato en el que había dibujado una cara sonriente con salsa picante antes de irse, así que lo metió en el fregadero y observó cómo se disolvía la cara bajo el chorro de agua. Dedicó la mañana a cuidar con mimo de su cuerpo, se dio un largo baño de espuma y se aplicó exfoliante, se depiló, se limó las uñas y se las pintó, se peinó a conciencia. La sensación que la reconcomía al despertarse no se había desvanecido, así que se puso su conjunto más puritano, un vestido largo negro y unas bastas sandalias de andar. Dudó un momento y se echó un chal por los hombros para dar una impresión todavía más rancia. Hasta entonces, no había comprado nada en el colmado de la calle (el dueño del piso la había advertido en su carta de que en la cadena de supermercados que había tres manzanas hacia el norte los productos costaban la mitad que en la tienda del barrio), pero necesitaba plátanos y papayas y café y pan, así que sacó fuerzas de flaqueza y fue a enfrentarse al tendero.

El local desprendía un intenso olor a fruta a punto de pudrirse, y las estanterías estaban abarrotadas, con las hileras apretadas. Habría sido difícil que se cruzaran dos personas con sendas cestas por el pasillo. Con alivio constató que no había nadie más en la tienda, salvo el vendedor y un amigo suyo que había estado charlando junto a la caja registradora hasta que ella entró. Los saludó discretamente con la cabeza y ellos le devolvieron el saludo, también con la cabeza, y sin sonreír.

Curioseó un rato, hasta que los hombres retomaron la conversación en voz baja. Al fondo, junto al papel higiénico y las servilletas de papel festivas había un hueco de puerta pequeño y estrecho en la pared, que estaba vacío la primera vez que miró hacia allí. Sin embargo, cuando volvió a mirar, vio unos piececillos, luego una mano, una cabeza oscura. Cuando la persona completa salió a la luz, resultó ser una mujer muy baja o una niña. Helena supuso que era indígena, de piel morena y pómulos anchos, luego se preguntó si sería la hija del tendero, aunque la primera vez que lo había visto había dado por hecho que era negro; su tez era apenas más clara que la del chico de la noche anterior. Pero Brasil era un país confuso en ese sentido, y Salvador todavía más, con el azote de la trata de esclavos de antaño: era imposible saber a ciencia cierta a qué grupo pertenecía una persona. Se había sorprendido al descubrir que la ciudad desafiaba una sensación de orden muy arraigada en el Hemisferio Norte que Helena no sabía que poseía.

El tendero vio a la niña o mujer y dijo algo con voz severa, y por el miedo inmediato que Helena vio en aquel rostro, por cómo dejó caer los hombros con gesto servil y por la rapidez con que desapareció de su vista, Helena pensó que pasaba algo raro. No sabía qué hacer; tuvo que apoyar la cabeza de inmediato en el frío metal de las estanterías para recobrarse. Entonces llevó la compra hasta el mostrador, con las manos temblorosas y sin atreverse a mirarlo a la cara, de modo que solo captó su escasa estatura y los hombros fuertes. Fijó la mirada en una estatuilla de hojalata que había en el escaparate por encima de la cabeza del tendero, una mujer metida hasta las rodillas en unas olas de aspecto bravo. Yemanyá, recordaba haberla visto en el mercado, la diosa del mar. El hombre señaló los números de la caja con un dedo romo. Helena pagó el dinero a Yemanyá, no a él.

Mientras ponía las compras en una bolsa de plástico, por fin se sintió capaz de mirarlo a la cara y dijo para sus adentros: «Eres un hombre malvado y yo te vigilo». Durante el resto del día, sintió miedo por la chica, se preguntaba si necesitaría que la rescatara. Con todo, saboreó el modo en que el tendero se había encogido ante su mirada.

Durante tres días, Helena se vistió con un decoro ostentoso y realizó compras sencillas en la tienda, pero el vendedor nunca la saludó y ella tampoco volvió a ver a la niña o mujer. El ardor de Helena se había enfriado al llegar al tercer día, y empezó a preguntarse și la chica no sería simplemente la esposa o la novia del tendero o la reponedora del establecimiento, una persona a quien estaría mal tratar de semejante manera, pero sin que constituyera un delito. Empezó a sentir escalofríos de culpabilidad por haber llegado a semejantes conclusiones (¡qué actitud tan arrogante, típica de los americanos!) y para evitar un terreno emocional tan pantanoso, volvió a comprar en la cadena de supermercados.

Un día, mientras regresaba del otro establecimiento con la leche y los huevos bamboleándose en una bolsa a la altura de la cadera, vio al tendero fuera, delante del colmado, y lo primero que miró fue la bolsa de ella, y algo cedió en su rostro, hasta el punto de saludarla con la mano de un modo nada antipático, y ella, confusa, fingió no verlo.

Una vez arriba, en el piso, se inquietó. ¿Es que nunca podría salir de casa sin verse asaltada por malos sentimientos? ¿Acaso el tendero de marras iba a arruinarle todas las vacaciones? Se preparó una macedonia de frutas y se sentó, vengativa, en el balcón a comérsela. Se había formado una espesa nube inmensa y había arreciado el viento, y cuando terminó la macedonia, Helena se levantó para mirar el océano. Observó una cortina de agua distante que descendía de las nubes negras y avanzaba a toda prisa hacia ella, creando un rápido telón sobre los cruceros que había cerca del puerto, luego sobre las barcas de pesca que se disponían a atracar, luego sobre el propio muelle y luego sobre la aguja de la iglesia. Cuando la tormenta azotó el tejado rojo de enfrente, Helena entró en el apartamento y cerró la puerta acristalada un suspiro antes de que el aguacero intentara atacarla con fuerza, como si se enfureciera porque ella estaba todavía seca y a salvo cuando el resto del mundo era tan vulnerable.

Al chocar contra las numerosas ventanas del piso, la tormenta era ensordecedora, y durante un día entero Helena se quedó encerrada allí, incapaz de salir a sus queridos museos o al cine; ni hablar de restaurantes, bares y discotecas. Leyó todos los libros que tenía y escribió cartas a sus hermanas y a su madre, para contarles cómo le iba en aquella ciudad extraña y de ensueño con sus tonos pastel y sus colinas, con las bandas callejeras de chicas que aporreaban el tambor y bailaban a la luz de las farolas y tocaban con furia en el antiguo mercado de esclavos lleno ahora de telas y objetos de artesanía. Escribió acerca del primer hombre que había conocido allí, aunque estiró la verdad hasta un punto que perdió forma, transformando lo que no había sido más que una hora de aturdimiento para que pareciera una historia de amor, como siempre hacía en sus cartas durante su mes anual de asueto. Su madre era una romántica, y sus hermanas, atrapadas en sus matrimonios felices, solo fingían censurar sus líos, chasqueando la lengua y atiborrándose durante un año entero con las insinuaciones e indirectas de Helena. Les escribió que había visitado la iglesia de Nosso Senhor do Bonfim, nombre que tradujo como Nuestro Señor de los Finales Felices, sabedora de que su madre oiría el sonoro portugués detrás y se imaginaría a un Jesucristo de piel oscura en la cruz, y de que sus hermanas pillarían la broma y se reirían a hurtadillas.

Cuando una especie de noche cayó sobre la tarde, le entró la desesperación, así que se ató una bolsa de la compra a la cabeza y se puso la única gabardina que se había llevado, porque, a fin de cuentas, se suponía que era verano en el Hemisferio Sur. Con los zapatos en la mano, corrió hasta el hotel con aspecto de convento que había al final de la calle. En el ultimísimo segundo, el botones le abrió la puerta y Helena irrumpió en el vestíbulo, riendo y sacudiéndose el agua del pelo rubio mientras se desataba la bolsa de plástico de la cabeza frente a un inmenso espejo de marco dorado. Así mucho mejor, pensó mientras inspeccionaba el hotel con su selva de plantas y adornos de madera, luego se repasó el peinado y el maquillaje. Estaba ruborizada y muy guapa. Se puso los zapatos y el botones le dedicó un tímido aplauso y señaló la chimenea encendida.

Sin embargo, Helena negó con la cabeza y se dirigió al bar, que por lo general era demasiado caro para ella. La tormenta la había mantenido enclaustrada en casa la noche anterior y había decidido mandar al cuerno el presupuesto; necesitaba recuperar el tiempo perdido y su tipo favorito de empresarios frecuentaba esa clase de hoteles. Contuvo la respiración y dio un sorbo al whisky escocés que había pedido, mientras observaba la decoración de detrás de la barra, unas burbujas iluminadas de azul en una especie de aceite, que se elevaban con una lentitud absurda.

Había un par de hombres estadounidenses que le devolvieron la sonrisa, pero a los que se unieron al instante sus esposas, ambas con vestidos estampados. Guiñó el ojo a un tipo mayor que se alarmó y puso pies en polvorosa; despacio se aplicó una capa de pintalabios mientras miraba a un hombre de negocios japonés que solo tenía ojos para su ordenador. No había nadie más salvo la camarera. Helena pidió una hamburguesa con un suntuoso montón de cebolla frita y gorgonzola encima, y se la comió muy despacio, con mordiscos meditados, sin dejar de mirar ni un momento la puerta, por la que no entró ni un alma.

Las luces parpadearon y se apagaron, pero había velas en las mesas, que formaban una suave constelación. Observó a la camarera mientras iba encendiendo más, hasta que la sala volvió a quedar sumida en una luz crepuscular.

Cuando terminó la cena, se sentía llena de una energía frenética, pero a juzgar por el sonido ensordecedor de la lluvia en la calle, iba a ser una noche aburrida. Nadie en su sano juicio saldría con semejante tiempo. A regañadientes, iluminada por las llamas de la chimenea y las velas repartidas por las mesas, Helena se ató de nuevo la bolsa de la compra a la cabeza y se puso la gabardina empapada, desagradable al tacto. No obstante, al llegar a la puerta del hotel el botones negó con la cabeza y le dijo: ¡No, no, señorita! Y sacudió los brazos.

Sé que llueve a mares, pero mi apartamento está literalmente a cincuenta pasos de aquí, dijo, conmovida por la preocupación del empleado. Intentó mostrárselo a través del cristal, pero la lluvia era tan densa y la noche tan oscura que el mundo se fundía a apenas un metro de donde estaban. Helena le sonrió (era guapo, de orejas grandes; en semejante situación, podría servir), pero el botones se limitó a volverse hacia el mostrador de la recepción y gritó algo. Una mujer llegó a toda prisa. Era alta, una brasileña de origen alemán, pensó Helena, con ojos color avellana y el pelo largo y con mechas, y Helena sintió un cálido arrebato de odio que fue creciendo dentro de ella, porque la mujer era más guapa de lo que había sido Helena nunca, ni siquiera en su mejor momento.

Señorita, dijo la mujer. No podemos dejar que se marche. Hay una tormenta tremenda. Con viento. ¿Cómo se llama?

No es un huracán, dijo Helena. No hay huracanes en el Atlántico Sur. Lo sabía porque su madre tenía miedo de que le pillara uno, así que Helena había buscado la entrada sobre Brasil en una enciclopedia y la había tranquilizado.

Bueno, dijo la mujer, encogiéndose de hombros. Pero aunque solo sea una tormenta, debe quedarse.

Helena repitió que su apartamento estaba a pocos pasos de allí y propuso que la acompañara el botones, mientras le echaba una miradita por debajo de las pestañas, preguntándose si captaría la indirecta. Pero el hombre retrocedió y su pálida carita reflejó semejante terror que Helena se echó a reír. No me pasará nada, insistió.

Quédese, dijo la mujer. Le dejaré una habitación a mitad de precio.

Helena notó que se ruborizaba, pero preguntó: ¿Cuánto es?

La mujer dijo un precio que equivalía al coste del alquiler del apartamento de todo el mes. Demasiado, dijo Helena.

Una cuarta parte, dijo la mujer, abatida. No estoy autorizada a rebajarlo más.

Gracias, dijo Helena. Llegaré bien a casa. Se quitó los zapatos, abrió la puerta con ímpetu, salió decidida y, de inmediato, supo que se había equivocado.

El viento le arrebataba el aliento de la boca, la lluvia se le clavaba en los ojos y Helena retrocedió hasta notar el estucado de la pared del hotel bajo la palma. No podía ver la entrada ni la moqueta que había pisado hacía un momento, y solo consiguió volver a respirar cuando se puso el codo doblado de parapeto. Sin embargo, no era de las que regresan con el rabo entre las piernas, jamás. Su apartamento estaba a pocos pasos de distancia; había tardado un minuto como mucho en correr descalza hasta allí unas horas antes. Soltó los zapatos y fue caminando a tientas con mucho esfuerzo, resiguiendo la esquina del viejo convento hasta la verja de hierro forjado que rodeaba el jardín. Allí le resultó un poco más fácil avanzar porque podía agarrarse con ambas manos a los barrotes, como un marinero aferrado a un mástil, y así logró llegar a la siguiente textura rugosa de una fachada, el edificio contiguo.

Cuando por fin alcanzó la puerta de ese edificio, estaba llorando. Se detuvo y apretó el cuerpo contra el cristal y trató de abrir la puerta, pero o bien estaba cerrada con llave, o bien el viento la mantenía sellada. Respiró unas cuantas veces al abrigo de un buzón hasta que dejó de llorar, y se enjugó los ojos hinchados, dispuesta a intentarlo de nuevo. Qué tonta eres, se dijo. Tonta, ilusa, terrible, qué mujer. Te mereces lo que te pasa.

Avanzó unos centímetros. Había otras tres puertas, pensó, antes de llegar a su propia verja de forja, que se abría hacia dentro y que el viento abriría de par en par en cuanto ella probara a girar el pomo, y así la empujaría al interior del patio, a casa. O tal vez faltaban cuatro puertas; no se acordaba bien, y no podía creer que hasta ese momento nunca se hubiera fijado.

Pero antes de que hubiera llegado siquiera a la tercera puerta, se resbaló con algo y se cayó de bruces. Notó que la piel de la rodilla se le pelaba con mucho dolor. Se ovilló en el suelo para recuperar fuerzas y se quedó acurrucada, llorando de rabia y agotamiento. Estaba sola y se abandonó a su soledad, siempre estaría sola, siempre estaría en uno de esos charcos que no paraban de crecer mientras ella estaba tirada encima. Durante un rato larguísimo continuó allí y no le resultó tan terrible, a pesar del viento y la lluvia que la azotaban. Solo había una inmensa negrura.

De repente, algo salió a toda prisa en medio de la tormenta, algo la agarró por la muñeca y notó que tiraban de ella, a plomo, sobre los adoquines de la calle, sus extremidades crujían contra el suelo duro. Y entonces llegó la ausencia, primero de viento en la cara, luego de la desquiciante lluvia; y abrió los ojos a la oscuridad. Estaba tan agradecida de seguir respirando que ni siquiera se planteó dónde se encontraba hasta que la respiración se le serenó y pudo acallar el gemido que acababa de oír ascendiendo desde su pecho. Entonces oyó un brusco golpe metálico que amortiguó la lluvia todavía más y después el golpeteo del viento furioso al verse excluido fuera. Se incorporó con mucho dolor y consiguió que las piernas le obedecieran, el corte de la pierna le escocía horrores, así que se inclinó contra lo que fuera que tenía detrás, tan suave y cubierto de plástico. Palpó y se dio cuenta de que estaba apoyada contra unos paquetes de rollos de papel de cocina, y entonces fue cuando su mente aturdida se percató de que se encontraba en el colmado. Precisamente él, de entre todos los seres humanos del planeta, la había salvado. Entonces el olor del local le llegó a la nariz, el acre olor medio podrido y florecido. Oyó que el hombre atrancaba algo pesado contra la puerta.

Un fogonazo de algo feo empezó a removerse en ella, y se apoyó todavía más contra el papel de cocina, contra la estantería, sin importarle que los rollos desplazados cayeran al suelo. Estaba temblando y se metió el cuello del vestido entre los dientes para evitar que le castañetearan. La tienda estaba a oscuras, la única luz procedía de un distante resplandor rojo de algún aparato eléctrico, que no iluminaba nada.

Helena confiaba en que la chica o mujer que había visto la primera vez que había entrado en la tienda estuviera por allí. Ansiaba que ese cuerpecillo se acercara al suyo, le diera la mano y la calentara, pero aguzó el oído con suma atención hasta que se convenció de que, sin duda, no había nadie más en la tienda salvo ellos dos: aquel hombre y ella; no se oía más respiración que la de ambos. Se obligó a seguir con el oído los movimientos de él, sus pesados zapatos que se arrastraban hacia donde estaba sentada. Tal vez fuera un descuido cuando le dio una patada en la pantorrilla al acercarse; no podía saber qué veía él en tal penumbra. Helena contuvo la respiración, pero el tendero conocía al dedillo la tienda, por supuesto, y se acercó aún más. Le llegaba su olor, un hedor particular a pies y sobacos y tela vaquera tan usada que estaba grasienta.

El hombre no dijo nada, se limitó a quedarse de pie junto a Helena durante un buen rato. Arrastró los pies hacia ella un poco más y la tela de sus vaqueros le rozó la cara, y se alegró de tener el cuello del vestido entre los dientes, pues de lo contrario habría chillado.

Él dijo algo con su característica voz ronca, pero ella no le entendió ni se molestó en contestar. Intentó que su respiración se mantuviera pausada y sin obstáculos, pero el estómago, tan revuelto a causa del esfuerzo y de la comida pesada, hizo ruido, y el hombre se rio de forma desagradable.

Entonces se alejó y Helena notó que la tensión se desprendía de sus hombros. Oyó que rebuscaba por ahí, luego le llegó el doble beso de la nevera al abrirse y cerrarse en el otro extremo de la estancia. A la desesperada, pensó en escaparse, pero sabía que no llegaría a abrir la puerta de metal con semejante viento y estaba prácticamente segura de que no había puerta de atrás por la que salir de la tienda. Y, por malo que fuera él, Helena había sufrido la tormenta del exterior y, no estaba segura, pero creía que debía de ser peor.

El hombre regresó. En lugar de quedarse de pie, se dejó caer enfrente de donde estaba Helena, quien sintió un dolor agudo y repentino en la garganta. Pero entonces el dolor se transformó en frío, y supo que le tendía un botellín de cristal, que ella cogió. Entonces notó en la mejilla otra sensación, un plástico aceitoso, y el hombre dijo *Biscoitos*, y Helena cogió el paquete de galletas con la otra mano y comió una por educación. *Obrigado*, susurró, pero él no dijo nada.

La bebida era cerveza. Calculó cuánto debía de pesar el botellín. Aunque él era mucho más fuerte, por lo menos le había dado un arma. Helena bebió muy despacio, con el fin de que el peso de la botella durase. Al otro lado del golfo oscuro que era el pasillo, los tragos del tendero eran rotundos y sonoros, y debía de haber sacado más de una cerveza para él, porque con bastante frecuencia ella oía el tintineo de un botellín vacío sobre el suelo de cemento y el siseo de una cerveza nueva al abrirse y el repicar de la chapa al caer al suelo. Fuera, la tormenta atronaba sin descanso, y Helena empezó a notar unas salpicaduras de agua en los pies, luego una capa mojada que los cubría. La tormenta había empezado a entrar.

Peor que verse sumida en la tormenta era no saber qué estragos estaba causando. Las pruebas de su paso estaban por todas partes; en el agua fría que le llegaba al trasero apoyado en la estantería, en las ráfagas de viento, en el crujido del edificio y en los ruidos de los choques distantes, lo más probable era que se tratase de barcos que debían de romper contra la costa. Se preguntó si habría incendios que abrasaran las viejas estructuras desvencijadas de esa parte de la ciudad, y qué quedaría en pie por la mañana. Si sobrevivía a esa noche, a ese hombretón que tenía enfrente en la oscuridad, podría cerrar los ojos en el trayecto en taxi rumbo al aeropuerto, podría subir a un avión, podría sobrevolar los despojos hasta que el avión aterrizase, con su madre en la silla de ruedas sonriéndole de oreja a oreja desde el pie de las escaleras mecánicas en la zona de recogida de equipajes. No sería ella quien tuviera que limpiar aquel desaguisado. Ella solo estaba de visita; podían absolverla. Sin embargo, era un débil consuelo, apenas reconfortante. El fin de la tormenta era irreal, y ella estaba muerta de cansancio. Las horas de espera en la oscuridad allí, los años de espera en la oscuridad en casa, eran demasiado; la enterraban en olas de agotamiento. Era imposible predecir a qué velocidad subiría el agua. No importaba: el hombre ya estaba allí. Y Helena esperaba su ataque repentino, su poderoso cuerpo al que el delgado de ella no podría hacer frente durante mucho tiempo.

Se oyó una explosión fuera, y el bulto del hombre se acercó y dijo algo con rudeza. Ella se estremeció, pero no la tocó.

La arrullaba la oscuridad, la inmovilidad del hombre salvo por su permanente ingesta de cerveza. Seguro que ya había amanecido, eso por lo menos. El miedo de Helena se había apaciguado y sus pensamientos eran cada vez más torpes a causa del sueño. Apoyó la cabeza en los rollos de papel de cocina, metidos en sus envoltorios, y cambió un poco de posición para paliar el calambre del trasero. Entonces cerró los ojos, como si pudiera volver la oscuridad todavía más oscura y apartar aún más de sí misma la tormenta y al hombre.

El tendero se levantó tres veces, se oyó el beso de la nevera tres veces, él volvió chapoteando y se sentó con un gruñido en el suelo, enfrente de Helena, esas tres veces. A la tercera, estaba casi dormida cuando el hombre se inclinó hacia delante y le puso la mano en el tobillo. Era la mano con la que había sujetado la cerveza hasta un momento antes, y la joven notó un frío tan tremendo que la sobresaltó cuando la piel de él tocó la suya.

Le dio la impresión de que llevaba tanto rato temiendo aquello que, cuando se materializó, casi sintió alivio. Notó que su enfado cobraba vida y apartó la pierna con brusquedad, pero la mano de él había vuelto a encontrar su tobillo y se lo agarró con tanta fuerza que llegó al punto del dolor, y lo sobrepasó. Helena soltó un chillido involuntario y él se rio, como si quisiera indicar que ni siquiera se había acercado al límite de su fuerza. Helena se mordió el labio hasta que le salió sangre y el tendero aflojó la mano otra vez.

Helena pensó en su madre, sola en Miami, donde el sol siempre era seco, en el crucifijo en la penumbra sobre la cama; pensó en la pequeña *orixá* de hojalata, la diosa del mar, en calma por encima de la caja registradora en la oscuridad. Por inercia, se puso a rezar, sin saber si rezaba a su madre o a uno de los dos dioses, o a una mezcla de los tres, pero en realidad no importaba a quién iban dirigidas las palabras, porque ese gesto sin dirección era lo único que podía hacer en tales circunstancias.

El tendero apartó la mano para coger otra cerveza o comida de las estanterías. Se agachó y respiró con dificultad y chasqueó los labios, y Helena se acordó de cómo se había pasado la lengua por el hueco entre los dientes el día que la había espiado desde la calle cuando ella estaba en el balcón, lo rosada, palpitante y obscena que era aquella lengua. Cuando regresó, volvió a ponerle la mano sobre la pantorrilla, cada vez un poco más arriba. Ahora la persiana metálica retemblaba con menos desesperación; el viento parecía haberse calmado un poco. Cuando el hombre llegó a la altura de la rodilla, palpó la boca mojada y abierta de la herida y, a pesar de que no quería, Helena no pudo evitar contener la respiración con un siseo, cosa que hizo reaccionar al hombre.

Pasó el dedo por el contorno de la herida. De vez en cuando, el dedo se adelantaba un poco y tocaba la parte interior del corte, y ella jadeaba, entonces él se reía. Empezó a hablar. Estaba borrachísimo, saltaba a la vista, y tenía la lengua pastosa y arrastraba las palabras, todavía más extrañas, y a Helena no le cupo duda de que habría sido incapaz de entender su portugués aunque ella también hubiese hablado el idioma.

Sintió arcadas al anticipar el dolor. Se ovilló, a la espera, y su cerebro se puso a transliterar de un modo surrealista, dividía las largas ristras de palabras en secciones más cortas, se dejaba llevar por una especie de ritmo. Encontraba consuelo en las imágenes que se elevaban en la oscuridad ante ella. «Sangre de toro calabacín florecilla», se imaginó que decía. «Cine refrigerio de extrañas cebras locas.»

Escuchó con atención. Las palabras del tendero se volvieron aún más graves. Apartó la mano de la rodilla de Helena, la bajó por la espinilla. Ella oyó el viento entre las hojas en la calle (así que todavía había árboles, y los árboles todavía tenían hojas) y el ocasional repicar de la lluvia contra el metal. Podía ser el ojo de la tormenta, se dijo; y si lo era, tendría que soportar la intensificación del viento otra vez, la pesada presencia de ese hombre, y sabía lo que ocurriría si tenía que esperar con él otra vez mientras escuchaba los terribles rugidos del exterior. No sería capaz de mantenerse lo bastante quieta para que él se olvidase de su presencia. Pero al final, el tendero se calló y empezó a silbar por la nariz. Helena comprendió que se había quedado dormido.

Centímetro a centímetro, Helena retiró su cuerpo de debajo de la mano del hombre. Se apartó del charco en el cemento donde había estado sentada todo ese tiempo y se desplazó, rígida y fría, hacia donde recordaba que estaba la puerta. Tuvo que dejar el botellín de cerveza al que se había aferrado toda la noche para

quitar del paso una estantería y levantar el pestillo. En un arrebato de fuerza, levantó la persiana metálica y la despegó del suelo.

Hacía un sol cegador. El vapor se desprendía del pavimento,
una capa limpia de luz líquida cubría los adoquines, una piel
mojada resplandecía en los edificios. Gotas de oro caían de las
extremidades de los árboles, y una brisa fresca le apartó el pelo
de la cara. Tenía la pierna cubierta de sangre seca, la herida lívida, todas las articulaciones entumecidas. No le importó.

Detrás de ella, el tendero de puso de pie y los botellines tin-
tinearon en el suelo mojado mientras se esforzaba por avanzar.
Helena se dio la vuelta, preparada para gritar, pero él miraba más
allá, hacia el exterior. El reflejo de la calle se introdujo a la fuerza en la oscuridad de la tienda, hizo que la cara redonda y grasienta del hombre brillara con el sol danzarín. El tendero se apoyó en la estantería que tenía delante y Helena advirtió cómo su
miedo, diferente y más sutil que el de ella, salía de él y se desplazaba hacia las profundidades de las sombras de la estancia. El
vendedor inclinó la cabeza y cerró los ojos, y al cabo de un momento dijo: *Campainhas*, y esa palabra sí la entendió ella, porque también había oído las campanas tañendo por la mañana.
Sí, dijo Helena. La miró casi sorprendido de encontrarla allí; se
había olvidado de ella; no era más que el epílogo de su tempes-
tuosa noche. No era más que una visitante. No era nada. Helena
se acercó a la *orixá* de hojalata que había sobre la caja registradora y la sopesó: descubrió que era más definida y más ligera de lo
que había imaginado, un pensamiento convertido en materia,
una idea que encajaba en la palma de su mano.

Durante un buen rato, se quedó plantada en el vano de la puerta, escuchando las campanas, feliz de que sonaran; pero siguieron repicando sin cesar y al final empezó a prestar atención a ver si paraban. Estaba segura de que cada tañido sería el último. El contundente sonido se disolvería de nuevo en el viento marino, y los ruidos habituales de Salvador de Bahía se alzarían y ocuparían el lugar de las campanas, los gritos, una motocicleta, el ladrido de un perro, un tambor; y Helena se vería liberada para avanzar, salir, subir. Pero cada vez que una nota se desintegraba, otra la seguía, y luego otra, y se sintió atrapada en el sitio, una sensación salvaje que empezaba a apoderarse de ella. La tensión de su cuerpo se estaba volviendo insoportable; el corazón le latía tan rápido que le dio la impresión de que este tenía alas.

Y entonces vio, con tanta nitidez como la calle que tenía delante, a su madre en su dormitorio en casa, pálida entre sus almohadas. Helena no acertaba a decir si estaba viva o muerta. Estaba tan en paz, tan quieta... El sol de Miami jugueteaba con los bordes de las persianas. Los pájaros atestaban el níspero que había justo delante de la ventana, el árbol que su madre había plantado con sus propias manos antes de que naciera Helena, con los frutos ya podridos, con los pájaros ya borrachos del dulzor de la fruta, cantando como locos.

Helena sacudió las manos para detener la visión y la uña del índice empezó a palpitarle cuando se golpeó con el marco de madera de la puerta, que tenía al lado. La calle mojada volvió a desplegarse ante ella, el aire todavía repleto de horribles campanas. Echó un último vistazo inquieto a la tienda y descubrió que el tendero estaba arrodillado entre las ruinas de su negocio. Sujetaba una lata a la que se le había desprendido la etiqueta con el agua, un rollo de papel higiénico de color rosa que se había salvado. Tenía una cara extraña, como si se hubiera derrumbado sobre sí mismo. Emitía un silbido bajo por el hueco de entre los dientes.

Helena dio un paso hacia él sin pensar, luego se detuvo. Se odiaba por ese primer impulso de consuelo. La cuidadora de otros no era quien quería ser (no era su papel natural), pero en cierto modo era en lo que se había convertido.

Se miró a sí misma como desde arriba mientras volvía a entrar en la tienda esquivando los obstáculos caídos. El tendero no se movió al ver que se le aproximaba. Olía a tela vaquera mojada y a alcohol exudado y a zonas íntimas acres. Una vez que estuvo a su lado, la miró a la cara un instante, con expresión perruna, algo a caballo entre el hambre y la vergüenza. Tal vez tuviera familia, una esposa que se habría preocupado al ver que no volvía por la noche. Desde luego, él también era hijo de alguna madre, que sería muy vieja o estaría muerta.

El tendero levantó la vista hacia ella, luego cerró los ojos, como si Helena, a esas horas de la mañana, fuese demasiado para él.

Esta alargó el brazo para tocarlo, pero al final no pudo hacerlo. Retrocedió un paso y recogió unas cuantas cosas del suelo. Un bolígrafo. Un recogedor. Un juguete de bañera. Apiló los objetos con delicadeza en los brazos de él. Y como el hombre no se movió, Helena se encorvó para recoger más: bolígrafos, galletas, un racimo de plátanos. Una naranja perfecta, con los poros lisos e impolutos.

Cazadores de flores

Es Halloween; ella casi se había olvidado.

En el rincón, un hombre pone arena y velas pequeñas dentro de unas bolsas de papel blanco.

Volverá al cabo de un rato con un mechero y llenará el oscuro vecindario con una red luminosa para los niños que irán cantando «truco o trato».

La mujer se pregunta si es una idea sensata, o si, en realidad, no es una temeridad increíble poner llamas cerca de tantas personitas descoordinadas con disfraces de poliéster.

Todo el día de hoy y el de ayer se los ha pasado leyendo al pionero naturalista William Bartram, que viajó por el territorio de Florida en 1774; debido a él, se había olvidado de Halloween.

Sin duda, está más que enamorada de ese difunto cuáquero.

Eso no quiere decir que ya no esté enamorada de su marido; lo está, pero después de dieciséis años juntos quizá se han difuminado un poco el uno para el otro.

Le dice a la perra, que está junto a ella en la ventana observando al hombre de las velas: Algún día te despertarás y te darás cuenta de que tu persona favorita se ha convertido en una nube con forma humana.

La perra hace oídos sordos, porque es una perra sabia.

En cualquier caso, su marido acabará ganando, es inevitable, porque Bartram adopta la forma de los árboles muertos y los sueños, y su marido adopta la forma de la carne cálida y pragmática.

Coge el teléfono móvil (quiere contarle a su mejor amiga, Meg, su repentino amor irrefrenable por el fantasma de un naturalista cuáquero), pero entonces se acuerda de que Meg ya no quiere ser su mejor amiga.

Hace una semana, Meg le dijo con mucho tiento: Lo siento, necesito un respiro.

Fuera, en Florida, todavía perdura el caluroso algodón amarillo de la luz diurna.

En la cocina, sus hijos cenan tacos de judías con aire triste.

Querían ser ninjas, pero ella tuvo que improvisar algo a toda prisa y ahora sus disfraces están colgados en el cuarto de la lavadora.

Un rato antes, le había puesto a su hijo pequeño su propia camisa blanca de manga larga abotonada al revés, le había cruzado los brazos y los había atado a la espalda, luego había añadido una máscara de pintor a la que había hecho hendiduras y que había pintado con un rotulador plateado, y como el niño se había quedado sin brazos, le sujetó con imperdibles un cubo para los caramelos a la altura de la cintura.

Caníbal Leche, dice el niño que se llama, haciéndose el gracioso.

Para el hijo mayor, recortó dos agujeros para los ojos en una sábana blanca con intención de crear un fantasma a la antigua usanza, aunque resultó inapropiado: un chico blanco que se tapa la cabeza con una sábana blanca… Florida sigue estando en el Profundo Sur; confía en que el efecto quede mitigado por las rosas que luce en el embozo.

También se le había olvidado que esa mañana se celebraba el Desayuno Espeluznante en la guardería; no había llevado magdalenas de fresa sangre, y su hijo menor se había sentado con su ropa de diario en su diminuta silla roja, sin dejar de mirar esperanzado hacia la puerta mientras madres y padres con máscaras y pelucas que nunca eran ella entraban a borbotones.

Ni siquiera pensaba en su hijo a esa hora; pensaba en William Bartram.

Su marido vuelve a casa después del trabajo, ve los disfraces, enarca una ceja y los compadece.

Los niños se iluminan como si los hubieran encendido con un interruptor, su marido pone la canción «Thriller» de Michael Jackson para crear ambiente, y ella observa mientras los tres dan brincos por la sala, con un nudo en el corazón.

Todavía no ha anochecido, pero las sombras se han alargado.

Su marido se pone una vieja peluca de cresta verde, los niños se enfundan de nuevo los disfraces y los tres salen decididos.

Se queda sola en casa con la perra y William Bartram y las bolsas de piruletas descoloridas que era lo único que quedaba en las estanterías del colmado.

Es necesario repartir caramelos; el primer año que pasaron en la casa, la mujer tuvo el atrevimiento de ofrecerles cepillos de dientes, y no fue casualidad que una pesada rama de roble se estampara contra su ventana aquella noche.

Casi puede ver, a tres manzanas de distancia, la cocina de la casa de Meg, donde sus hijos se estarán poniendo unos preciosos disfraces hechos a mano.

A Meg le encanta toda esa porquería.

Una semana antes, cuando Meg cortó la relación con ella, estaban comiendo mantecados de jengibre caseros que había hecho su amiga, y el mordisco que tenía en la boca se le secó tanto que se pasó un buen rato sin poder tragar.

Se limitó a asentir con la cabeza mientras Meg le hablaba con cariño pero con firmeza, y notó cada rasgadura conforme su corazón se iba rompiendo en pedacitos más y más pequeños en las habilidosas manos de Meg.

Meg tiene unos enormes ojos grises y hombros y caderas fuertes, y el pelo como un cristal de tono miel oscuro iluminado por el sol.

Meg es la mejor persona que conoce, mucho mejor que ella misma o que su marido, puede que incluso mejor que William Bartram.

Meg es la directora médica de la clínica de abortos de la localidad, y durante todo el día tiene que aguantar las historias y los cuerpos de sus pacientes, además de soportar la trágica falta de imaginación de los manifestantes que cantan y protestan en la acera.

Sería excesivo para cualquiera, pero no lo es para Meg.

En la repisa de la chimenea de la casa de Meg hay varias fotos de ella con sus hijos cuando eran bebés, agarrados a su espalda, los tres asomándose para mirar a la cámara como los koalas.

Ella también ha sentido con frecuencia la necesidad de avanzar cómodamente agarrada de la espalda de Meg.

Allí se sentiría más segura, con la mejilla contra el cuerpo más fuerte de su amiga.

Sin embargo, durante toda la semana ha respetado el deseo de Meg de tomarse un respiro, de modo que no la ha llamado por teléfono ni se ha pasado por su casa a tomar el café ni ha mandado a sus hijos al final de la calle para que jugaran con los niños de Meg hasta que alguien volviese gritando a casa con un cardenal o un bajón de azúcar.

¿Qué pasa conmigo? ¿Por qué la gente siempre necesita librarse un tiempo de mí?, le pregunta a la perra, que la mira como si quisiera decir algo pero, por una delicadeza innata, se contuviera.

Es una clase de perro muy generosa, un cruce de labrador y caniche.

Bueno, William Bartram no necesitará librarse de ella nunca.

Los muertos no necesitan nada de nosotros; los vivos cogemos y cogemos.

Traslada a William Bartram con su atuendo de libro al porche delantero, donde hace más fresco, y coge un bol con las piruletas; se lleva a la perra y la copa de vino, que es tan grande que en ella cabría una botella entera de shiraz de diez dólares.

Se acomoda bajo las luces de murciélago que ha encendido porque se olvidó de hacer lamparitas propias de Halloween y observa los murciélagos de verdad que revolotean entre los tejados.

William Bartram la sedujo con sus ilustraciones de tortugas cornudas y caimanes con cara de perro, con sus arrebatos de gratitud extática que lo elevaban hacia Dios.

Una semana antes, después de los mantecados de jengibre y de asfixiarse con la soledad, se tomó la tarde libre en el trabajo y fue en coche a Micanopy para mirar las antigüedades, porque la reconforta tocar cosas que han sobrevivido a varias generaciones de manos humanas.

Se quedó plantada en el centro de Micanopy, maldiciendo su té sin edulcorar porque estaba en un recipiente de gomaespuma que se desintegraría y flotaría en la superficie de las aguas para siempre; pero entonces encontró la placa que hablaba de William Bartram, quien había pasado por Micanopy en 1774, cuando era un puesto comercial de la tribu seminola denominada Cuscowilla.

El jefe de aquella época se hacía llamar el Cuidador de Vacas.

Cuando el Cuidador de Vacas se enteró de lo que hacía Bartram, deambular por Florida recolectando especímenes florales y haciendo observaciones sobre la fauna, lo apodó Puc-Puggy.

Eso se traduce, *grosso modo*, como Cazador de Flores, algo que otorgado a Bartram por un guerrero y cazador, además de orgulloso amo de esclavos que había arrancado de las numerosas tribus a las que había subyugado con brutalidad, no podía considerarse un gran piropo precisamente.

Aun con todo, ¿qué habría visto de Florida con su ojo avizor ese Puc-Puggy antes del automóvil, antes del avión, antes de las comunidades planificadas, antes de las plagas de protagonistas del Club de Mickey Mouse?

Una húmeda y densa maraña.

Un Edén de cosas peligrosas.

Un trío de brujas aparece por el camino, y ni una sola le da las gracias cuando vierte sus piruletas malas en las bolsas de las niñas.

Un crío pequeño vestido de superhéroe, con algo que parece boniato incrustado en las mejillas, la mira con atención mientras su madre aguanta abierta la funda de la almohada para recibir el trato y después chasquea la lengua decepcionada.

Pero su calle es oscura y está llena de casas de alquiler, así que los niños con más tablas en el arte del «truco o trato» acostumbran no acercarse por ahí.

Falta muy poco para el crepúsculo y el cielo presenta un color naranja brillante.

Está metida dentro de la calabaza.

En ausencia de los diminutos espíritus malignos, las lagartijas salen por última vez, arrugan el cuello rojo, hacen flexiones en la acera.

Igual que Bartram, en otro tiempo ella también fue una norteña deslumbrada por la flora y fauna tan frenética de aquí, pero de eso hace más de una década, y las cosas que en el pasado eran como vida extraterrestre se han convertido, en pocas palabras, en partes de su vida.

Ha dejado de tener miedo de los reptiles, ella, que tiene miedo de todo.

Tiene miedo del cambio climático, ese verano había sido el más caluroso que se había registrado, las plantas morían por todas partes.

Tiene miedo del pequeño socavón que se abrió con la lluvia de ayer cerca de la esquina sudeste de su casa y que podría ser como los primeros y tímidos pasos exploratorios de un socavón mucho mayor.

Tiene miedo por sus hijos, porque ahora que han llegado al mundo ella tiene que permanecer aquí el máximo tiempo posible, pero no más tiempo que ellos.

Tiene miedo porque puede que se haya convertido en una figura tan difusa para su marido que él haya empezado a ver a través de su cuerpo de nube; tiene miedo de lo que pueda ver él al otro lado.

Tiene miedo de que no haya muchas personas en este mundo a las que soporte.

Lo que pasa, le había dicho una vez Meg, en la época en que todavía era su mejor amiga, es que amas a la humanidad casi en exceso, pero las personas siempre te decepcionan.

Meg es alguien que ama tanto a la humanidad como a las personas; William Bartram amaba tanto a la humanidad como a las personas y también a la naturaleza.

Era un científico perspicaz y con talento que además creía en Dios, algo que parece una forma bastante acrobática de practicar la filosofía.

Ella echa de menos creer en Dios.

Por ahí viene un buscador de oro con un pico enano; dos payasos adolescentes maquillados para dar miedo, pero con ropa normal; una familia de la corte, los padres regentes coronados, el niño un caballero con armadura de plástico plateado, la niña una agitada princesa de amarillo.

Qué alivio tener hijos varones; esa chorrada de las princesas es una tragedia de proporciones multigeneracionales.

¡Dejad de esperar a que alguien os salve, la humanidad ni siquiera puede salvarse a sí misma!, dice en voz alta a las hordas de princesas que se agolpan en su mente; pero es su propia perra negra la que parpadea para darle la razón.

Lee junto a las luces de murciélago y ve dos William Bartram a la vez: el explorador de ojo avizor de treinta y cuatro años bronceado y de músculos marcados con su cuaderno de bocetos, acechado por lagartos, cenando tranquilamente solo con los mosquitos o rodeado de ricos plantadores de índigo, pero también el Bartram más viejo y pálido, en la quietud de su jardín de Pennsylvania, proyectando su alegría y su encarnación más joven en la página.

Ambos Bartram, el cuerpo que siente y la mente que recuerda, se revelan en las descripciones de un caimán gigante: «Obsérvese al animal que emerge de entre los lirios y los juncos. Su enorme cuerpo es imponente. Su cola trenzada, blandida en alto, flota sobre el lago. Las aguas como una catarata descienden de las fauces entreabiertas. Nubes de humo emanan de sus dilatados orificios nasales. La tierra tiembla con su trueno».

Normalmente es ella la que sale con los niños la noche de Halloween, junto con Meg y sus tres hijos, pero este año Meg ha salido con Amara, una banquera bastante simpática pero que compite como una víbora, utilizando a sus hijos.

Puede tolerar a Amara en pequeñas dosis, igual que puede tolerar a todo el mundo salvo a sus propios hijos, a su marido y a Meg, las únicas cuatro personas del planeta de las que podría tolerar cualquier dosis que el ser humano imaginase.

Tal vez, piensa, Meg y Amara estén hablando de ella ahora mismo.

No están hablando de mí, le dice a la perra.

Algo ha cambiado en el ambiente; ahora hay mucho viento, la sensación de que algo se cuece.

Los espíritus de los muertos, le daría por pensar si fuese supersticiosa.

La oscuridad se ha espesado, y oye música procedente de la mansión del final de la calle, donde año tras año los vecinos dan una fiesta por todo lo alto montando una casa encantada.

Está sola y hace más de una hora que no se acerca ni un solo niño jugando a «truco o trato», las velas de las bolsas de arena se han consumido y todos los alquilados han apagado ya las luces, fingiendo que no están en casa.

Lee el prólogo de Bartram, donde describe cómo su compañero de caza mató a una madre osa y luego volvió sin piedad a buscar a la cría.

«Los gritos continuos de esa cría afligida, privada de su madre, me afectaron tremendamente, me sentí movido por la compasión, y arremetí con todo mi empeño contra lo que ahora me parecía un cruel asesinato, y me esforcé en salvarle la vida al animal a toda costa, pero ¡fue en vano! Porque, por la fuerza de la costumbre, mi compañero se había vuelto insensible a la compasión hacia las bestias de la creación, y en ese momento, estando a pocos metros de la inofensiva y devota víctima, disparó, y la depositó muerta encima del cuerpo de la madre.»

Y se echa a llorar.

No estoy llorando, le dice a la perra, pero esta suspira profundamente.

La perra también necesita darse un respiro, descansar un rato de ella.

La perra se incorpora y entra y se acurruca bajo el piano de media cola que le compró hace mucho tiempo a una mujer vieja y solitaria, un piano que nadie toca.

Un piano viejo y solitario.

Siempre quiso ser la clase de persona capaz de tocar la sonata «Claro de luna».

Entierra su fracaso en este campo, como entierra todos sus fracasos, con la lectura.

El vino se ha terminado; come una piruleta que solo sabe a rojo.

Lee un buen rato hasta que oye lo que cree que es el rugido de su estómago pero que, en realidad, es un trueno cercano.

Y después del trueno llega la lluvia, y con la lluvia llega el recuerdo del socavón diminuto cerca de la esquina sudeste de la casa.

Su marido le manda un mensaje al móvil; los chicos y él se han refugiado en la casa encantada; hay toneladas de comida, están todos sus amigos, es divertidísimo, ¡debería ir! Pero él la conoce tan bien que sabe que eso sería el tercer círculo del infierno para ella, no soporta las fiestas, no soportaría estar con ningún amigo cuando ha perdido a la mejor.

Ya ni siquiera puede leer a Bartram porque el pensamiento sobre el socavón es como un agujero dentro de la boca, donde antes había un diente.

Empuja y empuja ese agujero mentalmente.

La lluvia llama con los nudillos en el tejado de metal, y se imagina que lame la piedra caliza que hay debajo de la casa, igual que sus hijos lamen y lamen los eternos caramelos Everlasting Gobstoppers, algo que les tiene prohibido, pero que todavía encuentra sin saber cómo en pegajosos charcos de arcoíris dentro de los cajones de los calcetines de los niños.

Llueve con más fuerza aún, así que se pone un impermeable amarillo y unas botas de agua y sale con una linterna.

Una mano gigantesca le da una bofetada en la cara, y otra mano le aporrea la coronilla.

Se pone el puño sobre la boca para encontrar aire suficiente que respirar y se coloca en el borde del socavón; entonces se agacha, ya que la luz resulta escasa con semejante aguacero.

En el cráter no se acumula lluvia, algo que le da muy mala espina, porque supone que significa que el agua se está filtrando por grietas más pequeñas por debajo, lo que significa que hay algún lugar al que puede ir a parar el agua, lo que significa que hay una cavidad, y la cavidad podría ser enorme, justo debajo de sus pies.

Se percata de que un río de agua se abre paso por las puntas de su pelo y se cuela dentro del cuello del impermeable y luego se desliza, muy frío, por la piel desnuda de su hombro y después sobre su pecho izquierdo y a través de la parte inferior de las costillas izquierdas, y entra en su ombligo y se desparrama con exuberancia sobre su cadera derecha.

Es una sensación impresionante, como una cuchilla fría y enorme que le cruza la piel.

Es erótico, piensa, que no es lo mismo que sexual.

Erótico era dar de mamar a sus hijos cuando eran bebés, el olor animal y el tacto y el calor y la ternura.

Apoyar la cabeza en el hombro de su amiga y oler el jabón en su piel.

Dejar que el sol le resbale por la cara sin preocuparse por el cáncer o las capas de hielo que se derriten.

Piensa en Bartram en el tupido bosque semitropical, lejos de su esposa, arrobado por la visión de una evocativa flor azul que existe como cualquier otro hierbajo en su propio jardín, medio mustia, en lo que sin duda es un doble sentido o, si no, algo totalmente freudiano: «Qué fantástica es la libertina *Clitoria*, que cubre como un manto los matojos, en las vistas que alfombran las arboledas».

¡Eso, eso es lo que tanto le encanta de Bartram!

El modo en que se permite ser un completo animal, un sensualista, el modo en que encuentra la gloria en las ansias y deleites del cuerpo.

Durante todo este tiempo, el fantasma de Bartram ha intentado decirle: Florida es erótica.

Desde hace años, ha sido incapaz de ver lo erótico que la rodea por todas partes.

Aunque parezca imposible, la lluvia arrecia aún más, y ni siquiera la linterna le sirve de ayuda.

Está mojada y sola y acuclillada en la oscuridad sobre un agujero indescifrable, y por fin ubica el origen de la ruptura.

Qué raro que haya tardado tanto en caer en la cuenta.

Dos semanas antes llamó a Meg a las once de la noche porque había leído un artículo sobre los arrecifes de coral en el Golfo de México, que se habían cubierto de una misteriosa materia viscosa y blanquecina que los estaba matando, e incluso ella sabía que cuando los arrecifes se desmoronan, lo mismo ocurre con las poblaciones que dependen de ellos, y si esas especies se van al traste, también se van al traste los océanos, y Meg había contestado la llamada, como siempre hace, pero acababa de meter en la cama otra vez a su hijo pequeño y estaba agotada después de todo el día ayudando a mujeres, y le dijo: Oye, relájate, no puedes hacer nada para remediarlo, ve a terminarte la botella de vino, date un baño, ya hablaremos por la mañana si sigues triste.

Y así acabó todo, esa fue la última llamada.

Pobre Meg.

Es agotadora para todo el mundo.

Ella también se tomaría un respiro y descansaría de sí misma, pero no tiene esa opción.

Durante un minuto se permite imaginar que el socavón más grande que hay debajo del diminuto se va abriendo poco a poco y se la traga, luego se traga la casa y la perra y el piano, enteros, hasta llegar al negrísimo fondo del agujero de piedra caliza, y los deposita con delicadeza en un hoyo tan profundo que nadie podría sacarlos de allí, solo podrían ir a verlos, las cabezas de sus familiares se asomarían de vez en cuando por el borde de ese abismo, minúsculos puntitos pálidos contra el cielo azul.

En la cocina hay demasiada luz.

Seguro que, en toda la historia de la humanidad, no es la única que se ha sentido así.

Seguro que, en la historia de sí misma, en todas esas versiones que cubren versiones previas, se ha sentido peor en otros momentos.

Lo llamaron el Nuevo Mundo, pero Puc-Puggy comprendía que no había nada nuevo en él, «pues casi a cada paso que damos sobre estas fértiles alturas, descubrimos restos y rastros de antiguas civilizaciones y cultivos humanos».

Se quita las botas mojadas, la chaqueta mojada, la falda mojada, la camisa mojada y, temblando, coge el teléfono para llamar a su marido.

La perra le lame la lluvia de las rodillas con una lengua cálida y amorosa.

Si dice la palabra socavón, su marido correrá a casa a pesar de la lluvia con sus hijos y su botín.

Meterán a los niños en la cama y se pondrán los dos junto al borde del agujero y tal vez entonces vuelva a sentirse sólida.

Así pues, cuando él descuelgue, le dirá: Cariño, creo que tenemos un problema, pero lo dirá con su voz más cálida y suave, pues ha aprendido de un maestro cuál es la mejor manera de dar malas noticias.

Deja que las ansias de oír la voz de su marido crezcan hasta que se siente casi incandescente de anhelo.

Mientras el teléfono suena y suena, le dice a la perra, que ha levantado la cabeza para mirarla: Bueno, nadie puede decir que no lo esté intentando.

Encima y debajo

Le había costado horrores dormirse porque los frutos de las palmeras no habían dejado de repiquetear contra el tejado en toda la noche, y cuando se despertó y vio un sol radiante por la ventana, se hartó. «¡Adiós a todo esto!», cantó, y metió sus escasas pertenencias en el coche familiar: la guitarra de su ex novio, el material de camping que habían comprado el primer año de universidad (en su única noche en el Suwannee, se habían quedado petrificados por los alaridos de los caimanes gigantes), una caja de libros. Adiós a los cientos de otros volúmenes que dejaba colocados contra la pared. «Inservibles», le había dicho el librero cuando había intentado venderlos.

Adiós a la montaña de deuda de la que se estaba escabullendo como un reptil. Adiós a la orden de desahucio de color naranja cazador. Adiós al anhelo. Ahora se quedaría vacía, porque había elegido perder.

La casa era una concha tan pulida y limpia que se le veía el nácar. Respiró profundamente cuando salió al porche. Solo sintió una leve zambullida de vértigo cuando ahuyentó al gato para que saliera por la puerta. Vamos, vamos, todo irá bien, le dijo, y buscó la piel sedosa entre las orejas del animal, pero rápido como un parpadeo este la arañó. Cuando levantó la mirada de las cuatro líneas marcadas que poco a poco se le iban perlando de sangre en la palma de la mano, el gato se había marchado de un salto. Así, él también la había dejado.

Pasó con el coche por delante de la universidad de ladrillo, donde los primerizos ya estaban sacando todo el equipaje de los sedanes, mientras sus padres se abrazaban los hombros para consolarse. Adiós, dijo en voz alta a la cantinela de las ruedas que zumbaban en la carretera.

Después de un verano sin electricidad, un verano leyendo junto a la ventana abierta en ropa interior empapada en sudor, el aire acondicionado del coche le pareció glacial. Abrió la ventanilla y olió el extraño almizcle frío y húmedo de la Florida más rural. Ahí fuera, la gente decoraba su casa con piedras enormes y creía que podía hablar con Dios. Ahí, «Derrida» podía sonar a francés o a chino.

Sacó la mano cerrada por la ventanilla y la fue abriendo poco a poco. Casi podía ver sus esperanzas pelándose de la mano y cayendo a la carretera en su estela: los libros con su nombre en la cubierta; el año sabático en Florencia; la flamante casa moderna en el linde del bosque. Esfumados.

Cuando volvió a mirarse la mano, la tenía hinchada y caliente, y le escocía. Se la metió en la boca. Cuando por fin paró a las

afueras de una pequeña localidad costera y contempló el mar
por encima de la hierba de las dunas, notaba en la lengua el sabor a cobre de la sangre.

Alguien se había dejado una nevera en la playa y todavía quedaban una bolsa de manzanas, un bocadillo a medio comer, dos
Coca-Cola. Se sentó y observó cómo el atardecer pasaba del color mostaza al sandía. Se lo comió todo. Las gaviotas se congre-
garon en la arena mojada, luego se desperdigaron volando por el
aire. Cuando oscureció tanto que ya no veía nada, metió la nevera portátil en el coche y caminó hasta la carretera A1A en busca de una cabina telefónica.

Estaba decidida a colgar si contestaba su padrastro, pero fue
su madre, lenta y aturdida, la que dijo: ¿Sí? ¿Hola?

No podía hablar. Se imaginó a su madre en camisón en la
cocina, un atardecer, los hijos de los vecinos jugando fuera.

¿Hola?, insistió su madre, y entonces ella logró decir: Hola,
mamá.

Cariño, contestó su madre. Qué honor tener noticias tuyas.

Mamá, solo quería que supieras que me he mudado. Aunque
todavía no tengo un número de teléfono nuevo.

Esperó, notando cómo la quemadura del sol empezaba a hacerle cosquillas en las mejillas, pero su madre se limitó a decir:
Ah, ¿era eso?, con aire ausente. Desde que había vuelto a casarse,
había tenido un dolor crónico idiopático, tratado, también de
forma crónica, con calmantes. Hacía tres años que no recordaba

el día del cumpleaños de su hija; y le había mandado paquetes de regalo vacíos más de una vez. Un caluroso día de julio, cuando la joven había contemplado el equilibrio precario de su cuenta corriente en el cajero automático, se había planteado llamar a su madre para pedirle ayuda. Pero, en cierto modo, sabía que el sobre también llegaría vacío.

Al otro lado de la línea se oyó un motor cada vez más próximo, y su madre dijo: ¡Ay! Tu padre ha llegado a casa. Ambas escucharon el portazo y las pesadas botas en los escalones de la entrada, y ella pensó, aunque no lo dijo: Ese hombre no es mi padre.

En lugar de eso, dijo: Mamá, solo quiero que no te preocupes si tardas un tiempo en volver a saber de mí, ¿de acuerdo? Estoy bien, te lo prometo.

De acuerdo, cariño, dijo su madre con la voz ya más suave, anticipando la llegada de su marido. No hagas nada que yo no haría.

Mientras la chica retomaba la carretera, con los faros dando vueltas en la oscuridad, dijo en voz alta: Voy a hacer precisamente lo que harías tú, y se echó a reír, aunque en realidad no era nada divertido.

Durante el día se limitaba a tumbarse al sol horas y horas, hasta que sentía tanta sed que tenía que rellenar la cantimplora una y otra vez con la manguera para lavar pescado que había en la playa. En el retrovisor observó cómo se le tostaba la piel y el pelo cambiaba de color miel a un tono limón. La ropa le quedaba holgada. Pensó en los miles de dólares que había gastado en reflejos en el pelo a lo largo de los años: toda esa angustia, todas esas dietas, ¡cuando lo único que le hacía falta para estar guapa era perecear y pasar un poco de hambre! Comía latas de atún y galletas saladas, y de vez en cuando tomaba un café en la cafetería de la playa para mantener la vitalidad. Su dinero menguaba de forma alarmante. La cicatriz de la mano adoptó un hermoso tono plateado con el sol, y algunas veces se la acariciaba con la mente perdida, el significante en lugar del significado, el arañazo de la vida perdida.

Por la noche se tumbaba en el asiento posterior del coche y leía *Middlemarch*, de George Eliot, con una linternita hasta que se quedaba dormida.

Cuando ya olía demasiado fuerte para que el agua del mar la despojara de la peste, entró en el gimnasio de un complejo de apartamentos pijos en primera línea de mar vestida con ropa de deporte. Esperaba que alguien le llamara la atención, pero no había nadie vigilando. El vestuario estaba vacío y en los tocadores había cestas con lociones, jaboncitos y cuchillas de afeitar de usar y tirar. Se quedó un buen rato en la ducha para dejar que la soledad del verano se marchara con el agua. Incluso antes de que su novio la dejara por una estudiante de primer curso de máster, ya se había replegado en sí misma. No le habían renovado la financiación, y solo le había quedado el modesto sueldo de profesora asistente, que apenas sufragaba la mitad del alquiler, por no hablar de la comida. No tenía forma de salir a flote, ni aunque se hubiera tragado la vergüenza de mirar a los ojos a sus amigos que sí contaban con financiación para sus proyectos. El novio se lo había llevado todo: los almuerzos de domingo, el libro de buenos modales que le había regalado a ella con muy poco tacto unas navidades, el despertador que los zarandeaba a las seis menos diez todas las mañanas. Era un maniático de hacer las cosas como se tenían que hacer (remeter las sábanas bajo el colchón al hacer la cama, levantar pesas, apuntarlo todo) y, al marcharse, le había arrebatado sus rutinas. Y lo peor de todo era que se había llevado a sus padres consigo, unos padres que la habían recibido con los brazos abiertos durante cuatro años de vacaciones en su generosa casa de piedra de Pennsylvania. Durante semanas, la chica había esperado que la madre de su ex, cariñosa y de pelo suave, la llamase por teléfono, pero no se produjo tal llamada.

La puerta se abrió y unas voces inundaron los vestuarios, las chicas que acababan de salir de una clase de aeróbic. Se dio la vuelta para lavarse la cara en el chorro de la ducha, con una timidez repentina. Cuando abrió los ojos, las duchas estaban llenas de mujeres desnudas de mediana edad que se reían y se enjabonaban. Llevaban alianzas de diamantes y les brillaban los dientes, y su barriga y sus muslos acumulaban la grasa fruto de su vida fácil.

Se despertó con un repiqueteo fuerte junto a la oreja y salió como pudo del sueño para entrar en la oscuridad. Encendió la linterna de bolsillo y vio una entrepierna enfundada en una tela negra tirante, un reluciente cinturón de piel del que colgaba una pistola metida en la funda y una linterna enorme.

Un poli, pensó. El pene de muerte, el pene de luz.

Abra, dijo el agente, y ella contestó: Sí, señor, y se deslizó por el asiento y bajó la ventanilla.

¿Por qué sonríe?, preguntó el policía.

Por nada, señor, dijo ella, y apagó su linternita.

Lleva una semana aquí. La he estado vigilando.

Sí, señor.

Es ilegal, dijo él entonces. A ver, de vez en cuando pillo a algún crío que no quiere pagar un motel, vale. Pillo a algunos hippies viejos en la típica caravana. Pero usted es una chica joven. No me gustaría que le hicieran daño. Porque hay tipos malos por todas partes, ¿lo sabe?

Lo sé, contestó ella. Siempre cierro las puertas con pestillo.

Él se mofó. Ya, bueno, dijo. Luego hizo una pausa. ¿Ha huido de su marido? ¿Qué historia lleva a cuestas? Hay un refugio para mujeres en la ciudad. Puedo ayudarla a entrar.

No, dijo ella. No escondo ninguna historia. Supongo que estoy de vacaciones de mi propia vida.

Bueno, respondió el agente, y la empatía de su voz había desaparecido. Pues lárguese de aquí. Que no vuelva a verla, porque si no, la arrestaré por vagabundeo.

Pasó unos cuantos días en otra playa, donde la gente se metía con las camionetas en la playa y ponía música atronadora hasta que se quedaba sin batería. Volvió a meter la mano entre los asientos del automóvil y hurgó con la esperanza de encontrar alguna moneda con que comprar caramelos, pero no lo consiguió, luego caminó los kilómetros que la separaban de la ciudad para recapacitar sobre qué debía hacer. Cuando llegó, le temblaban las piernas.

Los edificios de la plaza mayor parecían de la vieja Florida (los porches altos con ventiladores, los tejados de hojalata), pero todo estaba fabricado con un plástico duro en distintos tonos de beis. Había una fuente en el centro: una rana achaparrada que escupía agua y monedas sueltas desperdigadas en los baldosines azules que había en el fondo del agua. Se sentó en el borde de la fuente y observó a los clientes de las boutiques y a la gente que comía cucuruchos de helado.

En una esquina de la plaza había una discreta iglesia de ladrillo flanqueada por lagerstroemias en flor. No se fijó en la gente que se habían congregado delante hasta que empezaron a emerger con las manos llenas de envases de porexpán y brics de zumo. Algunos iban greñudos, grasientos, la típica gente machacada por la vida que vivía medio invisible en los límites de la ciudad universitaria de la que procedía ella. Pero también había obreros de la construcción con cascos de obra, madres que se marchaban a toda prisa con sus hijos pisándoles los talones.

Le entraron ganas de ponerse de pie. Sumarse a la fila, aceptar la comida. Sin embargo, su cuerpo no se movió. En el crepúsculo, pasó una familia, y pensó que en otro tiempo ella había sido esa niñita rubia del triciclo, canturreando para sí misma mientras sus padres caminaban detrás. ¡Qué repentina había sido la interrupción! Su padre, fallecido cuando ella tenía diez años, las estrecheces económicas en la época del instituto, su madre, que se había casado por agotamiento y no había hecho más que replegarse por completo en sí misma. El único refugio que le había quedado a la muchacha habían sido los estudios. Pero al final había sido demasiado precavida, incapaz de aceptar los riesgos académicos necesarios, y le habían arrebatado incluso eso.

Se sentó como una segunda rana al borde de la fuente, acurrucada sobre su hambre, hasta que el reloj anunció una hora increíblemente tardía y se quedó sola. Se remangó los vaqueros y se metió en el agua. Fue palpando el fondo con los pies hasta que notó una moneda e introdujo el brazo hasta la altura del hombro, pero casi todas las monedillas estaban pegadas a los baldosines. Después de repasar toda la fuente, apenas había recopilado un puñado. Cuando miró las monedas a la tenue luz de la farola, descubrió que en su mayoría eran peniques. Aun así, dio otra vuelta por la fuente. Se vio a sí misma desde una gran distancia, una mujer que se inclinaba con agua hasta las rodillas para atrapar los deseos de otras personas.

Casi todos los días encontraba algo de comida (pan y fruta machucada) apilada, limpia, en un contenedor de basura detrás de una tienda de productos artesanos. Escondió el vehículo al fondo del aparcamiento de un supermercado, junto a un estanque artificial y protegido por las ramas bajas de un alcanfor. El olor se le colaba en sueños por la noche, y se despertaba con el lento mecerse de las ramas verdes, como si estuviera bajo el agua.

Al pensar en la estampa, recordó un poema de Baudelaire, pero los versos concretos habían sido borrados de su memoria. Se preguntó qué más habría perdido, la obra de Goethe, de Shakespeare, de Montale. El sol lo estaba descomponiendo todo hasta convertirlo en polvo; su hambre lo estaba devorando. Era una limpieza, decidió. Si las palabras hermosas no podían salvarla, entonces lo mejor sería perderlas también.

Se estaba tostando en la playa cuando una hoja se deslizó y cayó sobre su barriga. Fue a cogerla con aire distraído y descubrió que no era una hoja, sino un billete de cinco dólares.

Esa noche fue a las duchas de la piscina de un complejo de apartamentos y se lavó a conciencia. Cuando se vio desnuda en el espejo, advirtió las costillas de la parte superior del pecho y notó el pulso en la curva del hueso de la cadera. Pero se secó el pelo con secador y se lo recogió en una coleta, y se puso el maquillaje que había comprado unos años antes. Ya no parecía ella misma: diligente, rellenita, puritana. Parecía una surfera o una hermana de una asociación estudiantil, una de esas criaturas trémulas e ingenuas a las que siempre había despreciado en silencio.

Caminó cinco kilómetros hasta un bar de playa mientras escuchaba el océano romperse una y otra vez. El sitio estaba lleno cuando entró por la puerta de atrás, las inmensas televisiones atronaban con un partido de fútbol americano. En otro tiempo, habría apostado a ver quién ganaba el partido, aunque solo fuera porque se trataba de la lengua franca de la ciudad sureña, la manera de tranquilizar a los alumnos de una clase de literatura comparada de primero, de conversar con la insulsa esposa de un decano. Pero ahora le parecía absurdo, unos jóvenes que se molían unos a otros, juegos de guerra amortiguados por las protecciones.

Pidió la cerveza de oferta por un dólar y le dio al camarero otro dólar de propina. Los dedos del camarero rozaron los suyos cuando le tendió el cambio, y se sobresaltó al notar la calidez de su piel. Peló la etiqueta del botellín de cerveza y respiró hondo.

Un joven se subió al taburete de al lado y ella lo miró al oír que pedía dos gin-tonics. Era un chico rubio arena de cara dulce con las orejas grandes y rojas, la clase de estudiante que siempre sacaba un notable raspado en sus clases, en general como reconocimiento a su esfuerzo. Con timidez, deslizó una de las copas por la barra para ofrecérsela y, cuando empezó a hablar, no paró. Cursaba primero en una universidad del norte, pero había tenido que tomarse el semestre libre y de momento estaba trabajando en la inmobiliaria de su madre, cosa que sacaba de quicio a los viejos agentes inmobiliarios de la empresa, porque ahora había muy pocas comisiones que repartir, ya sabía que el negocio inmobiliario se iba a la mierda en esta época tan mierdosa. Y bla, bla, bla. Después de tres copas, ella iba más borracha de lo que jamás se había permitido. Mientras él le hablaba, se preguntó qué habría pasado para obligarlo a dejar los estudios un semestre. ¿Drogas? ¿Una novatada de escándalo? ¿Malas notas? Cuando se detuvieron delante del camino que iba a casa de él y el chico la empujó por los hombros contra el frío metal de una farola y la besó con una seriedad conmovedora, ella notó el pelo suave de la nuca del muchacho y pensó que seguramente habría tenido un ataque de nervios. Besaba como un chico propenso a los ataques de ansiedad.

Pero le gustaba, y su apartamento estaba limpio y era bonito: advirtió la mano de una madre superprotectora en el mobiliario. Antes de tocarla, él contempló su cuerpo desnudo un buen rato, parpadeando. Entonces se vio a sí misma con los ojos del muchacho: la marca blanca del biquini impresa en la piel, el erotismo del contraste. En muestra de agradecimiento, se acercó a él.

Pero después, la suavidad de la cama le resultó abrumadora. Mientras el chico dormía, fue a la cocina y abrió la nevera. Estaba tan llena que la abundancia la dejó petrificada. Comió una porción de pizza fría plantada en el haz de luz de la nevera, abrió un frasco de pepinillos y comió tres, arrancó un buen pedazo de cheddar con los dedos y lo engulló. No vio al chico de pie en el vano de la puerta hasta que ella alargó el brazo para coger el zumo de naranja. Entones percibió el brillo pálido de su camiseta y cerró los ojos, incapaz de mirarlo a la cara.

Oyó cómo se acercaba a ella y se armó de valor para recibir la recriminación. Pero él le tocó la parte inferior de la espalda y dijo un cariñoso: Ay, preciosa. Y eso fue infinitamente peor.

Un huracán se había ido fraguando sobre el Caribe, pero solo azotó la costa de pasada. Aun así, durante los aullidos y el vendaval, el árbol de alcanfor repicó con sus ramas en el techo del coche, y el vehículo se sacudió tanto que temió que el metal se retorciera y el cristal se rompiera. El lago artificial se desbordó y el agua acabó lamiendo los tapacubos. Se tumbó tan quieta como pudo y escuchó y observó lo que ocurría; ella era una fina carcasa de cristal y acero que rodeaba el nervio crudo del centro de sí misma. Sintió que la tormenta se acercaba, arremetía con todas sus armas; contuvo la respiración y esperó con una paciencia dolorosa. Pero antes de que llegase el vendaval, se quedó dormida.

Llamó por teléfono a su madre el día de Acción de Gracias, pero contestó su padrastro y le dijo que su madre volvía a estar en la cama porque se sentía mal. Ya sabía que a ella le daba igual, claro. Ya habían perdido la esperanza en que fuera a casa para celebrar las fiestas pero ¿no podía al menos llamar a su madre una vez al mes, maldita sea?

Apartó el auricular del teléfono y lo enfocó hacia la carretera para dejar que el hombre se desahogara, y en una pausa le pidió que le dijera a su madre que la quería y que volvería a llamar pronto. Se quedó sentada un rato en una duna, temblando con el viento frío. El océano estaba vacío e inexpresivo, falto de toda empatía. Al final, se sintió lo bastante entumecida para caminar hasta la ciudad y ponerse en la larga cola que se formaba a las puertas de la iglesia. Ese día servían a las personas en asientos, y la cola avanzaba a paso de tortuga.

Casi todas las personas de la mesa parecían normales. Enfrente de ella había una familia, la madre con un corte de pelo moderno teñida de negro y tatuajes en la clavícula, el padre con un artístico peinado corto por delante y largo por detrás, las dos niñas con horquillas en el flequillo. Junto a ella había una mujer enorme cuya carne se apretaba contra la de la joven, firme y cálida. Nadie hablaba. Había un plato de sopa (minestrone casera con pan bueno), luego una ración de pavo con todo enlatado: arándanos, puré de patatas, relleno, salsa, judías Y de postre había tartaletas de nueces, calabaza y café.

Cuando la mujer que servía su mesa se inclinó para limpiar los platos del postre, la mujer inmensa le agarró la mano enguantada. Todos levantaron la mirada y vieron la cara estupefacta de la mujer que servía bajo el gorro de ducha. Gracias, dijo la mujer inmensa, estaba bueníííííísimo, y las niñas se rieron. La joven esperaba ver incomodidad, o una rápida fuga, pero la mujer que servía apoyó un instante la mejilla encima de la cabeza de la otra mujer y le dio un abrazo por detrás, y las dos cerraron los ojos y se acurrucaron aún más la una en la otra.

El día había sido más cálido de lo normal y la joven había fabricado parapetos con arena para resguardarse del viento y había empapado su piel con los últimos rayos de sol de la temporada. Entonces dejó caer la toalla, el libro y la cantimplora, y contempló admirada el coche familiar. Todas las puertas estaban abiertas, sus cosas desperdigadas por el suelo. Le habían reventado el coche; sus cosas eran las entrañas. El capó estaba abierto y se habían llevado el motor. Dentro apestaba a orina: alguien se había meado en la guantera. Había desaparecido la guitarra, el camping-gas, la tienda de campaña, la tortuga de peluche de su infancia, su cazadora de invierno. *Middlemarch* tampoco estaba, joder, ¿por qué lo habían cogido? La mochila tenía una raja enorme.

Recopiló todo lo que pudo: el saco de dormir, *El paraíso perdido*, ropa, una lona impermeable. Encontró hilo dental y una aguja, con los que cosió la mochila. Entonces sacó el permiso de conducir de la guantera y lo rompió en pedazos (mojado, se rasgaba con facilidad) y tiró la matrícula en el lago artificial, donde flotó entre las lentejas de agua un momento antes de hundirse.

Qué liberada había creído estar. Qué verdaderamente liberada estaba ahora.

De todos modos, tendría que marcharse: ya hacía demasiado frío porque llegaba el viento del océano. Había Papá Noeles en los escaparates sobre montículos de nieve artificial.

Al acercarse a la A1A, los coches gritaban a su lado y le tiraban el humo de los tubos de escape en la cara. Hizo dedo y un sedán marrón paró a su lado. El conductor estaba pálido y nervioso, y en algún rincón recóndito de la chica, las alarmas empezaron a sonar, pero descubrió que no le importaba lo que pudieran advertirle. El hombre dijo que volvía a la ciudad universitaria y ella pensó en su ex, sus amigos, su pérdida de seguridad. Descubrió que tampoco le importaban esas cosas.

Notaba el océano que tiraba de ella por la espalda, pero no se volvió para despedirse. El mar no había sabido hacer lo que ella anhelaba que hiciera; al fin y al cabo, se había mostrado indiferente ante ella. Pasaron por encima del canal del interior, con sus diminutos islotes y su puente corrugado, se adentraron en los arbustos de palmitos. En algún punto de una recta larga de la carretera rodeada de pinos en estricta formación, el hombre le puso una mano en la rodilla y entornó los ojos hacia el asfalto vacío que tenían delante. Ella le apartó la mano con cuidado, y él no volvió a intentarlo. Encendió la radio y escucharon unas pastelosas baladas de amor. Al llegar a la ciudad universitaria, la dejó en la plaza y se marchó chirriando. Se quedó sola ante la estridente burla de dos viejos que había en la parada del autobús. Le sonrieron y ambos hicieron globos con los chicles que mascaban y los hicieron estallar uno detrás de otro.

Justo antes de que la biblioteca municipal cerrara por la noche, se montaba en el ascensor y subía a la última planta. Se metía en la imponente sala de conferencias de cristal tintado, dispuesta como una corona en la cúspide del edificio. Había descubierto un armario abierto detrás de una pizarra con caballete, con apenas espacio suficiente para cobijarla metida en el saco de dormir. En la oscuridad del armario, comía lo que había encontrado durante el día mientras oía cómo se iba vaciando la biblioteca. Era época de naranjas, así que tomaba mandarinas para desayunar y escupía las semillas a la carretera.

Se negó a llamar a su madre para Navidad o para Año Nuevo. Cuando intentaba leer durante el día, las palabras perdían su significado y flotaban libres dentro de sus ojos.

Una tarde no llegó a tiempo de colarse en la biblioteca y pasó la noche temblando bajo la fina cazadora tejana que le quedaba. Pasaba junto a un club que acababa de cerrar cuando un grupillo de universitarias con vestidos palabra de honor pasaron bamboleándose junto a ella tecleando en sus móviles. Reconoció a una de las chicas, una alumna de su clase de literatura comparada del curso anterior. Entonces era una cosita asustada y silenciosa que se había ganado a pulso su aprobado. Por mucho que la había hecho practicar, la chica no había conseguido captar la diferencia entre «porque» y «por qué». Esa noche, si la chica y ella se encontraban cara a cara, la alumna miraría más allá de su antigua profesora, sin reconocerla en aquella mujer sucia y ajada; y ella, cuyas palabras habían sido afiladas como cuchillos, no tendría nada que decir.

Porque, por qué, dijo en voz alta. ¿A quién le importa?

Un hombre que apilaba las sillas delante de la zona de la terraza la oyó y se echó a reír. Unas bobas, dijo dándole la razón.

La joven se apoyó en la barandilla y observó trabajar al hombre. Era flaco, bajo y moreno de piel, y excepcionalmente rápido: ya había enrollado las esterillas de goma y estaba limpiando con la manguera los ladrillos cuando la joven se dio cuenta de que continuaba hablando con ella. Te lo aseguro, decía entonces, cada día que pasa son más tontas, con la cabeza llena de tweeters y facebooks y starbooks y toda esa mierda. Levantó la cabeza hacia ella y le sonrió. Le faltaban los cuatro dientes delanteros, lo que le daba el aire travieso de un niño de seis años. Me llamo Eugene, pero todo el mundo me llama Eugene Higiene. Porque limpio, ¿sabes? Tengo que limpiar tres clubes más como este antes de que se haga de día, así que no puedo pararme a charlar.

Vale, dijo ella, y dio un paso para alejarse, pero él se refería a que no podía pararse; pero sí podía charlar. El país, le dijo, estaba lleno de bobos redomados y de espíritus agitados, las dos cosas. Los espíritus eran bulliciosos e infelices, y llenaban de maldad el lugar. Todos eran misioneros españoles muertos y seminolas a los que habían mordido serpientes y blancos pobres que habían muerto de hambre y toda esa mierda. Él, Eugene Higiene, había llegado desde Atlanta casi cuatro años antes y los espíritus le habían infectado y se le habían metido dentro y ahora no encontraba la manera de marcharse.

A esas alturas estaban dentro de un club que apestaba a alcohol, y Eugene le había servido un vaso de zumo de arándanos. Empezó a fregar el suelo con lejía diluida, una mezcla tan fuerte que a la chica le lloraban los ojos. El empleado levantó la cabeza hacia ella y se paró, presa de un pensamiento repentino. Me gustas, le dijo. Te guardas tus palabras.

Gracias, Eugene, dijo ella.

No me iría mal una ayuda, dijo el hombre. Es un tute limpiar tres clubes yo solo antes de que amanezca. Podrías hacer los baños y cosas así. ¿Tienes curro?

No, contestó ella.

La miró con astucia y dijo: Cincuenta pavos los jueves, viernes y sábados por la noche, veinte pavos las otras noches. Los lunes, fiesta.

Ella parpadeó mirando el cubo vacío que le estaba poniendo en las manos casi a la fuerza. Socia, le dijo.

Limpiar le provocaba una sensación que solía tener en su otra vida, cuando los libros que leía eran tan emocionantes que la abducían durante horas. Las palabras eran espacio esculpido en la vida, cálido y seguro. Limpiar cristales hasta dejarlos de una claridad perfecta, sacar brillo a la porcelana, aplicar productos químicos abrasivos en las baldosas hasta que relucían como los dientes; todo eso liberaba a su mente de sí misma. Desarrolló músculos fuertes en los brazos esqueléticos.

Por las mañanas caminaba por las calles frías y se sentía agotada. Eugene Higiene le compraba el desayuno de vez en cuando, y se sentaban juntos, apestando a productos de limpieza, en su caseta, envueltos en los olores de la grasa caliente y el café aún más caliente. Quería reírse con él, contarle el horror de la casa de su madre cuando ella era pequeña, lo de las cucarachas y el linóleo con suciedad incrustada, lo extraño que era que ahora ella estuviera limpiando; pero Eugene hablaba tanto que la joven no tenía necesidad de decir nada. Le contaba que cuando era niño tenía un perro que hablaba, o le describía sus momentos de iluminación, cuando el mundo frenaba y el Diablo le hablaba al oído hasta que lo ahuyentaba el brillo que crecía dentro de Eugene y bañaba el mundo de luz.

Alquiló una habitación por semanas en un motel de cemento muy cutre que había junto a la autopista. Se llamaba Asequible-Mejor Precio-Apetecible, pero tuvo que pedirle unos productos químicos y trapos a Eugene para que el cuarto de baño quedase utilizable. Le gustaba el ruido de los camiones que pasaban sin parar y los ritmos continuos de las voces de los vecinos y los chicos que se quedaban de cháchara en el local de pollos asados que había en el portal de al lado, con sus bravuconadas y sus burlas salpicadas de risas.

Una mañana caminaba de vuelta al motel cuando vio una bicicleta que le sonaba en la cafetería a la que solía ir a corregir trabajos de los alumnos. Miró por el ventanal, ocultando la cara bajo la visera de la gorra de béisbol. Dos de sus antiguos amigos estaban sentados a una mesa, ambos fruncían el ceño, concentrados en los portátiles. Qué gordos parecían, ¡qué rosados! Sujetaban entre las manos sus cafés solos como si los arroparan, y recordó, con una oleada de fealdad, cómo solían quejarse todos de que eran tan pobres que no les llegaba para un café con leche. Qué ricos eran en realidad. Era un tipo de riqueza que no percibes hasta que te encuentras tiritando en la calle por la mañana, observando cómo solías ser. Uno de sus amigos, el hombre, debió de percibir unos ojos fijos en él y levantó la cabeza poco a poco. La chica notó que se le formaba un nudo en las entrañas, cada vez más tenso, pero cuando él miró más allá de ella a una joven acicalada que pasaba radiante en bicicleta, el nudo se deshilachó hasta romperse.

Un sábado de marzo, en el último club que tenían que limpiar, levantó la mirada y vio a Eugene Higiene balanceándose sobre sus pies. Estaba mirando los conductos de aire que había en el techo con una tensa y extática mirada. No le dio tiempo a llegar hasta él antes de que se cayera. Tenía el cuerpo rígido, la mandíbula apretada. Se planteó llamar a una ambulancia, luego lo desestimó, porque su compañero no tenía dinero para cuidados médicos: estaba ahorrando para ponerse un puente en los dientes que le faltaban. Siempre acababa saliendo bien parado, le había dicho. El Diablo no podía igualar la luz que había dentro de él. Lo único que tenía que hacer era esperar.

Ella se puso a limpiar de nuevo. Cuando terminó, sacó brillo a todos los vasos y con el plumero quitó el polvo de las botellas que había en las estanterías superiores. Pasó la espátula limpiacristales por las ventanas. Al ver gente vestida con ropa de trabajo que empezaba a pasar por delante, supo que era la hora. No obstante, cuando se acercó a Eugene Higiene, le llegó un hedor terrible y descubrió que había vaciado los intestinos. Lo subió a una silla y lo arrastró hasta el cuarto de baño, donde lo limpió lo mejor que pudo. Tiró los pantalones y la ropa interior de Eugene, junto con los calcetines y los zapatos, en un contenedor e improvisó una especie de taparrabos a partir de su propia sudadera. Tenía la furgoneta en el aparcamiento, así que tiró de él para dejarlo en el asiento de atrás y lo tumbó en un montón de retales limpios.

No sabía dónde vivía ni si tenía seres queridos. No le había preguntado nada sobre su vida, se había limitado a escuchar lo que él había querido contarle. Dejó una nota encima de su pecho y cerró la furgoneta con llave, y cuando regresó por la tarde a comprobar cómo estaba, la furgoneta ya no estaba y él tampoco estaba, y aunque lo esperó en los clubes que limpiaban todas las noches durante una semana entera, ninguna de las personas ociosas de la plaza ni los dueños de los clubes nocturnos ni la gente del albergue sabían o querían decirle dónde estaba.

Un viento frío sopló una noche de abril y mató las plantas más frágiles. Por toda la ciudad había esqueletos de helechos, bananos y camelias. Por la mañana, la pequeña y ceñuda mujer tailandesa que regentaba el Asequible-Mejor Precio-Apetecible llamó a la puerta y esperó en el vano, callada y con los brazos cruzados, hasta que la chica hubo empaquetado todo, se puso los zapatos y la cazadora tejana y abandonó la habitación.

Al mediodía siguió el lento desfile de los indigentes hacia la plaza y recibió un sándwich envuelto en plástico y un bric de zumo. A las seis, los siguió a la iglesia metodista y le sirvieron leche con un sabor agrio que recordaba de la guardería y una patata al horno cubierta de chile con carne.

Después siguió a un grupo y pasaron por delante del albergue para indigentes, que siempre estaba lleno a las cinco y un minuto, cuando abría para la noche. El grupo dejó atrás la antigua estación municipal, atravesó un parque delimitado con vallas metálicas y montículos de porquería. Salieron al carril bici en el que su ex y ella, en un pasado remoto, habían dado largos y placenteros paseos para ver a los caimanes que brillaban en las orillas de los inmensos charcos formados en los socavones. En el bosque reinaba la oscuridad, pues era denso, con musgo español y viñas que la miraban con el rabillo del ojo como serpientes. Notó una nueva rebelión en su interior, un miedo agudo, e intentó tragárselo. La gente que tenía delante se esfumó del carril bici y se metió entre los árboles.

Se olía antes de verse: la peste a orina y mierda y humo de madera quemada y cerveza tirada y una especie de fécula hirviendo. Oyó las voces y salió a un claro del bosque. En la penumbra, las tiendas se agolpaban hasta donde se perdía la vista, y había hogueras aquí y allá.

Un hombre gritó: ¿Me buscas a mí, preciosa? Y oyó unas risas y vio que una figura oscura se separaba de la hoguera más próxima y avanzaba reluciente hacia ella.

Oyó una voz femenina a su espalda que dijo con cariño: ¡Por fin te encuentro! Y notó que la empujaba más allá del hombre que seguía acercándose, luego la misteriosa mujer tiró de ella hasta dejar atrás siete u ocho fogatas.

Se pararon. Espera, dijo la mujer, y se inclinó hacia delante para acercar un mechero a un periódico, y después el periódico a unas ramas. El fuego reveló a una mujer gruesa con cara de pan y el pelo de un tono rojizo casi rosado. Ya tengo el agua, chicos, dijo. Podéis salir. Se oyó una cremallera y cuatro cuerpecillos reptaron fuera de una tienda. Al principio eran indistinguibles unos de otros, cuatro cositas huesudas con el pelo largo y rubiejo.

La mujer levantó la mirada hacia ella y dijo: No tienes muchas luces, a quién se le ocurre venir aquí sola.

No tenía adónde ir, contestó, y su propia voz le sonó fea.

¿No tienes familia?, dijo la mujer. ¿Una chica que va tan limpia como tú?

No, dijo ella.

¿Tienes comida?, le preguntó la mujer, y ella asintió con la cabeza mientras sacaba de la mochila sus últimas provisiones: una barra de pan blanco, un tarro de mantequilla de cacahuete, un taco de queso, unas cuantas latas de sardinas, tres paquetes baratos de ramen seco.

¡Mantequilla de cacahuete!, exclamó uno de los niños, y se lo arrebató, y la mujer le sonrió por primera vez. Comparte tu comida y podrás compartir nuestra tienda, le dijo.

Gracias, respondió. Cuando se sentaron a comer, una de las niñas se acercó a ella y le puso una mano en el planta del pie. Cuando ella era pequeña tenía las mismas ansias de contacto. Le llegó un aroma a humo de madera quemada procedente del pelo rubio de la chiquilla, algo que recordaba al clavo de olor en la piel.

La mujer grandona se llamaba Jane, y juntas tomaron unos vasos de cacao muy disuelto después de que se acostaran los niños. Jane le habló del marido que se había largado, de la casa que habían perdido sus hijos y ella, de los trabajos de los que la habían despedido por culpa de su mal genio. Suspiró. La vieja historia de siempre, dijo.

Oyó cómo se apaciguaba el campamento, le llegó el olor a marihuana por encima del fuerte hedor del lugar; un hombre gritaba, hasta que su voz se cortó de cuajo. La casa era una maravilla, dijo Jane con arrepentimiento. Con piscina y todo. Mi marido siempre decía que no existía la infancia en Florida sin piscina. Resopló e hizo un gesto hacia los niños. Y ahora vivimos en el campamento.

¿Cuánto tiempo lleváis aquí?, preguntó la chica.

Pero esas cosas no se preguntan, y Jane la miró ceñuda y contestó: Es temporal. Al instante se levantó a fregar su taza. Volveremos al lugar en el que estábamos.

Aun así, cuando fue a lavarse los dientes, se percató de que Jane la vigilaba. Pasta de dientes, dijo. Hace tiempo que los niños no tienen. ¿Crees que mañana podrías darnos un poco? Y ella dijo que por supuesto, y Jane volvió a sonreírle, y cuando las dos mujeres se metieron en la tienda y se acurrucaron una a cada lado de los cuatro niños despatarrados, ya volvían a ser amigas.

A la brillante luz de la mañana, el campamento humeaba con la niebla: casi parecía inocuo, onírico. La chica encendió el fuego y encontró agua potable, así que empezó a hervir copos de avena para los niños. Estos fueron saliendo uno a uno. La mayor no podía tener más de cinco años, ninguno de ellos tenía edad de ir al colegio aún. En otras tiendas se alzaban las voces de otras mujeres, otros niños respondían. Un crío llegó corriendo, dijo un tímido Hola a los hijos de Jane y se marchó volando con su madre.

La joven se percató de que estaba en la parte del campamento destinada a las familias, comprendió que allí la seguridad la daba el ser muchos, las reglas y la militancia tácita contra la amenaza que acechaba a pocos metros.

Jane asomó la cabeza fuera de la tienda, sonrió y salió con un uniforme de camarera de restaurante de comida rápida.

¿Me vigilas a los niños hoy?, le preguntó. A la chica que suele cuidarlos le dieron alojamiento hace unos días y prefiero no volver a dejarlos solos en la biblioteca.

Ya sé leer, dijo la niña de más edad. Yo también, dijo el segundo. Más o menos, añadió la primera, pero con cariño.

Miró a los niños y notó que se le encogía el estómago. Ah, dijo.

La expresión de Jane volvió a enfriarse. Oye, mira, dijo, o me voy a trabajar, o nunca saldremos de aquí. O se quedan contigo, o los dejo sueltos en la biblioteca y me arriesgo a que los Servicios Sociales se enteren y me los quiten. No tenemos alternativa.

De acuerdo, dijo la joven. Claro que puedo cuidarlos. Y Jane le dio las gracias pero la miró con amargura mientras les desenredaba el pelo a las niñas con un cepillo mojado.

Por las noches, Jane volvía al campamento apestando a grasa, con bolsas de hamburguesas y patatas fritas que llevaban demasiado tiempo hechas para venderlas. Metía los pies en agua caliente, soltaba un gemido y, cuando los niños se quedaban dormidos, se dedicaba a echar pestes sobre su jefe. Repugnante jovenzucho baboso, dijo. Me tocó las tetas en el almacén.

La joven asintió, escuchándola, sin ofrecer mucho. Pero Jane parecía encontrar consuelo en su presencia tranquila, la trataba como a una prima un poco retrasada, patética pero útil.

Una tarde, cuando los niños y ella salían de la biblioteca, vieron a Jane en la acera de enfrente, sentada en un banco.

Oh, oh, dijo la hija mayor. La menor hundió la cabeza en la espalda de su hermano.

Quedaos aquí, dijo la chica, y sentó a los niños en un murete delante de la biblioteca.

Despedida, dijo Jane sin levantar la cabeza. Me dio un pronto. Ya te lo dije.

No te preocupes, contestó la joven, aunque el suelo pareció ceder bajo sus pies. Ya encontrarás otro trabajo.

Jane levantó la cabeza y escupió: Sí, sí me preocupo. Claro que me preocupo, joder. El otro día metí todo nuestro dinero de anticipo en un sitio y esperaba la paga de este viernes para poner el resto.

Jane suspiró y se pasó una mano por la cara antes de añadir: Volved a la tienda. Llegaré cuando llegue.

Para cenar, los niños y ella tomaron sopa de tomate y bocadillos de queso. Les contó historias hurtadas de *Las mil y una noches*, y se quedaron dormidos esperando a su madre. Ella se sentó junto a la hoguera hasta que se le acabó la leña y los cuerpos que se movían en la oscuridad se volvieron más amenazadores. Entonces se metió en la tienda y subió la cremallera hasta arriba, calentada por la respiración de los niños.

Por la mañana, el lado de la tienda que solía ocupar Jane continuaba vacío. Llevó a los niños al cementerio que había a medio camino entre el campamento y la ciudad. Era su lugar favorito: tranquilo, limpio y bonito, con impresionantes robles viejos e hileras de flores de plástico que recogían a brazos llenos y redistribuían entre las lápidas que parecían más solitarias.

Al caer la tarde, llevó a los niños a la comisaría y dio una taza de té excesivamente edulcorado a cada uno y un dónut con azúcar glas que había encontrado en una mesa de la sala de espera.

Cuando preguntó por Jane, la agente de policía apenas apartó la mirada del ordenador. Se succionó el labio y tecleó el nombre de Jane, luego dijo: Ajajá. La detuvieron ayer sobre las siete. Prostitución.

No, dijo la chica. Los niños no podían oírlas. Es imposible, añadió.

La agente la miró y parpadeó varias veces, y la chica se vio entonces como la veía la otra mujer: sucia, con el pelo hebroso, maloliente, curtida por el sol, claramente una sintecho. La boca de la agente de policía recuperó sus arrugas habituales. Bueno, imposible pero cierto, dijo, y retomó la tarea que tenía entre manos.

La joven invocó al fantasma de la profesora universitaria en ciernes que había sido y dijo, con una enunciación irritante y perfecta: Agente, por favor, escúcheme. Necesito que se ponga en contacto con los Servicios Sociales. Estos son los hijos de Jane y considero que, por desgracia, no puedo cuidar de ellos en esta situación.

Se sentó junto a los niños hasta que una mujer de aspecto fatigado con traje negro entró a toda prisa y se detuvo a hablar con la agente junto al escritorio. Cuando la empleada de los Servicios Sociales dijo un alegre Hola, los niños alzaron la mirada de la revista que estaban escudriñando y observaron con cautela mientras la mujer se levantaba los pantalones un poco para poder acuclillarse a su lado.

La joven se puso de pie con piernas temblorosas y retrocedió hacia la puerta.

El sol brillaba tanto que hacía daño a la vista. Le martilleaba la cabeza. No había comido nada desde la mañana. Regresó a la tienda y durmió hasta el amanecer. Justo antes de que el campamento empezara a activarse, recogió sus cosas y anduvo hasta la ciudad, dejando montada la tienda de Jane, con las pertenencias de sus hijos ordenadas en distintos montones y su propio saco de dormir en el centro, en un cobarde gesto de disculpa.

Pensó en su madre, en cómo debía de sentirse al tener una hija desaparecida. Seguro que la policía había encontrado el coche abandonado y le había seguido la pista; alguien debía de haberla llamado. Su madre pensaría en un asesinato o un secuestro, se preguntaría qué había hecho para tener una hija tan desagradecida. Tal vez, pensó la joven con un arrebato de rencor, el miedo había conseguido despertar por fin a su madre. Tal vez estuviera peinando el estado en su busca, incluso en ese preciso instante.

Durmió dos días debajo de la esterilla entre los matorrales de bambú de su exvecino. Las noches eran más cálidas en mayo, pero todavía tiritaba. Una vez, se despertó y vio los brillantes ojos verdes de un gato mirándola fijamente y gritó el nombre de su antigua mascota, pero el animal se escapó.

Recorrió a pie todo el camino hasta la universidad, pues se acordó de que era el fin de semana de la graduación, lo cual significaba que muchos estudiantes estaban a punto de mudarse. Quizá pudiera agenciarse algo de comida u otro saco de dormir, pensó. Cuando estudiaba en la universidad, había visto chicos abrir una ventana del quinto piso de una fraternidad y arrojar a la calle ordenadores que funcionaban perfectamente. Ella misma había vaciado su mininevera de yogures aún sin caducar, de manzanas y pizzas congeladas, y las había tirado a la basura. Ahora se sentía una rata en el campus, escabulléndose entre las sombras. Si la veía alguno de sus conocidos; si alguien la olía. Había una carpa en uno de los patios interiores, y a la luz débil del amanecer advirtió que estaban montando un bufet. Esperó hasta que los encargados del catering se metieron detrás de la furgoneta a descansar un rato y veloz como el rayo llenó a rebosar un plato con huevos calientes, patatas y salchichas. Cuando levantó la mirada se encontró con uno de los camareros, que la miraba a los ojos; llevaba una caja de copas en las manos. Ella le sonrió y él, con aire sombrío, hizo un gesto para echarla.

Junto a la residencia de los alumnos de último curso, divisó un inmenso camión metálico en el que varias personas metían a bulto colchones, cafeteras, sillas. Vio una silla de oficina levitar por encima de la tapa de un contenedor, pero el chico que se suponía que tenía que atraparla al vuelo ya había agarrado una caja de cables eléctricos y se había dado la vuelta. Los brazos que sujetaban la silla empezaron a temblar. Sin pensárselo dos veces, la joven dio un paso al frente y la agarró por encima de su cabeza. El hombre que se la había pasado se asomó para mirarla sonriendo. Tenía el pelo negro recogido en una coleta y patas de gallo muy marcadas. ¿Nos ayudas?, preguntó.

Se sorprendió a sí misma al decir: Claro.

El hombre le guiñó un ojo y le pasó una alfombra enrollada.

La joven transportó cajas de libros, el cabecero de una cama, una mesita de centro. De pronto, se encendió el motor del camión y alguien murmuró: Vamos. Corrió cuando los otros echaron a correr y saltó con ellos dentro del camión. Un coche de seguridad se detuvo cerca justo cuando las puertas del remolque se cerraban con estruendo y el camión arrancó. Estaba oscuro, el motor rugía, estaban tan hacinados que la chica sintió que se asfixiaba. Pero alguien le tocó el brazo, lo resiguió con delicadeza hasta la mano y le puso algo envuelto en papel en la palma. Era una chocolatina.

Por fin, el camión se detuvo y el motor se apagó. Se oyeron unos clic y las puertas se abrieron a un brillo imposible. Estaban en el límite de una larga extensión alfombrada de hierba. La joven soltó la mochila y saltó a la tierra arenosa.

Una chica con la cara mugrienta y una trenza larga se volvió hacia ella y le dijo: Es hora de desayunar.

Condujo a la recién llegada por el camino de tierra hasta un enorme edificio destartalado. ¿Qué es esto?, preguntó, y la otra se echó a reír. Es la Casa de la Pradera, contestó. Una casa okupa. ¿Sueles seguir a la gente sin saber adónde te llevan?

Pues últimamente sí, dijo. La chica la miró con atención y luego dijo: Uau. No tienes buen aspecto, cariño, y la acompañó hasta una cama en la que se hundió, a pesar de que las sábanas olían muy fuerte a otra persona. No siquiera tuvo fuerzas para quitarse las botas.

Durmió durante todo el día y toda la noche, y al final del día siguiente se despertó mareada por el hambre. Fue sigilosamente hasta la cocina, pasando por delante de los cuerpos desparramados en catres y colchones por el suelo. La nevera daba asco, estaba a rebosar y emitía un hedor a podrido que recordaba al ajo, pero encontró una cazuela de estofado todavía caliente encastrada entre manzanas pochas.

La luna se había elevado sobre la pradera y bañaba de sombra las colinas. Una criatura pequeña se movía en el lindero del prado, y dentro de la casa oyó cómo dormían los demás, sus movimientos y su respiración. La joven estaba alerta, hacía años que no lo estaba tanto. Encendió la luz que había sobre los fogones y los miró horrorizada: la cocinilla estaba cubierta de restos de comida, apestaba a grasa. Empezaría de inmediato, pensó, y encontró un producto de limpieza debajo del fregadero, dos guantes desparejados, un estropajo de aluminio. Se puso a limpiar centímetro a centímetro; trabajaba con el mayor sigilo posible. Evitó las ventanas, porque presentía que si miraba por el cristal, vería los espíritus hambrientos de Eugene cobrando forma desde el prado, los blancuchos *crackers* pobres con sus látigos, los conquistadores palúdicos subidos a sus pequeños ponis. O a los hijos de Jane, con la cara aplastada contra el cristal.

Al amanecer, los fogones relucían, la nevera estaba limpia y la comida podrida en la basura, los platos del fregadero estaban escurridos y el propio pocillo había recuperado su color natural de acero inoxidable. La chica había reordenado los armarios, había extraído los excrementos de ratón y las cucarachas muertas.

Su cuerpo estaba entumecido por la fatiga, pero la claridad de su mente seguía intacta. Cuando se dio la vuelta, el hombre del contenedor estaba sentado a la mesa, observándola. No me acuerdo de la última vez que alguien dejó esta cocina tan reluciente.

Todavía me queda mucho por hacer, dijo ella, y él le propuso: Siéntate un momento a hablar conmigo.

Le explicó las normas de la casa: Nada de peleas, nada de drogas, duerme donde encuentres sitio. La gente entraba y salía a cualquier hora y nadie conocía a todo el mundo, así que, si tenía cosas de valor, lo mejor era mantenerlas siempre cerca.

No tengo nada, dijo ella, y él contestó: Mucho mejor. Todos se ganaban el pan, haciendo cosas por la casa o en el granero, donde habían montado un negocio de venta por internet de objetos tirados, con lo que sacaban de esa venta pagaban el agua, la electricidad y parte de la comida que no rapiñaban por ahí. Intentaban vivir sin dinero en la medida de lo posible, y les iba bastante bien.

Dejó de hablar y le sonrió.

¿Eso es todo?, preguntó la joven. Incluso en el campamento de Jane había más normas implícitas.

Pues sí, contestó el hombre. Es el paraíso.

Ella lo pensó un momento y dijo: O el infierno.

Viene a ser lo mismo, dijo él, y le sirvió un café.

La fiesta había crecido de manera natural, como ocurría con todo en la Casa de la Pradera. Ahora había gente bañándose desnuda, salpicaduras de un blanco sorprendente en el cenote y un barril de cerveza con luces navideñas atado a un roble. Se apartó de la hoguera junto a la que estaba, con las siluetas de los cuerpos danzantes todavía en la retina.

Más allá de la fiesta el prado se desplegaba, tranquilo e impasible, y recibía al cielo con una oscuridad semejante. Sin querer, empezó a avanzar hacia allí, cada paso era una liberación de las voces borrachas, del aleteo del papel incandescente que saltaba del fuego, del calor abrasador de las llamas. Cuando dejó atrás la primera colina de árboles, la oscuridad adquirió luz propia, y la joven empezó a distinguir la textura del terreno. Se movía con calma sobre los agujeros de arena, entre los palmitos que le arañaban las pantorrillas, por las repentinas zonas pantanosas. Los animalillos se alejaban apresurados de su camino y le inspiraban ternura por su pequeñez y su miedo.

Al cabo de diez minutos, los ruidos humanos habían remitido hasta desaparecer por completo, y los ruidos de los insectos ocuparon su lugar con urgencia. Tenía el cuerpo pegajoso de sudor. Cuando se detuvo, notó el primer picor. Se quedó muy quieta y estuvo inmóvil tanto tiempo que el prado retomó sus furtivos movimientos. El mundo que, desde la comodidad de la hoguera, había parecido una fría losa lisa estaba repleto de vida inesperada.

Le llegaba el olor a podrido de una zanja de drenaje que algunos ingenuos bienintencionados habían excavado en la pradera durante la Gran Depresión. La tierra había tomado la huella de sus manos y la había hecho suya. Pensó en las serpientes que dormían enroscadas en sus madrigueras y los caimanes que salían a la superficie para olfatearla en la oscuridad, sus contoneos en la tierra, su volumen sigiloso; pensó en que ella no era más que otro ser vivo perdido entre muchos otros, nada especial por ser humana. Algo reptó por su garganta.

Se quedó helada. El sudor se le enfrió en el cuerpo y la hizo temblar. No halló consuelo en el cielo difusamente moteado de estrellas, una red tan inmensa que escapaba a su imaginación. No había nadie alrededor, nadie que pudiera devolverla al consuelo de la gente.

La noche que pasó en la pradera volvió a ella durante el largo y tormentoso nacimiento de su hija, años más tarde, después del funeral de su madre en una colina blanca por el granizo. Una inyección en la columna acabó con el dolor y la joven flotó por encima de sí misma, a salvo entre el pitido de las máquinas.

Pero, de repente, surgió alguna complicación. Las enfermeras torcieron el gesto; el mundo se convirtió en un frenesí. La llevaron en la camilla a una habitación fría. Faltaba poco para Navidad y había una poinsetia encorvada en un rincón, lo cual le hizo pensar en la tierra negra de la maceta, en toda la vida contenida allí. Su cuerpo se convulsionaba tanto que hacía retemblar la lámina de aluminio sobre la que estaba tumbada. Notó una presión insoportable dentro de su cuerpo cuando el médico hendió el bisturí. Entonces regresó el viejo pánico, la oscuridad, la sensación de estar perdida, los colmillos que se había imaginado clavados en los tobillos y que resultaron ser cortes de palmito, el aliento de algún espíritu maligno caliente en la nuca. Entonces había visto el resplandor en la oscuridad y había vuelto trastabillando hasta la hoguera. Qué delicados son los lazos que nos mantienen unidos. Un brillo en la oscuridad. La campanita que tintinea en el cuello de una enfermera. Los cuerpos que se inclinaron sobre ella, una presión tan intensa que le impedía respirar, la liberación.

Historias de serpientes

Cariño, cuando Satán tentó a Adán y Eva, tenía motivos de sobra para no transformarse en una almeja parlante.

Fue mi marido quien me dijo eso.

Esta afirmación suya ha empezado a parecerme tan ridícula como peligrosa, igual que la serpiente ratonera de un metro que mi hijo menor estuvo a punto de pisar en la calle ayer, creyendo que era un palo.

Si te paseas por Florida, seguro que alguna serpiente te vigila: hay serpientes en el abono, serpientes en los matorrales, serpientes agazapadas en el césped, esperando a que salgas de la piscina para sumergirse ellas, serpientes que miran tu tímido tobillo y se preguntan qué sentirían al clavarte los colmillos.

A nuestro alrededor, desde el otoño, y más o menos al mismo tiempo, otras cosas terribles han ocurrido en el mundo en general, han acabado muchos matrimonios, ya sea en una especie de callada deriva, ya sea en llamas. La noche en que mi marido me explicó el pecado original, estábamos borrachos y volvíamos caminando a casa a las tantas de la madrugada después de una fiesta de Nochevieja. Nuestro anfitrión, Omar Varones, había hecho una hoguera con el sofá en el que su mujer le había puesto los cuernos. Era un mueble vintage de mediados del siglo XX y habría podido venderlo por miles de dólares, pero es igual de cierto que las llamas eran de un asombroso e inesperado color verde claro.

Siento que me traiciono a mí misma cuando digo esto, pero es magnífico pasear junto a un hombre tan corpulento que nadie se metería con él hacia tu propia cama, a una hora en que todo el mundo duerme salvo las ranas arborícolas y los pecadores. Echo de menos mis paseos a última hora de la noche, mis carreras al amanecer. Aunque el barrio es un lujo, ha habido tres violaciones en tres meses a pocas manzanas de nuestra casa. Por las noches, cuando no puedo dormir, cuando los nervios hacen que pulule de la cama de uno de mis hijos a la cama del otro, que luego vuelva a mi propia cama y luego al sofá, incluso percibo en mi torrente sanguíneo el nuevo veneno que ha entrado en el mundo, un veneno que en cierto modo solo afecta a los hombres, endureciendo lo que en otro tiempo habían sido malos pensamientos y convirtiéndolos en acciones nuevas, peores.

Resulta extraño para mí, una forastera, una norteña con sentimientos encontrados, ver cómo mis hijos de Florida dan por
sentada la presencia de víboras. Una vez mi marido, mientras
excavaba para arrancar un melocotonero que había muerto a
causa del cambio climático, metió en casa una pala llena de crías
de serpiente coral venenosa, retorciéndose bajo su brillante capa
anacarada. ¡Qué guay!, exclamaron mis hijos pequeños, pero esa
noche me desperté de un sueño agitado, empecé a palpar las sábanas, convencida de que la leve presión de la tela sobre mi cuerpo eran serpientes que se retorcían, después de haberse escapado
de la pala y haber buscado por la casa hasta encontrar mi calor.

Otras noches regresa mi antiguo sueño de la malaria: el techo
es una barriga pálida que se crispa, sensible al tacto de mi mano.
Durante toda la noche, unas escamas con textura de papel tissue
caen sobre mí.

No puedo huir de las serpientes. Incluso mi hijo menor, que aún
va a preescolar, lleva todo el año extrañamente cautivado por
ellas. Cada proyecto que trae a casa: serpientes.

El proyecto de la mascota: «Cleo qe una coba seria mala ma-
cota poque me modería», junto a un dibujo de él devorado por
una cobra.

El proyecto poético: «Lasssss sssssepientessssss me comen
ssssssaltan de losssss abolesssss hacen sssssss», junto a un dibujo

de una serpiente que salta de un árbol encima de él, que grita. O eso imagino que ha dibujado: mi hijo está en un período minimalista, su arte se limita a palos temblorosos y círculos.

¿Por qué, con la cantidad de criaturas hermosas que hay en este planeta nuestro, sigues escribiendo sobre serpientes?, le pregunto.

Poque me gustan y yo les gusto, me dice.

Mientras volvíamos andando la mañana de Año Nuevo, tras la noche del sofá en llamas, le conté a mi marido que odiaba la expresión «poner los cuernos», porque esa alusión a los cuernos excluía a la mujer del adulterio y lo convertía en una especie de combate de machos entre el marido y el amante. O en una pelea de gallos gigantes, si prefieres. ¡Mejor, una pelea de pollas gigantes!, exclamó mi marido entre risas, porque es incapaz de reprimirse y tiene que mencionar la polla siempre que puede. Se parte de risa. Mi marido es una persona casi cien por cien buena, y lo digo como alguien que cree que nuestros mejores ángeles van acompañados de nuestros demonios más viles, y que dentro de nosotros se libra un batalla constante: una pelea de gallos gigantes. Mi marido está abarrotado de ángeles, pero incluso él tiene que lidiar con las tentaciones. Por ejemplo, la esposa de Omar, Olivia, era la clase de rubia despampanante que siempre vestía ropa de gimnasio, y mi marido siempre gravitaba hacia ella en las fiestas y se quedaban bromeando y riendo mientras tomaban una copa durante mucho más tiempo del que suele considerarse aceptable entre dos personas guapas que están casadas con otras personas. Algunas veces, cuando lo miraba a los ojos y él también me miraba, mi marido me guiñaba un ojo con sentimiento de culpa pero sin dejar de reírse con ella. Después del divorcio de Olivia y de unos cuantos encuentros incómodos, ya solo he vuelto a verla en coche por el barrio mientras yo paseo a la perra, y la mitad del tiempo finjo no reconocerla; me limito a mirar hacia el suelo y murmuro algo a la perra, que me comprende a la perfección.

Un día de febrero me sentí triste hasta la médula. Habían asignado la tarea de cuidar del medio ambiente a un hombre, a pesar de que su único deseo era aplastar el medio ambiente como si fuese una cucaracha. Pensaba en el mundo que heredarán mis hijos, las nubes de mariposas monarca que no llegarán a ver, el sonido subacuático de las bocas de los pececillos que mastican arrecifes de coral vivo que no llegarán a oír.

Me quedé un buen rato plantada junto al estanque de los patos con la perra, que notó que debía quedarse quieta y esperar con paciencia. Los cisnes estaban en su isla con los gansos, y una imponente garza azul daba zancadas por el agua poco profunda. Observé cómo la garza se convertía en una estatua; luego metió la cabeza y pescó algo. Cuando levantó el pico, llevaba una culebra de agua larga y delgada. La perra y yo contemplamos, embelesadas, mientras el ave le golpeaba tres veces la cabeza con tanta fuerza que la serpiente se partió por la mitad y empezó a manar sangre. Y la garza se tragó una mitad, que todavía estaba tan viva que la vi sacudirse mientras bajaba por aquella garganta larga y elegante.

Eso me recordó a la *Ilíada*: «Vacilaron aún un momento en el borde del foso porque un ave agorera surgió por encima de ellos: era un águila y alta volaba, a la izquierda de todos. Una roja y enorme serpiente llevaba en sus garras, viva, aún palpitante, y no había olvidado la lucha, pues, echándose atrás, junto al cuello la hirió sobre el pecho. Poseída por vivo dolor la soltó de las garras, acertando a dejarla caer sobre toda la turba, y, chillando, su vuelo siguió bajo el soplo del viento».*

Era un presagio, claro y meridiano.

Los griegos hicieron oídos sordos y sufrieron las consecuencias.

Pero, un momento. Ya sabes que la moraleja de Adán y Eva es que se culpa a la mujer de todo el pecado humano, le dije a mi marido aquella madrugada mientras volvíamos a casa en la oscuridad. Habíamos empezado a cruzar una calle con el semáforo en rojo, pero no había ningún coche a la vista, así que nuestro propio pecado venial pasó inadvertido.

* Cita extraída de Homero, *Ilíada*, libro XII, vers. 200 y ss., trad. de Fernando Gutiérrez, Barcelona, Penguin Clásicos, 2015.

¿Lo ves? Otro truco de la serpiente, contestó mi marido con tristeza dándome la razón.

El día que encontré a la chica, los petirrojos estaban migrando y los mirtos rojos resplandecían con destellos también rojizos.

Las nubes apoyaban la barriga en los edificios. Salí a correr sin pensármelo dos veces, porque sabía que se avecinaba una tormenta, y llevo mucho tiempo convencida de que algún día moriré partida por un rayo. Lo sé desde el día en que corría por un aparcamiento junto a la escuela infantil Montessori de mi hijo mayor y cubrí de un salto los peldaños de madera que me separaban de la puerta y al darme la vuelta vi un inmenso relámpago que chocaba y siseaba por el resbaladizo alquitrán mojado en el que había estado yo un momento antes.

Regresé a casa cuando empezó a arreciar la lluvia e hizo que hirvieran las sombras de los bosques que tenía a ambos lados. Había un atajo detrás del distrito de los *bed & breakfast*, un estrecho callejón con rosales desproporcionados que te arañan la ropa. No vi a la chica hasta el último momento, cuando tuve que saltar por encima de sus piernas estiradas, y caí de costado entre la gravilla, me golpeé la cadera y el hombro y supe al instante que me salía sangre. Rodé para incorporarme un poco y me acerqué a la chica gateando. Me miró con tristeza y sacudió las piernas. Bueno, por lo menos estaba viva.

Le vi la camiseta rasgada. Le vi las manos ensangrentadas, la hinchazón que empezaba a notarse en su mejilla. Y el rincón frío que siempre he tenido dentro, el que he arrastrado por tantas calles oscuras de tantas ciudades, lo supo.

Espera aquí, le dije, pensando que podría correr hasta uno de los *bed & breakfast* para llamar a la policía, a una ambulancia, pero la chica dijo con voz áspera: No. Su pánico era tal que miré alrededor y vi lo oscuro que estaba el callejón plagado de vegetación salvaje, lo tupidas que eran las retorcidas plantas trepadoras, pensé que había muchos escondites en los que podría haberse agazapado alguien. Deja que te lleve conmigo y luego llamamos a la poli, dije, pero contestó con ferocidad: Ni putos polis, ni ambulancia.

Vale, dije, y mi mente se quedó sin ideas, así que propuse: Te llevaré a mi casa. Vivo a pocas manzanas de aquí. Cerró los ojos y lo tomé por una respuesta afirmativa. La ayudé a levantarse y vi la sangre de sus muslos, que se disolvía con la lluvia.

Por las calles, el agua ya cubría hasta el tobillo; los conductores habían parado, a la espera de recuperar la visibilidad. El lado de su cara que quedaba junto a mí era hermoso: pestañas largas, labios gruesos, piel perfecta, un piercing en la nariz que parecía doloroso. La ayudé a entrar y me apresuré a coger toallas, con las que la tapé, y fui secando con delicadeza las brillantes gotas de lluvia que tenía en el pelo. No quiso tomar té. No me dejó pedir socorro. No me dejó que le preparara comida. Se limitó a soltarme: Déjame en paz, señora.

Eso hice. Dejé que se sentara y me senté a su lado en la cocina. Y cuando, una vez que ya no temblaba, le pregunté si por favor podía llevarla al hospital, apenas oí el hilillo de voz con el que dijo: No. A casa.

Puse una toalla en el asiento del copiloto y recorrimos las mojadas calles vacías con sus robles y palmeras que goteaban, hasta que llegamos al barrio que había entre La Pasadita Grille y la iglesia católica, y entonces dijo: Izquierda, derecha, izquierda y ya está.

Tras una tormenta, la luz del sol en esta ciudad sale impulsada hacia arriba como si irradiara del suelo, y la belleza repentina del estuco y del musgo español es un puñetazo certero en el centro de mi corazón.

Miré la pequeña cabaña verde con su patio de cadillos y naranjos descuidados y fruta podrida repleta de avispas, y todo captaba el sol y brillaba como si fuesen objetos sagrados. Entonces vi las ventanas rotas y la bolsa de basura negra en el porche con sus entrañas desperdigadas y noté que me daba un vuelco el estómago. Por favor, déjame ayudarte, le dije. No le digas ni una puta palabra a nadie, ¿vale?, contestó. Y se bajó del coche, cerró de un portazo y avanzó arrastrando los pies hasta meterse en la cabaña.

Mis hijos y mi marido ya estaban en casa. Él estaba haciendo la comida. Hala, cuánta sangre, dijo mi hijo mayor, señalando la pila de toallas que había dejado en la silla. Mi marido me miraba con cara de preocupación. Recogí las toallas y me escabullí por la puerta para llevarlas a la comisaría de policía, donde describí a la chica, de entre dieciséis y veinte años, probablemente latina, pero me di cuenta de que no podían o no querían hacer nada, hasta que un agente cedió ante mi insistencia de mujer blanca y me acompañó en el coche patrulla a la cabaña.

Ya había anochecido. Observé cómo la linterna del policía remontaba el camino, el círculo de luz sobre la puerta que se volvía más pequeño y más nítido conforme se acercaba. Llamó una y otra vez. Después probó a abrir girando el pomo y entró. Cuando volvió al coche, me dijo: Parece que le pidió que la llevara a un lugar abandonado. Y más tarde, al dejarme junto a mi coche, me puso la mano en el hombro y dijo: Esa gente son como críos, no tienen… Pero lo fulminé con la mirada, así que se calló. Pero luego, al ver que yo no podía parar de llorar, al final, lleno de frustración, añadió: Mire, a lo mejor tenía algún problema con inmigración, no lo sé. Pero señora, no puede ayudar a alguien que no quiere dejarse ayudar.

La mañana del día de Año Nuevo, mi marido y yo llegamos a casa cuando el cielo se había aclarado hasta adquirir un tono grisáceo por el horizonte. Entramos. Habíamos dejado a los niños con sus abuelos, pero estábamos tan agotados y llevábamos tantos años casados que no aprovechamos demasiado la oportunidad. Fuimos directos a la cama sin lavarnos los dientes siquiera. Hice pis a oscuras, pensando en la única vez en que Olivia y yo nos habíamos encontrado después del divorcio para tomar unas incómodas copas y me había dicho que supo que su matrimonio se hundía cuando encontró una serpiente en la taza del váter. Me conozco lo suficiente para saber que, incluso si sospechara algo, nunca me atrevería a mirar.

Me quité la ropa y me duché. Bajo el agua caliente, pensé en que, antes de conocer a mi marido, salí un verano con un hombre simpático en Boston. Era guapo, lloraba en el cine, jugaba al *ultimate frisbee*, era socialista, un buen tipo, según decía todo el mundo. Una noche volvimos a casa cuando cerraron los bares y los dos estábamos borrachos y se me ocurrió que sería divertido gritar: ¡Socorro! ¡Socorro! ¡No conozco a este hombre! Pero se enfadó tanto que me dejó atrás y volvió a casa como un rayo, y ya estaba acostado cuando yo llegué a su apartamento. Yo olía a sudor, cerveza y humo, así que aquella noche también decidí ducharme. En mitad de la ducha, oí que se abría la cortina y solo tuve tiempo de decir: Espera, antes de que entrara en mí a la fuerza, y aplasté la mejilla contra las baldosas del baño y dejé que el jabón me hiciera escocer los ojos y respiré y fui repitiendo la tabla del cinco hasta que terminó. Se marchó. Me lavé despacio hasta que el agua se quedó fría. Cuando volví a su dormitorio, estaba roncando. Me quedé desnuda y temblando durante un buen rato, tan cansada que no podía ni pensar, entonces me moví y toqué la cajonera y abrí un cajón y encontré una camiseta que olía a él, y me acurruqué bajo las mantas con el fin de calentarme lo suficiente para poder pensar de nuevo, para recomponer lo ocurrido, para regresar a mi casa. En lugar de eso, me quedé dormida. Lo que había ocurrido parecía muy lejano cuando nos despertamos por la mañana. Nunca hablamos del tema. Nunca se lo conté a nadie, ni siquiera a mi marido. Cuando rompimos unas semanas más tarde, fue porque el tipo me dejó.

Cuando salí del cuarto de baño, los pájaros cantaban en el magnolio que hay junto a la ventana y mi marido roncaba. Apoyé la cabeza mojada sobre su pecho y se despertó, y como es un hombre bueno, me abrazó la melena y me acarició la nuca. Yo tenía los ojos cerrados y estaba casi dormida cuando dije: Dime una cosa. ¿Crees que todavía existen personas buenas en el mundo?

Pues claro, me dijo. Millones y millones. Es solo que los malos hacen mucho más ruido.

Ojalá tengas razón, dije, y me dormí. Pero en plena noche me desperté, me levanté y comprobé todas las ventanas y todas las puertas, cerré todas las tapas de los inodoros, porque, aunque estaba desnuda y la noche era heladora, en este mundo nuestro nunca se sabe.

Yport

La madre decide llevar a sus dos hijos pequeños a Francia en agosto.

Se ha pasado la primavera emboscada por unos repentinos ataques de ansiedad, como latigazos en el corazón. No sabe de dónde proceden, pero está cansada de arrodillarse en el pasillo de los jabones del súper o en la cinta de entrenamiento o en las calles sin iluminación por las que pasea durante horas hasta que se quita el terror de encima a las tantas de la noche.

Además, Florida en verano es una agonía caliente y lenta en la que te vas ahogando. La humedad hace que le salgan manchas en la piel, rosadas donde está pálida, pálidas donde está morena. Debajo de la ropa, se siente como un guepardo muy poco sexy.

Esas razones parecen superfluas. El terror y el calor. Ninguno de sus familiares o amigos lo entendería. De todos modos, desde el invierno, ellos, con sus preocupaciones sobre colegios y scouts y permanencias en la empresa y yoga, le parecen increíblemente distantes, medio disueltos en el atardecer. El trabajo de ella les resulta misterioso, pero saben comprender su necesidad. Así que asienten con aire comprensivo cuando les dice que tiene que investigar sobre Guy de Maupassant.

No es del todo mentira. Lleva diez años atascada en un proyecto sobre el escritor. O tal vez es Guy de Maupassant el que está atascado en ella, una espina de pescado clavada en la garganta.

El problema de Guy de Maupassant es serio.

Una vez, durante sus meses más oscuros, Maupassant había significado un mundo para ella. Tenía dieciocho años y se había ido de intercambio a Francia, a estudiar un curso en Nantes, y descubrió que no conocía el idioma tan bien como creía. La habían puesto en *la troisième* del *collège*, una clase de críos de catorce años. Presa de la frustración, se puso gorda de tanto comer *crêpes* de queso, luego se clavaba el dedo en la barriga delante del espejo y miraba cómo le temblaba. La salvación fue la tienda de libros baratos de bolsillo, a cinco francos el libro, una ración de educación por un dólar. El primer libro que compró fue una edición descolorida de *Cuentos de la Bécasse*, de Guy de Maupassant. Se saltaba las clases e iba a sentarse en el jardín japonés que había junto al río, donde podía esconderse entre una grandiosa e impersonal belleza. Le encantó el libro y el autor, porque leer su voz cálida hacía que se sintiera menos sola, menos inepta.

Poco a poco, a través de la lectura, tomó conciencia de cómo las exigencias de un idioma pueden cambiarte. En francés se convertía en una persona diferente: más fría, más elegante, más contenida. Tiene la esperanza de ser casi ella misma cuando habla en francés.

Con el estudio sobre Maupassant, quiere hacer explotar al escritor o explorarlo, no sabe cuál de ambas cosas. Todo empezó como un proyecto de traducción, pero después de leer más de trescientos de sus relatos y descubrir apenas un puñado que le encantaban, lo recondujo para escribir una novela de ficción histórica. Pero recrear la vida de otro escritor en la ficción ha empezado a parecerle complicado, escurridizo, como un acto de prestidigitación. En esta etapa urgente de su vida solo quiere la verdad, cruda y fría.

Los chicos se toman la noticia del viaje a Francia con estoicismo. Ni siquiera lloran.

Su hijo mayor cumplirá siete años a finales de agosto. Tiene una belleza física tan poco común que a veces a ella le cuesta creer que haya salido de su vientre. Es musculoso, muy alto para su edad, con unos ojos grandes y vivos, como los de un cervatillo. Su belleza queda mitigada por una timidez excesiva y una hipersensibilidad.

Es como un lago perfecto, sin una brizna de aire, le dijo una vez su marido. Si tiras algo solo para comprobar cómo se hunde, lo verás en el fondo, devolviéndote la mirada durante el resto de tu vida.

El otro niño, de cuatro años, es diferente. Es un sol, radiante. Se chupa el dedo, aunque le pintan las uñas con esmalte de mal sabor. Siempre lleva a cuestas una marioneta de un gato al que llama Chupa-Chup. Se hace amigo de todo el mundo. Después del interminable vuelo, durante el que estuvo pletórico y no durmió ni un segundo, en el tren desde De Gaulle hasta el apartamento que han alquilado en el *onzième*, le muestra a una robusta chica alemana su diminuta mochila roja. La chica estaba llorando, pero cuando el chiquillo se le sube a la falda, chupándose el dedo y alargando el otro brazo para acariciarle la oreja, la chica lo abraza y apoya los ojos en su pelo. A la madre le preocupa que la cabeza de su hijo huela a rancio, pues todavía tiene la piel manchada con la leche que se tiró encima en Orlando antes de salir, en esa otra vida, la de Florida, que la madre ya no se arrepiente de haber dejado atrás. Pero a la chica alemana no parece importarle. La madre y sus hijos se bajan del tren, el mayor agarra de la mano con fuerza al menor y la madre lleva todas las maletas en los fuertes brazos. La madre mira atrás y ve que el consuelo ha sido temporal, la chica alemana se ha puesto a llorar de nuevo.

Pasan la primera semana en París porque la madre confía en que los chicos pillen el francés igual que pillan la porquería. Los lleva todas las mañanas a la zona infantil del Poussin Vert que hay en los Jardines de Luxemburgo para que jueguen con niños franceses y aprendan francés por ósmosis, pero sus hijos se quedan cohibidos y se limitan a tirarse en tirolina sin parar, el pequeño intenta darle la mano a su hermano, el mayor está demasiado sudoroso y concentrado en el juego para permitírselo. Comen un menú del día vegetariano bastante decente en Le Restaurant Foyot, y aunque apenas es la una, la madre se emborracha con media jarra de vino blanco frío y se ríe con demasiado escándalo cuando les enseña a sus hijos cómo hay que comer la *crème brûlée.*

Le desconcierta ver que, en cierto modo, París se ha vuelto muy parecida a Florida, con tanta humedad y estucado rosa y celulitis asomando bajo las costuras de los shorts. Hay diez grados más de los que debería haber, todo es mucho más brillante y bullicioso que el París que habita en su memoria. Siempre había pensado que sería el lugar ideal para vivir durante las guerras climáticas que ve acechando en el futuro. Una ciudad de agua, rodeada de campos, templada y contenida. Pero tal vez no exista ningún lugar ideal para vivir; tal vez todos los lugares de un planeta más caliente serán igual de malos, desierto y hambre por todas partes, incluso aquí. La madre lleva a los niños a hacer turistadas durante las tardes abrasadoras, espectáculos de marionetas y visitas a la torre Eiffel y museos y pintorescas meriendas tempranas a orillas del Sena. Hablan cinco minutos al día con su marido por Skype, pero en realidad él no tiene tiempo; agosto es cuando trabaja dieciocho horas al día y los niños notan su impaciencia y se sienten dolidos y cada vez tienen menos ganas de acercarse al ordenador a charlar con él. Cuando ella habla con otros adultos, es solo para pedir cosas, su francés se está anquilosando.

Por las noches, los niños duermen diez horas en la misma habitación abarrotada que ella. La madre, para poder disfrutar

de algún rato a solas, bebe vino y ve series francesas en el ordenador con los auriculares puestos. Lo que tendría que hacer sería
leer a Maupassant, o llevarse a sus biógrafos a la bañera, el elegante Francis Steegmuller, el lascivo Henri Troyat, pero está demasiado cansada; ya se pondrá mañana. Noche tras noche se
dice que al día siguiente visitará el asilo del doctor Esprit Blanche,
donde Guy de Maupassant murió a los cuarenta y dos años de
una sífilis terciaria. Un siglo antes era un manicomio, había sido
el Palais de Lamballe; la *princesse* de Lamballe era la mejor amiga
de María Antonieta, y cuando los revolucionarios fueron a buscar a la princesa, la violaron, le cortaron la cabeza y desfilaron
con ella clavada en una pica por delante de la ventana de la reina. Cuando Maupassant sufría los últimos estertores de locura,
en los que creía que había piedras preciosas en su orina y que era
el hijo de Dios, la princesa decapitada entraba por las paredes
para rondarlo.

No obstante, día tras día, la madre sigue sin ir a ver el último hogar de Maupassant. Habría tenido que explicarles demasiadas cosas a sus hijos: qué es la sífilis, qué es la locura, qué son
los revolucionarios. En vez de eso, se despierta a diario aturdida igual que los niños al amanecer, ávida por hincarle el diente
a un *pain au chocolat* y tomar café y fruta, y se ve abducida por
la vida de parques y diversión de sus hijos. Por fin, antes de que
pueda ir a ver dónde terminó sus días el escritor, se le acaba el
tiempo.

El séptimo día, se levantan a punta de mañana y toman el tren a Rouen, donde, en la estación, alquilan un Mercedes para poner rumbo oeste hasta la costa de Alabastro, en Normandía, donde nació Maupassant y donde volvió una y otra vez durante su vida. Su madre, Laura, era de la zona, una mujer que les transmitió a sus hijos su amor por los libros, que de joven había viajado sola por Europa para hacer caminatas, que se atrevió a divorciarse en una época en la que el divorcio no se estilaba, pero que terminó neurasténica, triste y sola, con ambos hijos muertos de sífilis, e intentó estrangularse con su propia melena larga.

Mientras conduce, la madre se siente gorda, inútil y americana en el Mercedes. Nunca ha entendido la razón de ser de los coches lujosos, pero no se veía capaz de llevar un vehículo con cambio de marchas manual por las cerradas curvas de las carreteras que bordean los acantilados, temía estampar el coche y matarlos a todos.

El trayecto debería haber durado una hora, pero se pierden en los serpenteantes pueblecillos y el niño de cuatro años vomita sobre Chupa-Chup, luego se queda dormido; y el de seis años llora en silencio cuando su madre le grita que deje de quejarse del mal olor, y ella tiene que abrir la ventanilla un poco para evitar sentir náuseas también, y entonces la llovizna se le mete sin cesar en los ojos y se para en Fécamp para pedir indicaciones a un hombre que finge no entender su francés a pesar de que la madre, irritada, sabe que en realidad su francés es bastante bueno. Cuando por fin bajan la empinada ladera de una colina y entran en Yport, la madre está temblando.

Es un pueblecito de pescadores, hecho de sílex y ladrillo, con calles empedradas y colinas. Hay un pequeño recodo de playa cubierto de piedras grandes como puños, engolfada en unos acantilados imponentes que, para su decepción, no son blancos sino de piedra caliza de un beis cremoso con vetas horizontales de pedernal gris. Le da la sensación de que allí el aire marea un poco, tiene algo emocionante, parece que te emborrache, hace que quieras bailar y hacer salvajadas en cuanto llegas al paraje, como si acabaras de beberte una botella de champán. Está encantada de sentirse así, hasta que cae en la cuenta de que su pensamiento es una paráfrasis del mejor cuento de Maupassant: «Bola de sebo». Deja el coche en el aparcamiento del casino y espera a un hombre llamado Jean-Paul, que se supone que debe acompañarlos hasta la casa a las tres. Se le cae el alma a los pies cuando ve en el reloj que solo son las once.

¡Ya estamos aquí!, exclama.

¿Ya estamos dónde?, pregunta su hijo mayor. Miran juntos por el parabrisas hacia la desierta playa gris, el océano gris, el cielo gris de encima.

En ninguna parte, dice el propio niño muy serio.

El pequeño se despierta de pronto y exclama: ¡Banderas!

La madre no se había percatado, pero es cierto, hay dos docenas de banderas en mástiles altísimos que bordean el paseo marítimo, con un palmo deshilachado por debajo en la parte más azotada por el viento. No ven ni un solo estadounidense. Este lugar es para los suecos del mundo, los daneses, los británicos, pero desde luego no para los de Estados Unidos. Se alegra. Cuando sale del coche nota un viento frío, las gaviotas gritan sobrevolando su cabeza, pero siente las articulaciones sueltas, una sensación de rebeldía que identifica con la libertad frente a la fatalidad que la aguardaba a la vuelta de la esquina en su casa, en Florida, que incluso la había estado rondando en París. Yport es tan pequeño, tan anónimo… Ha ido a menos desde que lo pintara Renoir. Desde luego, a su terror, que la sigue como un perro faldero, nunca se le ocurriría buscarla aquí.

Bajan a la playa y los niños arrojan piedras y más piedras a las olas burbujeantes. Les gusta el repicar de los guijarros contra el fondo duro entre una ola y otra y el sonido gutural, de trago, que hacen las piedras al caer en la cresta de la ola. Suben a una cueva del acantilado que tiene la misma forma que las naves de las iglesias, pero les entra miedo. Ella admira el modo en que el viento le alborota el pelo moreno a su hijo mayor, y no se fija en que el pequeño se quita la ropa hasta quedar en calzoncillos y corre a meterse en las bravas olas. Lo único que ve es un resplandor de pelo rubio que se hunde. Se zambulle de inmediato y lo rescata. El niño tiene la piel y los labios azules y la cara aturdida, pero cuando el mayor se ríe de él, el chiquillo también se ríe.

El viento acentúa el frío. Tiene la falda mojada y su hijo pequeño tiembla, pero está tan cansada que no le quedan fuerzas para volver al coche y cambiarse de ropa y cambiar al niño.

Hay unos cuantos puestecillos de hojalata en la playa que venden recuerdos, marisco frito, helados. Allí, protegidos por una pantalla de plástico translúcido que no para de moverse, pide tres *galettes* de trigo sarraceno con queso y huevo, y una *crêpe* de caramelo salado de postre. En su casa solo comen azúcar en vacaciones o en casos de emergencia: sabe que es un veneno; puede volverte gordo y loco, incluso puede hacer que pierdas la memoria cuando seas viejo, y ella tiene un pánico tremendo a convertirse en un vejestorio greñudo en una residencia; tiene hijos varones, no es tonta, sabe que con gran probabilidad la triste obsolescencia será su destino, si la humanidad dura hasta entonces, claro, pues las chicas son las que te cambian los pañales cuando pierdes el control de las funciones corporales, y ningún hijo varón quiere limpiarle la vulva a su madre… Pero quiere que sus hijos se enamoren de Francia y ha descubierto que ella tampoco es inmune al soborno. Abraza a su hijo pequeño contra la piel, por debajo de la camisa y el jersey, para calentarlo. Entonces el mayor dice que no es justo, que él también tiene frío, así que le hace un hueco en el regazo y deja que se meta también él debajo de su jersey. Igual que una bolsa mágica de Dragones y Mazmorras, la prenda se estira para hacerles sitio a todos. No tiene hambre, así que bebe sidra local y deja que el alcohol la caliente. Percibe notas de abono y tierra, que le provocan náuseas hasta que piensa que es un sabor de *terroir*. Eso es lo que probó Guy de Maupassant años atrás, imagina, sentado en medio de ese mismo frío salado.

De todos los Guy que conoce (el seductor parisino que seducía a ricas damas de la sociedad, el joven obsceno que remaba y follaba en el Sena, el marinero del Mediterráneo perseguido de puerto en puerto por su locura), solo ama de verdad al Guy de la costa de Alabastro. Aquí fue un sano niño normando de pelo oscuro, que corría descalzo por los huertos y jugaba con los hijos de los pescadores. Y se lo imagina en esa misma playa de muy joven, metiéndose en las olas para darse un baño al amanecer. Riendo, con el bigote goteando, las mejillas rojas. Ese Guy que era fuerte como un toro, pero aún no era un hombre malo.

En lo alto de los acantilados, hay campos de hierba de color esmeralda que el viento dobla como si fuese un tupé. Hay unas motas blancas diminutas que intenta distinguir achinando los ojos. ¿Vacas u ovejas?, pregunta a los niños, y estos se ríen de su pésima vista y al final le dicen: Ovejas, mami; uf, ovejas seguro.

Los abraza y aspira el olor de su cuello y se imagina una oveja iconoclasta, después de una larga vida de envidiar a los pájaros en su gracioso descanso sobre el mar, que toma una decisión repentina. Dará un paso al frente y se convertirá en un ave gloriosa. Luego se encontrará con el océano y se convertirá en medusa.

Cuando los niños terminan tanto su propia comida como la de ella, se bajan al suelo. El jersey verde oscuro ha quedado tan estirado que ha perdido toda la forma, y tiene manchas amarillas de yema de huevo.

Los chiquillos saltan un muro bajo que hay delante del casino y dan a un lecho de lavanda orbitada por abejas doradas. Considera que es el tipo de madre que permite que sus hijos cometan sus propios errores. No quiere que los niños sufran, pero no le importaría si empezaran a prestar más atención al peligro, y el mundo está lleno de cosas mucho peores que una picadura de abeja.

Entonces sube la colina un hombre robusto de unos sesenta años que la saluda a gritos. Debe de ser Jean-Paul. Tiene la cara curtida por el viento. Si tiene ojos, están tan hundidos y tan camuflados bajo sus pobladas cejas que la madre no los ve. Su mal olor la saluda antes de que le dé la mano, una combinación de ropa y cuerpo sucios, sal, aliento. Huele igual que un soltero empedernido.

Pide disculpas por llegar tan tarde, dice que la casa está lista, que allí serán muy felices. Le sorprende lo bien que habla francés, le dice. ¡No está nada mal! Dice que tiene un regalo para ella, que el dueño de la casa le ha dicho que está buscando información sobre Guy de Maupassant, y saca un papel arrugado del bolsillo posterior de los vaqueros y lo extiende con mucha teatralidad antes de dárselo.

Ella mira el papel. Le ha imprimido la página de Wikipedia en francés de Guy de Maupassant: Henri René Albert Guy de Maupassant, n. 5 agosto 1850, m. 6 julio 1893, protegido de Flaubert, suicida fallido, escritor naturalista de relatos y novelas, etcétera. Jean-Paul espera. La mujer se traga la risa, dice que ha sido un detalle por su parte, que no hacía falta, que muchas gracias. Al parecer, no es suficiente. El hombre frunce el entrecejo y la mira con expresión ceñuda, luego se da la vuelta y coge de la mano a los niños. El hijo mayor deja que se la sujete el tiempo justo para no ser maleducado y entonces la retira, pero el pequeño sigue dándole la mano y charla con Jean-Paul, a pesar del mal olor y de la incomprensión mutua. Empiezan a subir un tramo larguísimo de escaleras, setenta y cuatro peldaños, como contará ella después, esculpidos en la empinada ladera de la colina. La madre lleva las tres maletas, que pesan bastante.

El niño mayor se queda rezagado con ella y le dice en voz baja que no le gusta ese hombre, que huele mal y que tiene algo raro.

Vamos, no está tan mal, le dice a su hijo. Le falta el aliento. En la cima, Jean-Paul y el niño pequeño se han dado la vuelta y observan cómo la madre realiza el ascenso con gran esfuerzo, peldaño a peldaño.

Jean-Paul se ríe y grita que le recuerda a una cabra lechera.

He cambiado de opinión, monito, murmura a su hijo mayor. A mí tampoco me gusta.

Desde lo alto de la colina, las calles se ven nerviosas, erráticas, llenas de desvíos empinados que salen de un escalón y de callejones por los que atajar. Al sol y sin viento, hace bastante calor. Los geranios rojos lo salpican todo.

Por fin, Jean-Paul suelta la mano del niño pequeño, saca una llave haciendo una floritura con la mano, abre una de las distintas puertas que hay en una pared y entra. Dice que ya han llegado, que esa es su casa. El espacio es austero, algo que a ella le gusta, todo piedra, madera y escayola blanca, con tres habitaciones apiñadas una encima de la otra, conectadas por una escalera de caracol. Los muebles de la abuela de alguien. Hay un olor grasiento y a podredumbre que reconoce porque es el mismo que el de un apartamento de Boston en el que vivió cuando era joven, unas cuantas semanas de angustia contenida después de que una rata muriera entre las paredes. Hay una mesa, sillas, un sofá y un televisor en la planta baja, una cama nido y un cuarto de baño en la siguiente planta, y en la superior, su diminuta habitación blanca en la que solo cabe una cama doble. Hay suciedad en las repisas de las ventanas, pelos largos y arena en los sumideros.

Los dos tragaluces de su habitación blanca y desnuda de la planta superior están abiertos, así que asoma la cabeza por allí. A un lado ve solo cielo, las ovejas perdidas en sus ensoñaciones por encima de los acantilados. Pero el otro lado está lleno de tejados de pizarra que relumbran como la piel húmeda. Todo lo que ve desde allí tiene rayas: el campanario rojo y marrón claro en el centro del pueblo, los tejados de las casetas metálicas azules y blancas de la playa, los acantilados de color crema con sus vetas de pedernal, el azul marino del océano con la espuma blanca de las olas, las diminutas personas que caminan por el paseo con sus camisetas marineras. El viento le azota las mejillas.

Vuelve a meter la cabeza. Tiene a Jean-Paul demasiado cerca. Su olor es fuerte y se combina con el olor a carroña procedente de la cocina y juntos se convierten de algún modo en una película desagradable que se le pega a la boca.

El hombre quiere enseñarle cómo funcionan el televisor, el wifi, los fogones, pero ella dice: No, no. ¡Gracias! No, no, no, no. Baja la escalera, sin parar de darle las gracias efusivamente a Jean-Paul, que la sigue. Desde la puerta de entrada, llama a los niños, que juegan a saltar de la cama al suelo y hacen que la casa tiemble cada vez que aterrizan. Bajan a regañadientes. Tiene que ir a comprar verduras, les dice; es imprescindible. Si hay algún problema, ya se pondrá en contacto con el dueño. Está encantada de haber conocido a Jean-Paul, le dice. Abre la puerta. Él se resiste a salir. Ella le dice adiós de tres formas distintas. Por fin, el hombre sale. La madre abre todas las ventanas y espera diez minutos mientras el viento se lleva los últimos restos de él, y luego, cuando está segura de que no queda ni rastro del hombre, manda a los niños que vuelvan a ponerse las sandalias.

La mujer de lengua viperina de la única *épicerie* del pueblo se ríe de la madre cuando intenta meter todas las verduras que ha comprado en la bolsa reutilizable que ha traído de Florida. La madre siente vergüenza: ha visto un borgoña excelente a un precio fabuloso, quince veces más barato de lo que costaría ese vino en Estados Unidos, y ha comprado las cuatro botellas que había en el estante. Cuando las mete en la caja de cartón que le da la mujer, nota que pesan una barbaridad.

Los chicos pasan por delante de la panadería despacio, lastimeros. Por delante de la carnicería, en cambio, pasan a toda velocidad porque el mostrador es dantesco, lleno de carne muerta. Son vegetarianos, aunque solo cuando se trata de criaturas con cara.

Les resultó fácil llegar al centro del pueblo, pero ahora parece que la madre se ha perdido. Las calles estaban silenciosas y resultaban inquietantes con la llovizna cuando llegaron por la mañana, pero ahora están repletas de visitantes. Los chicos se adelantan corriendo; la madre les grita para impedir que los atropellen los coches que serpentean por las calles estrechas entre las casas. Vuelven la cabeza y la miran con ojos perdidos.

Pregunta a un hombre dónde está su calle pero este, claramente un pescador, le responde en un francés imposible de entender, un francés que hace que le entre miedo de haber perdido por completo sus nociones del idioma. *Yportais*, según se enterará más tarde, es el dialecto propio que hablan allí, tan retorcido como una cuerda vieja.

Al final, deja en el suelo la compra y se frota los ojos. No va a llorar, se dice con determinación. El hijo mayor ha encontrado un poste redondo y alto junto a un tramo de escaleras que conducen a una puerta tapiada. Le muestra a su hermano pequeño cómo trepar y deslizarse por el poste. Pelo moreno, pelo rubio, moreno, luego rubio.

Guy de Maupassant también era el querido hermano mayor de alguien más pequeño y más rubio, Hervé. Pero Hervé era el espejo todavía más trágico de su trágico hermano, y el paralelismo le parece una maldición sobre sus propios hijos, así que se apresura a quitárselo de la cabeza.

¡El parque de columpios más pequeño del mundo!, gritan sus hijos, mientras se deslizan.

Los observa y siente cada deslizamiento en su propio cuerpo. Cuando era pequeña tenía un juguete con pilas, un grupo de pingüinos que subían en fila por una escalera para después lanzarse por una pendiente en curva y empezar otra vez el ascenso. La emoción era indirecta, la adrenalina se externalizaba. Buen entrenamiento para una vida dedicada a los libros, piensa la madre.

Se acerca a sus hijos por la acera, empujando la caja con los pies.

¿Qué pasa, mami?, pregunta el menor.

Creo que nos hemos perdido, contesta. No os preocupéis. Ya se me ocurrirá algo.

El niño hace una mueca, como si hubiera chupado un limón, luego se desliza por el poste y corre a subir las escaleras una vez más.

El mayor se aproxima a ella y se queda plantado ante sus pies, aprieta la cabeza contra su esternón. La mira a la cara con expresión interrogante. ¿No es ahí?, dice el niño, mientras señala una gran maceta rajada de terracota con geranios rojos, junto a la cual está el hueco entre las casas que lleva a su estrecha callejuela. Ella se da cuenta de que hacía ya un rato que el niño sabía dónde estaban, pero no quería herir sus sentimientos. Qué niño tan dulce. O tal vez no tan dulce, porque cuando llegan a la casa, mientras ella se pelea con la llave, el mayor se dedica a empujar a su hermano menor para que se caiga del peldaño, o no lo empuja adrede, cuesta decirlo; parece que intenta controlar su grácil cuerpo de depredador, pero los alaridos del pequeño resuenan en la callejuela cerrada y tiene una mancha de sangre en la rodilla, así que la madre los apremia a entrar a toda prisa y cierra la puerta para acallar el ruido, porque teme a los vecinos.

Limpia la casa mientras los niños juegan con el Lego, aunque se suponía que ya habían limpiado antes de que ellos llegaran; por eso tuvieron que esperar hasta media tarde para verla. No puede hacer nada contra el mal olor salvo dejar las ventanas abiertas y confiar en que el animal muerto se descomponga rápido. Comen pasta con zanahoria y salen a dar un paseo antes de dormir, y de camino a la casa perciben olores de gente cocinando, las personas acaban de empezar la tarde en su mundo vacacional, el sol todavía brilla con fuerza.

Canta a los niños la canción «Book of Love» de los Magnetic Fields y les lee un fragmento de *El principito*, y se quedan dormidos enseguida en los sacos porque no entienden francés y les habría dado igual que les hubiera estado cantando en el idioma de las ballenas. Ay, pero le encanta saborear esa lengua en la boca, la seda y el marfil que evoca, las brillantes vocales y las hermosas formas que ponen los labios para pronunciarlo.

Abajo, la gente pasa gritando sin parar por delante de la ventana. La cierra, corre la cortina. El wifi no funciona ni a tiros, aunque enciende y apaga el *router* varias veces, aunque sigue las instrucciones de la carpeta que dejó el dueño de la casa, cada vez con más meticulosidad que la anterior. No tiene intención de hablar con su marido en ese momento; está en un pico de trabajo ahora mismo, le respondería con prisas, le heriría los sentimientos y la haría sentir poco querida, pero a lo mejor tiene algún mensaje bonito en el correo electrónico, no lo sabe. Abre su cuaderno, pero le resulta imposible escribir. Abre una botella del borgoña excelente pero barato y se sobresalta cuando va a servirse otra copa y descubre que la botella se vacía muy deprisa. Debe de haber otra ella invisible en la habitación, que bebe de la misma botella, una segunda ella, con mallas de yoga y una chaqueta de lana y las gafas sucias, una *doppelgänger* igual que la madre, allí mismo, pegada, pero imperceptible. Es la única explicación.

A lo mejor se imagina esas cosas porque en los últimos relatos de Maupassant había muchos dobles, ya que, conforme avanzó la enfermedad del escritor, este empezó a ver un fantasma de sí mismo. Una de sus numerosas amantes fue Gisèle d'Estoc, bisexual, cortesana, famosa por un combate de espadas en público y con el pecho al descubierto contra una amante que la había engañado. Tenía un temperamento tan impulsivo que se sospecha que puso una bomba en Le Restaurant Foyot para vengarse de un crítico malévolo. En su confesión póstuma sobre su relación amorosa con Guy de Maupassant, *Cahier d'Amour*, Gisèle cuenta que en una ocasión él le habló de su doble.

Guy, según cuenta ella, estaba todavía tumbado en la cama, de modo que apenas podía verlo en la penumbra. Los rincones oscuros parecían palpitar con los fantasmas. ¿Estaba dormido? De repente, ella oyó la voz apagada y perdida de él, que decía en un tono severo: Esta es la tercera vez que viene para interrumpirme mientras trabajo. Al principio tenía una cara rara, en movimiento, una cara propia de un sueño, mi propia cara, como si me estuviera mirando en el espejo. Esa vez no quiso hablar conmigo. En su última aparición, este visitante que se parece a mí más que mi propio hermano me resultó de lo más real. Entró en mi despacho y oí sus pasos. Entonces se sentó en mi silla, con total naturalidad, como si estuviera en su ambiente. Después de su partida, habría jurado que había desordenado mis libros, mis papeles, todos los objetos del escritorio. Igual que la vez anterior, ahora tampoco me ha dicho nada, su cara presenta una expresión que no tiene nada que ver con mi trabajo ni con mis preocupaciones. En esta tercera aparición por fin he comprendido qué pensaba mi doble. Está furioso conmigo, me odia y se burla de mí. ¿Y sabes por qué? ¡Cree que es el autor de mis libros! ¡Me acusa de habérselos robado!

Algunas veces, le dijo Guy en un susurro, siento que la locura me ronda la cabeza.

La madre apura la segunda botella de vino. La página que tiene delante continúa en blanco.

A la mierda, piensa, es por el viaje, la tensión de la novedad, el hedor de la casa, y siente el cuerpo pesado, como si en el transcurso del día se lo hubieran rellenado con piedras de la playa, todas esas cosas conspiran para impedir que trabaje. Con bastante esfuerzo, sube la escalera de caracol hasta su habitación blanca, fría y azotada por el viento.

Son las diez de la noche y el sol aún relumbra por los tragaluces. Asoma la cabeza para que le dé el aire y ve la marea lejana, el negro lecho marino expuesto, terrorífico en su crudeza, su resplandor es en cierto modo siniestro, como la superficie de una luna negra. Unas personas diminutas se abren paso por él con unas cosas en la mano que imagina que son cubos.

En el tejado de al lado hay una hilera de gaviotas. Están tan quietas que resulta extraño, no miran hacia ella sino hacia el mar. Cuenta una docena, pero luego deja de contar porque algo en el silencio de esas aves la incomoda. Las gaviotas son una especie que nunca está quieta; son tres cuartas partes de graznido, son aves de rabia, todas ellas madres; incluso las gaviotas macho son madres.

Aquí pasa algo malo, piensa.

Al cabo de poco, un tono rosado y azul marino se extiende por el cielo y el cielo reluce abrasador, luego desaparece. Ha leído que hay marineros en alta mar que, en los días sumamente despejados, ven un fogonazo verde en el momento en que se pone el sol. Lo único que ve ella es el fantasma del viejo sol muerto en sus párpados cuando los cierra.

Un instante después, la gaviota más grande despliega las alas. De pronto, todas las aves estallan en graznidos, carcajadas, gritos, un aleteo salvaje; es un ruido ensordecedor, y se sobresalta tanto que se golpea la cabeza contra el marco del tragaluz, y cuando deja de retorcerse de dolor, las gaviotas están alzando el vuelo en mitad de la ventisca, dejan atrás el tejado, retroceden hacia ella. Vuelve a agachar la cabeza y observa que unas cuantas aves planean hacia atrás por encima de su cabeza, con la lengua saliendo como un dardo del pico abierto, igual que un gusano rosa y aterrado.

Después desaparecen, sus ruidos le llegan por el aire desde la distancia. Está temblando, aunque tal vez sea solo por el frío. Se mete en la cama para calentarse y, al cabo de unas pocas respiraciones, se queda dormida.

Por la mañana, nota un cuerpecillo congelado que sube a la cama y se acurruca por debajo de su edredón caliente, luego nota otro. Los niños se retuercen pero no dicen nada, todo codos y rodillas que le aguijonean los costados, mejillas en los brazos y en el pecho. Contemplan el cielo, que se ilumina sobre sus cabezas. No ha cerrado las ventanas y la habitación está helada, igual de helada que su dormitorio cuando era pequeña y su familia vivía en una casa antigua con muchas corrientes de aire en el norte del estado de Nueva York, y algunas noches observaba el viento que se colaba por una rendija y empujaba dentro una hebrita de nieve que recorría la habitación y se posaba formando un perfecto pezón diminuto encima de la chimenea.

En la panadería les dice a los niños que pidan lo que quieran en francés y la panadera mira a la madre con ternura y le retiene un momento la mano cuando le entrega las bolsitas de papel con pastas, y durante todo el camino de vuelta a casa, la madre nota los dedos cálidos de la panadera sobre los suyos.

No hay muchas más personas despiertas en Yport a esas horas. Un hombre que toma el pelo a su spaniel por la calle. Los pescadores que desplazan sus barcas con unas cadenas largas por la playa y a través del canal.

Esta es la Francia que tanto ama la madre. La mantequilla y los bollos en la boca, los adoquines, el amanecer pintoresco en el que apenas hay franceses.

Hoy visitarán Étretat. A Guy de Maupassant le encantaba Étretat. Su madre, Laure Le Poittevin, pasó allí la mayor parte de su vida. Guy creció allí y se construyó una casa cerca de la de su madre cuando hizo dinero. La llamó La Guillette, la pequeña Guy, en un arrebato de su autocomplaciente narcisismo.

La madre conduce por la carretera azotada por el viento hasta lo alto de los acantilados, que por fin parecen blancos con el sol matutino, tan blancos que ciegan. Ajá, piensa. Simplemente se van ensuciando conforme avanza el día, como nos ocurre a todos los demás. ¡Uau!, exclama el hijo menor, pero el mayor se guarda su opinión, alerta. La madre sabe que hay algo en él que quiere que dé un volantazo y acelere por encima del acantilado, solo para ver qué sucedería.

Bosques diminutos, prados, trinos, pueblos. El Mercedes entra ronroneando en Étretat; aparcan en la rue Guy-de-Maupassant.

El sol temprano ilumina la aldea igual que un foco, de una quietud absoluta. A juzgar por la densidad de tiendas de souvenirs, sabe que más tarde estará llena de turistas. Los niños vuelven a tener hambre y la madre encuentra otra panadería y una vez más les deja que coman lo que quieran siempre y cuando lo pidan en francés. Ambos eligen un *salambo*, que es una especie de *éclair* con cobertura verde. Tiene un aspecto asqueroso, pero claro, *Salammbô* también es la novela que menos le gusta de todas las de Flaubert, y le parece adecuado que sus hijos escojan algo en honor de Flaubert, quien fue mentor y amigo de Guy de Maupassant. Qué tragedia, seguir tras la grandeza de *Madame Bovary* con una novela histórica melodramática sobre la antigua Cartago, como si el creador de un robot increíblemente humanoide a continuación decidiera dedicar sus esfuerzos a los relojes de cuco.

Pero Flaubert apreciaba de verdad a Maupassant, pues veía en el chico el fantasma de su mejor amigo, Alfred Le Poittevin, el tío de Guy. Alfred fue un poeta que murió demasiado joven, y Flaubert nunca se recuperó del trauma. Cuando Maupassant creció, entabló una estrecha amistad con Flaubert y se estrujó para entrar en el molde de su mentor: disciplinado en la página y obsceno en la vida. La familia del autor de *Madame Bovary* llamó a Guy para preparar y amortajar el cuerpo de Flaubert cuando el maestro murió de apoplejía; Guy lloró de rabia al comprobar que el hoyo que habían cavado para el cadáver era demasiado corto para el ataúd. Más adelante, un Guy de luto escribió a Turguéniev: el fabuloso viejo espíritu me persigue. Su voz me atormenta. Sus frases resuenan en mis oídos, su amor, que busco sin poder encontrarlo porque se ha ido, ha hecho que el mundo entero me parezca vacío.

La madre y sus hijos salen a la pasarela de madera. Las banderas rojas están izadas, lo que significa que está prohibido bañarse, como si alguien en su sano juicio fuera a atreverse a desafiar esas olas, salvajes y blancas al chocar. Esa playa es como la de Yport, pero en tamaño gigante. Sin embargo, aquí los imponentes acantilados la dejan sin aliento. A la izquierda hay una aguja, una inmensa roca puntiaguda, además de un arco gigantesco que de modo incomprensible está excavado en la piedra de un blanco hueso; a la derecha, un arco más pequeño luce una iglesia como un *chapeau* marrón en la cima.

Cuando el viento los deja helados, caminan por el pueblo, aunque hay algo en la estética de los edificios que le parece apagado, cerrado y mezquino. Hay maderos marrones por todas partes, calles estrechas, segundas y terceras plantas que se inclinan aterradoramente lejos de sus cimientos hacia la calzada. El estilo autóctono parece tan ornado, oscuro y ahogado que provoca un efecto casi desdeñoso. La madre percibe los edificios que se inclinan hacia ella como mujeres que la espían por la espalda, cuchicheando.

Lleva a los niños a la villa Les Verguies, donde, tras el divorcio de sus padres, Guy y Hervé vivieron con su desdichada madre, pero allí no hay nada que ver, y una verja imponente les corta el paso. Entonces lleva a los niños por la larga calle que baja hasta La Guillette. Lo único que hay para ver allí es una placa en la que pone La Guillette. Le hace una foto, luego hace otra de los niños delante de la placa y después, al no verse con ánimo de colarse por la verja, se dan la vuelta. Da la sensación de que otro escritor llamado Maurice Leblanc tuvo mucho más impacto en Étretat que Guy de Maupassant; escribió novelas de un detective que se llamaba Arsène Lupin. El lobo arsénico; ese apelativo podría aplicarse también a Guy, que tomaba arsénico entre otros muchos medicamentos para combatir la sífilis y era un depredador sexual, capaz, según se cuenta, de provocarse una erección cuando se le antojaba.

Conduce a sus hijos por la larga cuesta que lleva a la iglesia en lo alto del acantilado. Cuando el pequeño se cansa y no quiere avanzar más, lo coge en brazos y nota un ardor placentero en los músculos. Cuando está agotada, el mayor lleva un momento al pequeño y, Dios mío, le entran ganas de llorar de amor. Una vez arriba, en la iglesia de piedra, se coloca junto al precipicio como un perro pastor para evitar que sus hijos se acerquen demasiado al borde del acantilado, pero les deja correr y jugar alrededor de la iglesia, subir los escalones, bajar de un salto.

Descienden de nuevo al pueblo, sin rumbo, y toman una pizza margarita para comer. Compran sandalias de goma para protegerse los pies de las dolorosas piedras de las playas, una colchoneta para poder tomar el sol, manguitos, un jersey marinero de rayas azules y blancas para cada uno, porque un frío como ese era inimaginable en la boca del infierno que es el verano en Florida. Compran una postal para el padre de los chicos, que permanecerá en el fondo del bolso, acumulando manchas y cada vez más pelada por las esquinas, sin escribir, hasta que regresen a casa.

No hay nada más que hacer, así que cruzan la pasarela del paseo marítimo, suben a la cima del otro acantilado, donde hay una escalera tallada en la roca y un sendero serpenteante sin barandilla alguna que impida que la gente tropiece y caiga cien metros hacia el abismo.

Ay, se queja el hijo mayor, que intenta liberar la mano que le sujeta su madre, pero ella no lo suelta.

Tienes que protegerme, le dice ella para darle una tarea, y finge tener miedo. No quiero caerme.

Entonces los dos chicos le aprietan la mano muy fuerte y la conducen entre las rocas y le hablan con voz amable, como la que les oyó utilizar una vez para animar a una cría de ganso a que saliera de una alcantarilla, algo que intentaron durante horas, hasta que al polluelo le entró hambre y salió como un rayo y lo atraparon para liberarlo luego en el estanque de patos de su barrio, donde jamás volvieron a verlo, donde, ahora que lo piensa, es probable que se lo comiera de inmediato un halcón, pues no tenía ninguna mamá gansa para protegerlo.

Cuando cruzan un puente estrecho sobre una vasta hondonada, el viento es tan fuerte que casi le arranca las gafas de sol, y entonces se asusta de verdad. Aprieta la mano a sus hijos, se imagina que se les llena el jersey de aire, los empuja hacia arriba y los impulsa hacia el cielo igual que un par de cometas, primero con cara sorprendida y encantada, y luego con el lento despertar del pánico cuando empiezan a volar por los aires. Si pudiera, los ataría aquí, a la tierra, con su propio cuerpo.

Yo no tengo miedo, dice el hermano menor, mientras se aplasta contra su pierna.

Yo tampoco, contesta el otro.

Mami sí tiene miedo, dice el pequeño. Aunque nosotros no.

Bah, mami tiene miedo de todo, dice el mayor, pero le acaricia la pierna a su madre con la mano que le queda libre.

Desde allí observan que el otro acantilado que han escalado un rato antes se muestra peligroso, la iglesia parece a punto de derrumbarse con un soplo de aire. No puede creer que haya dejado que sus hijos corrieran por allí como si nada. Las náuseas le llegan a la garganta. Ha arrastrado a sus hijos por el mundo; ha puesto en peligro su vida, y ¿por qué? Por un escritor que lleva mucho tiempo muerto, al que considera moralmente repugnante, de cuya obra solo le gusta un cinco por ciento, porque está plagada de arrogancia masculina blanca y antisemitismo y misoginia y celebraciones sin tapujos de la violación.

Visto desde allí arriba, el pueblo parece malévolo, un tentáculo del corazón malvado de Maupassant.

Las náuseas continúan hasta que los tres descienden y ella encuentra el coche. En cuanto dejan atrás Étretat, siente alivio, y los chicos se quedan dormidos, así que estaciona en el aparcamiento del casino de Yport y se pone a leer un libro, porque los niños son preciosos cuando duermen así; no puede molestarlos cuando hay tanta paz en sus rostros.

Al final del paseo marítimo de Yport, cerca de la espeluznante cueva del acantilado, hay un tiovivo con personajes que imitan a los de Disney y vehículos que saltan casi tres metros por los aires cuando los niños aprietan un botón.

La mujer que le ha vendido veinte fichas a la madre es hermosa, una rubia teñida de tetas enormes. Vive en un camión detrás del tiovivo con un hombre rollizo que va siempre sin camisa. La señora nunca habla. La madre piensa que podría ser de Europa del Este. Se fija en que pone muecas asquerosas a espaldas de los padres que compran las fichas y que, cuando sale para recoger esas mismas fichas de las manos de los niños antes de cada viaje, se las arranca de las manos de una forma muy desagradable.

Los pequeños se montan juntos en el coche de Dumbo. Pasan una vez, y otra vez, y otra vez, primero pegados al suelo y luego altos en el cielo, gritando de alegría por encima de la música de las Spice Girls.

Con su primera familia de intercambio, en un pueblo a las afueras de Nantes, durante su curso en el extranjero, su hermana de acogida de catorce años siempre ponía a todo volumen esa canción en bucle cuando iba a verla su novio de dieciocho años, que estaba en la marina y lucía un ridículo pompón en el gorro, y se encerraban en la habitación. La madre oía sus gemidos a pesar del ruido de la música. «I'll tell you what I want, what I really really want», cantaban las Spice Girls. «Ya te diré lo que quiero, lo que quiero de verdad.» La madre relaciona esa letra con la corrupción de menores.

Cuando los niños bajan de su excursión por los aires y la atracción de feria se detiene, el pequeño corre hacia ella, y embiste con la cabeza rubia su regazo, y es entonces cuando la madre comprende que está llorando; no se reía, se ha pasado todo el viaje chillando de terror. Le cuenta que no era por la altura, sino por el botón rojo. Su hermano le había dicho que si el niño de cuatro años lo tocaba, el Dumbo explotaría.

Te prometo que no explotará, osito mío.

Pero ¿y si hubiera una bomba?, pregunta el niño entre sollozos.

La madre se ha prometido a sí misma que les dirá siempre la verdad; tiene que encontrar la forma de enfocarlo, así que dice: Bueno, sí, si hubiera una bomba, explotaría. Pero ¿quién iba a poner una bomba en un tiovivo infantil?

¿Nadie?, dice el niño.

Tú lo has dicho, contesta ella.

Es cierto que el mundo está infestado de terroristas. Es cierto que la madre ya no va a ver películas al cine, que busca con la mirada las salidas de emergencia cuando entra en un restaurante. Cada vez es más penetrante, peor, la muerte por todas partes, los ataques controlados, los ojos puestos en el cielo. Alepo con su belleza antes, con su devastación después. Aparta esos pensamientos. Si pudiera, se pasaría el día entero en la cama.

El niño pequeño la mira, ávido de más.

Yo perseguiría al tipo que intentase poneros una bomba y le daría un puñetazo en la cara, dice. Y también en el pene.

No podrías, dice el chiquillo, pero se ha echado a reír; la palabra «pene» es intrínsecamente ridícula, el concepto de un pene es absurdo, siempre les arranca unas risas.

¿Quién es más rápido, papá o yo? ¿Quién gana cuando hacemos carreras en el parque?

Tú, dice el niño a regañadientes.

Pues ya está, dice ella. Soy la madre más fuerte del mundo. No dejaré que nadie os haga daño, añade. Y cuesta saber si miente o no, porque esa promesa es muy complicada, el futuro es tan incierto…

Todavía quedan tres horas para el atardecer, pero el cielo muestra un tono rosado, y la vía más rápida para la felicidad es el azúcar, así que compra helados para todos. De chocolate para ella, de ron con pasas para los chicos. Se sientan en una barca de pesca puesta del revés a comerse el helado.

Los niños están acelerados hasta que se les para el motor, primero a uno y luego al otro, y tiene que llevarlos al uno a la espalda y al otro por delante, jadeando durante todo el camino de vuelta a casa.

Los mete en la cama de arriba y no se molesta en encender las luces de la casa. Le gusta la penumbra melancólica que se filtra por las ventanas en la planta baja. También quiere protegerse de las gaviotas, huir de cómo gritaron al atardecer el día anterior.

Mira con fijeza su cuaderno vacío hasta que su vacuidad se le graba en el cerebro, y entonces abre una botella de borgoña y se la bebe, y después abre otra, ¿por qué no?

Los vecinos cenan en el patio. Se lo imagina lleno de buganvillas, de comederos para pájaros, con una larga mesa antigua. Cubiertos de plata que habrán heredado, aunque el juego estará incompleto. Hablan de los emigrantes de la guerra en Siria. Tiene que concentrarse: hablan un francés rápido como las balas y amortiguado por la comida.

Una plaga, dice alguien. Otra persona chasquea la lengua. Qué asco estos árabes, ¿tú has visto cómo tratan a las mujeres?, pregunta uno. Las apedrean hasta la muerte si un tío abusa de ellas. Las venden para que las folle algún viejo cuando tienen ocho años. Unos bárbaros.

Termina la segunda botella y prueba el wifi otra vez, pero sigue sin conexión, y la televisión no le apetece nada. Y los libros que se llevó están llenos de Maupassant y no está de humor para sus chorradas esta noche, no después de lidiar con Étretat.

Se irá a dormir, decide. Se incorpora. Pero la vista se le va a la puerta y ve en el cristal, detrás de la cortina, la silueta de un hombre. Este mueve el brazo.

Tal vez no haya cerrado con llave, piensa. No se acuerda. Es más, está bastante segura de que no ha cerrado.

Contiene la respiración y su cuerpo se acurruca detrás del sofá. Se oye un golpecito suave en la puerta y escucha el silencio que sigue.

Se queda mirando el pomo de la puerta, una palanca curvada, y no para de ver que se mueve, pero el movimiento está en sus ojos, no en el pomo; este se queda donde está.

Al cabo de un rato, el hombre se aleja. Se oye un silbido sofisticado, unos pasos rotundos. Las voces de los vecinos han bajado de volumen, ya no comprende lo que dicen. Ya no tiene ganas de escuchar.

Cierra la puerta con llave y luego la atranca con una de las sillas de la cocina debajo de la manilla. Cierra todas las ventanas. Las caras de sus hijos en la oscuridad son dos manchas pálidas sin facciones. Se queda de pie como una torre junto a ellos, hasta que uno de los dos se queja en sueños de la luz del pasillo, entonces sube la escalera de caracol hasta su cuarto, por cuyo tragaluz todavía entra el sol, que neutraliza tapándose la cabeza con el edredón.

Se despierta varias veces durante la noche, sobresaltada, porque ve una silueta en medio del suelo, que siempre resulta ser su propio vestido, secándose en el respaldo de una silla, en cuanto busca a tientas las gafas y se las acerca a la cara, y el final se rinde y sigue durmiendo con las gafas puestas, y por la mañana tiene una marca rosada desde la sien hasta la oreja, un poco hinchada y dolorosa al tacto.

Al cabo de tres días, se atreven a desafiar al agua. El frío no es tan terrible, por lo menos, cuando uno recupera la respiración. ¡Qué refrescante!, exclama, para animar a los niños a entrar, hasta que ellos empiezan a decir ¡Qué refrescante! para describir todas las cosas ligeramente molestas que tienen que aguantar antes de poder jugar y divertirse. La ducha templada vespertina sobre las baldosas rugosas. Las zanahorias blandas y un poco mohosas y los guisantes que la madre compró solo porque el tarro era bonito. Otra vez pasta, porque ser vegetariano es complicado en ese pueblo. La larga espera matutina hasta que la *boulangerie* abre al amanecer.

Después de cada rápido remojón, se acurrucan muy juntos bajo las toallas de microfibra de viaje que llevó la madre y esperan hasta que dejan de temblar.

El hijo mayor, que ha tomado la costumbre de leer *Astérix* en la caseta metálica que sirve de biblioteca pública, hace un menhir con las piedras de la playa. La madre aprendió que esas piedras se llaman *galets*. Ella prefiere las piedras calizas que parecen un hueso partido que deja al descubierto el tuétano de pedernal gris.

El pequeño se acerca a una niña de su edad y se pone a hacer amigos, como siempre.

La madre deja que el sol le caliente la piel pecosa. De vez en cuando comprueba dónde está su hijo menor y luego vuelve a dormitar. Siente cierta molestia en la cabeza, como si mientras dormía hubiera descendido una nube hasta sus orejas y ahora se negara a esfumarse con el sol.

La última vez que echa una ojeada al niño, este se ha separado de la niña del ridículo bañador de volantes y se ha puesto a hablar con sus padres.

Se levanta para ir a buscarlo. Los otros padres son británicos, lo sabe en cuanto se acerca a ellos y los oye hablar. La mujer tiene el pelo moreno, es masculina, empática. El padre es encantador, aunque con la mandíbula demasiado grande para su cabeza. Ambos llevan unos trajes de baño tan minúsculos que a la madre le cuesta horrores mirarlos a la cara. Hace tanto que no ha intercambiado más de un par de frases no relacionadas con el comercio con un adulto que también le cuesta saber qué decir.

Se queda ahí plantada en silencio unos cuantos segundos más de lo que se considera normal.

Hola, dice el padre al fin. Su hijo nos está animando el día.

Hola. Así es él, contesta ella. Un animador nato. Confío en que no los haya molestado.

¡Todo lo contrario!, dice la mujer morena. Es un muchachito muy divertido. Nos ha preguntado algo muy interesante. Nos ha preguntado si el tiempo se parará cuando el universo deje de expandirse.

La madre tiene que pensarlo. ¿Se parará?, pregunta.

El espacio-tiempo es un único tejido. Se estira y se estira sin separarse, dice el hombre.

¿Entonces? ¿La respuesta es sí?, insiste la madre, pero los otros dos se limitan a sonreír con la cara en blanco.

La madre espera a que añadan algo, pero cuando ve que no, dice: Desde luego, qué pregunta tan rara para un niño de cuatro años. Me pregunto de dónde la habrá sacado.

Ah, responde el padre. Le he dicho que soy astrofísico. Los niños de cuatro años no suelen saber qué significa, conque le he dicho que estudio el espacio. Las estrellas y los agujeros negros y esas cosas, le he dicho.

Yo tampoco sé lo que hace un astrofísico, bromea la madre, pero la pareja se mira a los ojos. Entonces le entran ganas de decir: Vamos, por favor, pues claro que lo sabe, la condescendencia que los europeos muestran ante los estadounidenses no siempre está justificada; ella es novelista, lo cual equivale a ser un archivador humano de conocimiento inútil. Podría enseñarles un par de cosas. Pero sabe que sonaría todavía más patética ante esas dos personas tan pastelosas. Los tres adultos observan en silencio a los niños, que retoman el juego, el cual consiste en utilizar piedras grises para machacar las blancas y quitarles la arenilla.

Se le ocurre que quizá pueda salvar la situación: fantasea con que los invitan a su casa a merendar, bizcochitos y nata montada y los niños corriendo por el jardín de los ingleses en busca de algo inefable, fantasmas, hadas, los últimos estertores del imperialismo cultural; así que se presenta y les dice que sus hijos y ella han ido a Yport porque está buscando información sobre Guy de Maupassant para un proyecto literario.

Ser escritora, para cierto estrato de la sociedad, es un gancho. Al parecer, no para este estrato. No le dicen ni cómo se llaman.

En lugar de eso, el padre dice: Ah, era eso. Nos preguntábamos por qué habrían venido ustedes aquí. Llevamos veraneando en Yport diez veranos seguidos, y hasta hoy no habíamos visto ni a un solo estadounidense.

No se pierden mucho, bromea la madre.

Pero él contesta: ¡Desde luego!

Se rinde. Llama a su hijo por su nombre y le dice que es hora de volver a casa a comer. Él le entrega su martillo de piedra a la niña, que lo acepta con seriedad.

¿Sabe una cosa?, le comenta la otra mujer en voz baja, tapándose los ojos con la mano para protegerse del sol. Su hijo pequeño parece un poco ansioso. En fin, no baje la guardia.

¿Ansioso?, pregunta la madre, sorprendida; su hijo menor está pletórico de luz. Este no, dice. Señala al otro niño, que frunce el entrecejo muy concentrado, con la escultura de piedra más alta que él. Me refiero a que el otro, sin duda, pero ¿este hombrecito? Este es muy feliz, le dice.

¿Ah, sí?, comenta el padre. Usted lo conoce mejor. Es solo que nos preguntó qué ocurriría si hubiera un tsunami en plena noche.

¡Le dijimos que confiábamos en que no hubiera ninguno por aquí!, exclama la mujer.

Entonces le explicamos que casi todas las casas están muy por encima del nivel medio de la marea y que, con toda probabilidad, solo el paseo y el tiovivo y algunos de los restaurantes acabarían bajo el agua, dice el padre. Pero nadie vive al nivel del mar, le dijimos. Así que nadie resultaría herido.

¡Los niños se despertarían por la mañana con cangrejos y estrellas de mar en la puerta de casa!, exclama la mujer.

Una aventura. Nada de lo que alarmarse. ¿A que sí, Ellie?, dice el padre, mirando a su hijita, que le dedica una sonrisa raquítica y luego suspira.

La madre se despide, pero piensa: A la mierda vosotros y vuestro espacio-tiempo, mientras recoge a su hijo perfectamente encantador, amable y normal. El niño se enrosca alrededor del torso de su madre. Ella se aparta. Las malas vibraciones le duran hasta que llegan a casa, donde se han llevado la basura de los cubos metálicos, pero han dejado el cristal, todas las botellas de vino y los tarros, en el peldaño de la entrada. La madre no tiene sitio donde ponerse para meter la llave en la puerta. Le arde la cara. En cuanto entran en la casa, enciende el iPad y les pone una película aunque los niños todavía no le han pedido ver nada, y coloca todo el cristal en bolsas grandes de plástico, para luego esconderlas detrás de la librería que hay junto a la puerta principal. Cree que sus hijos no se han dado cuenta, pero cuando termina y se da la vuelta desde el lavabo, mientras se seca las manos, el mayor la observa entre los mechones del flequillo.

Bebe champán directamente de la botella. Así le sabe mejor, tiene más burbujas y está más frío, y después de una semana en ese pueblo, quiere que el frío penetre en todos sus poros y se cuele en su interior hasta la médula.

Junto al paseo marítimo, en el grupito de puestecillos de hojalata, hay una banda que toca versiones de los Eagles, Led Zeppelin y Pink Floyd. No lo hacen nada mal, aunque el acento del cantante hace que las palabras parezcan chiclosas y las sílabas reboten.

El atardecer es tan excesivo que la madre se ve inundada por la nostalgia. Una quemadura ardiente, todo inyectado de rojo, incluso la superficie de los tejados de pizarra. El color es como la juventud.

Una por una, las gaviotas se alinean en el vértice del tejado de enfrente. La gaviota gigante revolotea hasta detenerse en la chimenea y, allí iluminada, se dedica a disfrutar.

No son más que pájaros, se dice la madre.

En el centro de la larga fila de gaviotas hay una minúscula y raquítica. Frota con esfuerzo las alas contra sus vecinas, demasiado flaca para estar cómoda como el resto de aves.

Se quedan calladas de nuevo. Y al principio la mujer no sabe qué está viendo cuando la gaviota que hay a la izquierda de la raquítica parece inclinar la cabeza para saludar a esa cosita temblorosa, y entonces la que tiene a la derecha hace lo mismo, ambas saludando con la cabeza una y otra vez. Tal vez la pequeña sea una especie de príncipe de las aves, tal vez le estén mostrando su respeto, piensa, confundida, y entonces las otras gaviotas cercanas se unen a los respetuosos saludos, y es en ese momento cuando por fin comprende que no agachan la cabeza para honrarla, sino que están matando a la diminuta gaviota raquítica, picoteándola hasta la muerte.

Sin duda, si les arrojara la botella pararían. Pero se ha quedado helada, y el asesinato termina tan rápido…, un bulto de plumas sangrientas que se desliza hasta desaparecer de su vista.

Todo acontece en silencio, aunque un zumbido agudo le sube a los oídos desde dentro. La pequeña gaviota ni siquiera ha gritado; ha aceptado su destino con resignación, parecía ofrecerse a las demás. Por lo menos tenía derecho a chillar, ¿no? Pese a que no pudiera evitar el desenlace, tenía el privilegio de protestar.

Ahora la banda que toca en el paseo interpreta «Kashmir», de Led Zeppelin.

«I am a traveler of both time and space», que le suena a «Ai yam at raveler of bout aim an espace».

Cierra los tragaluces con la manivela, se pone tapones en los oídos y aprieta las almohadas contra ellos, y la música arrastrada y el grito repentino de las gaviotas por la pérdida del sol se convierte en un leve barullo en el centro de su cerebro, donde el calor palpita una y otra vez, sin intención de parar.

La carretera describe una curva y, al hacerlo, la masa de tallos de maíz que alfombran los campos hasta la altura del pecho se separa en ríos claros, como si les hubieran pasado un peine. Ya adentrados en el curva, la masa de maíz vuelve a unirse.

Los chicos quieren hablar con su padre en Florida. Hace más de una semana que no hablan. La madre lleva todo ese tiempo queriendo arreglar el wifi o pedirle al dueño que lo haga, pero siempre se lo impide alguna distracción. Es tempranísimo, deben de ser las cinco y media en Florida, pero agosto significa que su marido trabaja desde el amanecer hasta medianoche, y también si los chicos y ella hubieran estado en la casa, habrían sido un fastidio para él. Sabe que a esas horas su marido ya estará despierto y con la cabeza a pleno rendimiento mientras se toma el café.

Se dirigen al inmenso Carrefour que hay al final de la calle, una especie de hipermercado impresionante que tiene tienda de quesos, una óptica, una sección de medios de comunicación y una cafetería. No cabe duda: tendrán wifi. La madre puede comprar comida precocinada; está cansada de lo que podría preparar con una única cazuela y una sartén en la casa alquilada. Puede comprar DVD en francés para los niños. Puede comprar vino para que la mujer de la *épicerie* no frunza sus finos labios hacia dentro y hacia fuera ni mire a la madre con aire calculador cuando pasa las botellas por la caja. Puede comprar calcetines, porque no llevó ninguno para sus hijos y las sandalias añaden otra gruesa capa de peste a la casa. Esa especie invasora de Estados Unidos, el *megastore*.

Una vez dentro, conecta el Skype en el teléfono, pero suena y suena y su marido no contesta.

¿Dónde está?, pregunta el pequeño.

¡Habrá salido a correr!, dice ella con alegría. Les compra un *chausson aux pommes* para compartir.

Suben por los pasillos. Mermelada, brioches, huevos, queso.

Bajan por los pasillos. Vino, encurtidos, ensalada de zanahoria envasada, fruta. Le resulta reconfortante tanta limpieza, tanta pulcritud.

Intentan llamarlo una y otra vez, y otra vez más, dejan sonar el aparato hasta que la llamada se corta.

En el asiento posterior, el niño mayor se mira las manos.

¿Qué te ocurre, monito?, pregunta la madre.

No quiere hablar con nosotros, dice él en voz baja.

Eso no es verdad, contesta ella. Os quiere mucho. Siempre se alegra de hablar con vosotros.

Entonces no quiere hablar contigo.

Eso tampoco es verdad. Piensa rápido. Seguro que ha salido a desayunar fuera. Ya sabéis que no le gusta prepararse el desayuno si nosotros no estamos.

¿Ni siquiera cereales?, pregunta el mayor con escepticismo.

Seguro que está flaquísimo, dice la madre. Un palillo. Un esqueleto de su propio ser.

No. Apuesto a que come burritos tres veces al día o más, dice el mayor, y se anima. Apuesto a que está súper gordo. Y cuando volvamos a casa ni siquiera lo reconoceremos. Le estallará toda la ropa.

Apuesto a que se ha muerto, dice el pequeño. Y chasquea la lengua.

¡Oye! Lo que has dicho es muy feo, dice la madre.

No he dicho que quiera que esté muerto, digo que apuesto a que lo está, se defiende el pequeño.

Pues yo apuesto a que ahora mismo está en casa de Bill y Carol, dice el mayor. Apuesto a que se toma una tortilla y una torre de panqueques y una galleta con mantequilla y miel y tostadas y café y zumo de naranja y croquetas de patata, se lo traga todo junto como una excavadora a vapor. Y se le sale todo de la boca porque no le cabe más.

Puaj, dice el pequeño.

Y un batido de nata y otro de plátano, y tarta de chocolate vegano y barritas de maíz y un sándwich de tempeh y patatas fritas y salsa picante. Y sopa de langosta y patatas al horno y brócoli y tacos de judía.

Cuando el hijo mayor está así, casi sonriendo, a la madre le entran ganas de coger su cara triangular de cervatillo en la mano y cobijarla allí para siempre.

El pequeño se vomita encima.

Por la mañana, las botellas de cristal vuelven a estar amontonadas en los peldaños de la entrada; son muchísimas, los fantasmas de sus noches. Alguien intenta decirle algo. Las apila dentro, detrás de la puerta principal. La pila creciente la desespera.

Hay tanto ruido y niebla en su cabeza que es incapaz de salir de la vivienda en toda la mañana, y deja que los niños se queden en pijama después de desayunar y vean *Tintin*.

Se siente obligada a hacer caso a Maupassant. No soporta las biografías, el agrio hombre feo que hay en ellas le provoca náuseas, así que regresa al Guy que le gusta, el joven que escribió sus historias favoritas: «Histoire d'une Fille de Ferme». La prosa es hermosa, sencilla. Empieza con una sirvienta en una granja, en un día letárgico, que sale a una pequeña hondonada de aroma dulce llena de violetas para echarse una siesta.

Conforme la madre lee, casi puede ver la cara cuadrada y joven de Maupassant en la ventana abierta; corre el año 1881, en Étretat, un día relativamente cálido de principios de marzo. Los sonidos de las aves marinas y de los carruajes entran en la habitación. Las hojas respiran bajo el pisapapeles de piedra. Guy se toca el bigote nervioso con su diminuta mano callosa, y dota de vida a una ficción, como si fuera un sueño, una granjera tumbada en su hondonada húmeda, el sexo que revolotea dentro de su cuerpo. En la mente de Guy, la chica imaginada se convierte en real; en la fantasía que la madre tiene de él, Guy también se convierte en real.

Entonces los chicos corren a buscarla porque ha terminado *Tintín*. El pequeño se tira un pedo, luego levanta un dedo en el aire como una pistola y exclama: *Un pistolet!*

Cuando por fin bajan a la playa, descubren que la marea se ha retirado por completo y la bajamar ha dejado un erial negro y verde, y el chico mayor dice, con la voz del capitán Haddock: *Mille milliards de mille sabords!*

Se sientan, de todos modos, resguardados del viento en la biblioteca pública prefabricada. El adolescente que los observa, día tras día, deja que se queden sin más. La madre encuentra a Marguerite Duras y a Michel Houellebecq y a J. M. G. Le Clézio, y los chicos ojean *bandes dessinées*, y ella lee y finge no ver la estantería de Maupassant que la mira con fijeza.

Empieza *Moderato cantabile*, un libro que siempre le ha resultado despreciable, demasiado cínico para ser creíble. No hay ni un ápice de amor en el libro, ni siquiera en el personaje de la madre hacia su inteligente y travieso hijo.

De vez en cuando, levanta la mirada hacia las diminutas siluetas que recogen cosas en el borde de la marea en retroceso; luego retoma la lectura.

El sol calienta cada vez más. Se quita la chaqueta.

Algo late muy fuerte dentro de ella, detrás de los pensamientos y las palabras tensas del libro, algo terrible, pero no puede enfrentarse a ello cara a cara, necesita apartar la mirada; si lo mira, se acercará todavía más a su cuerpo, se frotará contra ella, y no puede permitirlo, ahora que está sola en ese sitio tan frío con sus dos hijos pequeños, a quienes tiene que cuidar.

El mayor se sienta a los pies de la madre y apoya la cabeza morena contra sus rodillas. El viento juega con su pelo, pero no deja que su madre lo toque. Al cabo de un rato, la mujer nota que el chiquillo tensa el cuerpo. El pequeño dice: ¡Es mi amigo!

Ve las botas de agua delante de ella, los pantalones remendados en las rodillas, la barriga que sobresale del cinturón. Jean-Paul. El hombre sonríe de oreja a oreja y la madre ve que tiene los dientes llenos de sarro. El niño pequeño lo saluda sacudiendo a Chupa-Chup en el aire.

Alors!, exclama Jean-Paul. De lejos le había parecido que eran ellos, se ha acercado a saludar, a ver qué tal iba la investigación, a preguntar si a los niños les gustaba el pueblo, si estaban a gusto en la casa, si todo marchaba bien, si había algo que pudiera hacer para que ella se sintiera más cómoda.

Ella contesta que todo está bien, sí, bien, bien. Piensa en el wifi estropeado, pero no quiere que Jean-Paul se meta en la casa, así que se lo calla.

El casero se la queda mirando, o ella piensa que lo hace, tiene los ojos muy hundidos. Les muestra el cubo a los niños. Hay conchas que se mueven despacio dentro. Les dice que son *bulots*.

Al principio, la madre lo traduce mentalmente como «trabajos», *boulots*, cosa que no tiene sentido. Entonces comprende que las criaturas son buccinos. Una especie de caracoles marinos. *Escargot* del mar.

El pequeño mete la mano en el cubo alegremente, pero el mayor hace un sonido educado y se recuesta todavía más sobre las piernas de su madre.

No hay mucho más que decir. Jean-Paul les ofrece unos buccinos, y ella le contesta: ¡No, gracias! Y entonces el hombre bromea con los niños, que no entienden sus comentarios graciosos, y cuando el silencio se prolonga demasiado, Jean-Paul se marcha chasqueando la lengua. Observan cómo sube por la roca negra moteada.

¿Estaban vivos?, pregunta el hijo mayor.

Sí, contesta la madre. La gente se los come con ajo y mantequilla.

Ay, dice el pequeño. Y luego: ¿Por qué?

Creo que porque son deliciosos, dice ella.

¿Los caracoles?, pregunta el niño haciendo una mueca. La madre se da cuenta de que el niño está cavilando. Sabe que piensa en el caracol que no quería, no podía, no quería, no podía, no quería unirse al baile en *Alicia en el País de las Maravillas*. El caracol que se negaba a que lo tirasen al mar. Es maravilloso saberse de memoria el canon literario completo de una persona. Es como conocer su idioma secreto y personal.

Más tarde, en el restaurante con el excelente menú de mediodía, el hijo mayor se pone celoso cuando ve que el pequeño trasiega los mejillones con habilidad, zampando uno detrás de otro directamente de la cáscara, así que se inclina hacia delante y dice: Esos también estaban vivos. Pero ahora están muertos. Estás comiendo cosas muertas. Tienes pequeños mejillones muertos dentro de la barriga.

El pequeño deja en el plato la cáscara de la que estaba comiendo y dice: ¡No!

Pues sí, dice el mayor, que se pone a comer tan tranquilo. El placer ilumina su cara mientras observa cómo se derrumba su hermano, luego se ríe cuando su madre lo fulmina con la mirada. Ella confía en que no sea un sociópata. No es más que un hermano mayor. Ella también tiene un hermano mayor que se ha convertido en una buena persona, un médico amable que cuida de los veteranos de guerra y que se ha vuelto feminista con la llegada de sus hijas, pero que de niños era incesantemente cruel con ella. Su hijo mayor solo es cruel en contadas ocasiones.

El niño pequeño se sube al regazo de su madre y llora apoyado contra su pecho.

Vamos, osito, no pasa nada, le dice mientras le acaricia la cabeza. El mayor se come las patatas fritas de su hermano, otra cosa que nunca tienen en casa.

Sí que pasa, dice el pequeño. No está bien comer seres vivos.

Si no quieres, no tienes por qué hacerlo, contesta ella.

Al cabo de un rato, el niño se tranquiliza. Lo lleva en brazos a casa para que se eche una siesta y cuando lo mete en el saco de dormir, el niño aparta la cara de su madre hacia un lado y le susurra al oído con el rostro caliente y pegajoso: ¿Y si alguien quiere comerme a mí? Y la madre no puede decirle que nadie querría comerlo a él, porque no es verdad; algunas veces, ella misma tiene ganas de comérselo, de morder esa perfecta y suave dulzura como si fuese un brioche.

Maupassant tuvo tres hijos con una mujer llamada Joséphine Litzelmann, pero no reconoció a ninguno de los tres; todos murieron como hijos bastardos, sin su apellido. Qué triste que esos niños no fuesen reclamados por su padre. Qué tremendamente triste para el propio Guy, no saber amar, ni siquiera a sus hijos. Acaricia el pelo a su retoño hasta que se queda dormido.

La mujer duerme. Ha salido la luna, la habitación tiene un tono pálido. Estaba demasiado cansada para cerrar las ventanas; quería aire frío. Algo se cuela en su sueño, en medio del suelo del dormitorio.

Es enorme. Es la gaviota más grande del mundo. Está mirando a la mujer.

Ella siente el cuerpo pesado, inmóvil. Apenas respira.

El pájaro no se mueve, se limita a permanecer posado ante la luz plateada.

Se pregunta si el animal está a punto de hablar, porque eso es lo que hacen las aves en los cuentos, y el idioma que ella domina más es el de los relatos. Tendría una profunda voz masculina. Incluso ahora, incluso después de todo lo que sabe y ha leído, la voz por defecto de los relatos es masculina. Sin embargo, el ave se queda ahí, muda.

Al final, le pesan tanto los párpados que vuelve a quedarse dormida.

Por la mañana, los niños se cuelan en su cama, tienen las extremidades frías. No dicen nada. El menor se chupa el dedo y suspira con satisfacción. Ella abre los párpados con un tremendo esfuerzo.

Esta noche he soñado una cosa, dice. Un pájaro enorme entraba en mi habitación por el tragaluz y se quedaba en medio del suelo, mirándome fijamente sin hacer nada.

Te huele mal el aliento, dice el hijo mayor. Es como si se te hubiera muerto algo dentro de la boca.

¿Podemos ver *Tintin*?, pregunta el pequeño.

La madre mete los pies debajo del edredón y se los calienta con las piernas de los niños, que chillan al notar el hielo que tiene en los huesos. ¿Y por qué no, demonios?, responde ella.

Cuando reúne la fuerza suficiente para que su cuerpo se mueva, se incorpora. Se libra de milagro de pisar un excremento de ave enorme y gelatinoso que hay en medio de la habitación, brillante e inyectado en sangre, como un ojo.

A la pregunta de la madre, la camarera respondió que sí, era cierto, Fécamp quedó arrasada por los bombardeos durante la guerra.

Sonaba alegre, pero es probable que se ofendiera, porque no volvió a acercarse a la mesa después de servirles la comida. Lo único que preguntó la madre fue por qué casi no había ningún edificio antiguo en la zona del puerto; aunque, es cierto, quizá su tono denotara que nunca había visto una localidad tan fea como aquella.

El día tiene un color tánico. Aquí la curva que describe la playa entre los acantilados es mucho más ancha, y hace que los propios acantilados empequeñezcan y parezcan enanos, casi como un detalle adicional. En un extremo del paseo marítimo, habían visto un parque de atracciones cubierto de lonas. Los empleados de la feria fumaban enfurruñados en sus sillas de plástico.

Los niños suplicaron que querían ver las atracciones, pero el parque no abría hasta la tarde, y la madre pensó que seguro que se moría de tristeza si tenía que quedarse en ese pueblo tanto tiempo. Arrastró a los niños hasta un restaurante que parecía menos malo que el resto.

Los chiquillos están hartos de *galettes*, hartos de *pommes frites*, pero todo lo demás de la carta estuvo vivo en otro momento, así que la madre cede; ya no le quedan fuerzas, les deja tomar helado de pistacho para comer. Cada copa viene con unas mini bengalas encendidas y los rostros de sus hijos se iluminan, momentáneamente felices. Ella bebe una jarra de sidra y pica un poco de su tortilla chamuscada.

En el largo paseo marítimo, ve las mismas banderas que existen por todas partes a lo largo de la costa. Se sacuden y chasquean con el viento fuerte, en el cielo sucio.

Los turistas que hay en el pueblo parecen taciturnos, se apresuran a entrar en los restaurantes, se calientan las manos en cazuelas de cobre llenas de mejillones con salsas de nata, apenas hablan entre sí.

La madre es una persona tímida, pero siente unas ganas imperiosas de acercar una silla hasta alguna de las mesas, la que sea, con sus lúgubres comensales, siente la necesidad de hablar sin parar de cualquier cosa, de política o dinero o Dios, cualquier tema adulto, de inclinar su lengua hacia el pensamiento. La soledad es un peligro para una mente en funcionamiento. Necesitamos rodearnos de personas que piensan y hablan.

Cuando pasamos demasiado tiempo solos, poblamos el vacío con fantasmas. Lo dijo Maupassant, en «Le Horla».

Cada treinta metros, por todo el paseo, hay parques infantiles diminutos y perfectos, y la madre decide convertir el día en una jornada de entrenamiento, para evitar que sea un desastre total. Los otros padres la observan con el rabillo del ojo, extrañados, mientras hace abdominales y flexiones y más flexiones y corre en el sitio a la par que sus hijos gritan y trepan por los columpios y juegan al escondite, pasando olímpicamente de todos los demás niños.

Ninguno de los puestecillos del paseo está abierto, pero aun así lee sin parar las pizarras con los productos que ofrecen mientras cuenta las sentadillas.

Un *coupe américaine* es un helado con ocho sabores diferentes, nata montada, un plátano, tres tipos distintos de salsa.

Un *hot-dog américain* es una salchicha de treinta centímetros en media barra de pan, cubierta de gruyer caliente.

Una barrita de un metro de un regaliz multicolor relleno de una pasta de colores se llama *réglisse américaine*.

Al parecer, todas las cosas nauseabundas y mortales son americanas.

Bueno, sí, no puede negarlo.

Van saltando de un parque infantil a otro a lo largo del paseo. A pesar del frío, empieza a sudar, y a los niños les pasa lo mismo. El sol sale con timidez y el tono marrón se vuelve pálido.

Dios mío, qué sola me siento, piensa.

Llegan al faro que hay al final de un canal donde los grandes barcos, todos oxidados y de color gris plomizo, entran en la seguridad relativa del pueblo para descansar. El apéndice en el que el embarcadero se separa del borde del canal y se adentra en el mar recibe unas olas enloquecidas, letales. Las piedras *galet* saltan como salmones. Si una persona se zambullera ahí, se rompería el cráneo. El sonido de las olas al retirarse es como un aplauso ensordecedor. La madre se siente mareada de tanto ejercicio y hace una reverencia, gracias, gracias, pero los niños no se ríen. Se quedan de pie observando cómo saltan las piedras durante un buen rato, y luego ella consulta el mapa en el teléfono y se jacta. ¡Mirad!, les dice, y señala el puerto, donde hay un cúmulo de casas del siglo XIX al otro lado del canal, que se apiñan, desconfiando de la industria del siglo XXI que las rodea.

Esa casa de ahí (señala el Quai Guy de Maupassant) es donde mucha gente dice que nació de verdad Guy de Maupassant. Aunque en realidad nadie lo sabe. Su madre era ambiciosa, había alquilado un *château*, el Château de Miromesnil; iremos a pasar unos días allí cuando nos cansemos de Yport…

Yo ya me he cansado de Yport, dice el hijo mayor.

¡Yo también!, dice el pequeño.

Bueno, a lo que iba, su madre decía que había nacido en Miromesnil, pero la gente decía que de verdad nació aquí, que su madre solo fingía haber dado a luz en el castillo porque era una esnob insoportable.

Guy, Guy, Guy, dice el hijo mayor. No hablas de otra cosa.

Yo ni siquiera sé quién es Guy de MauMauMau, dice el menor.

Y a mí no me importa, dice el mayor.

Pues a mí tampoco me importa, dice el pequeño. Mira a su madre con el rabillo del ojo y dice: Lo odio.

Yo también, dice el mayor.

¿Lo odiáis?, pregunta la madre. Y mientras lo dice comprende que ella también odia a Maupassant, que a pesar de que lleva una década tratando de escribir sobre él, lo que siente ya no es amor, es odio; no hay vuelta de hoja, es así; odia que ese hombre no tuviera ningún tipo de moral, que fuera la antítesis de todo lo que ella ama y considera adorable tanto en los hombres como en la literatura. En realidad, hace ya mucho tiempo que lo odia. Por lo menos, desde el momento en que leyó en las biografías sobre la época en la que Guy era joven y trabajaba para el Ministerio de la Marina, cuando salía los fines de semana con sus disipados amigos a remar y follar y comer fritanga en el Sena. Había otro hombre que quería formar parte de su reducida fraternidad, un hombre tan tierno y pálido como seboso, y para los jóvenes tan malvados como Guy y sus amigos, ese hombre era la presa perfecta. Lo odiaban. Lo apodaron Moule à b., una obscenidad, equivalente a algo parecido a Cara Coño.

Así pues, decidieron hacer unas novatadas salvajes al recién llegado. Esperaron a que anocheciera. Entonces apresaron a Cara Coño. Primero, lo masturbaron con guantes de esgrima. Después le metieron una regla por el recto. Murió tres días más tarde sobre su escritorio. No estaba del todo claro si había muerto a causa de las lesiones sufridas con las novatadas. Entonces fue cuando Guy escribió una carta a su amigo: ¡¡¡Notición!!! ¡Cara Coño está muerto! Murió en el campo de batalla, es decir, sobre su gordo culo burocrático, alrededor de las tres de la tarde del sábado. Su jefe lo llamó y cuando el becario entró a buscarlo, encontró al podre cuerpo inmóvil, con la nariz metida en el tintero. Intentaron la respiración artificial, pero no llegó a recuperar el conocimiento. En el Ministerio de la Marina estaban todos consternados, y algunos dijeron que fue «nuestra persecución» la que acortó sus días Muerto, muerto, muerto; qué palabra tan densa y maravillosa; muerto, no es broma, está muerto y bien muerto. Nuestro Cara Coño ya no existe. La ha palmado. Está liquidado. Eso sí que es dar por culo. ¿Al menos se habrá matado él?

Yo también odio a Guy de Maupassant, dice la madre en voz baja.

Los niños la miran sorprendidos. «Odio» es la peor palabrota que conocen.

Entonces, ¿a qué hemos venido?, pregunta el mayor. Si tanto odias a Guy Mauloquesea. No lo pillo.

¿Estás enfadada con papá?, pregunta el pequeño.

No, claro que no, por Dios, contesta. Entonces recuerda que se supone que solo va a decirles la verdad, así que añade: Bueno, no más que de costumbre.

Pues, ¿por qué estamos aquí?, insiste el mayor.

La madre cuenta con los dedos: Uno, para que mejoréis vuestro francés. Dos, para buscar información sobre Maupassant, al que todos odiamos. Tres, para escapar de Florida en verano porque el calor hace que quiera morirme.

No dice: Cuatro, porque tiene un peso en el corazón que confiaba en aliviar con su huida a Francia.

Bueno, pues el frío hace que yo quiera morirme, dice su hijo mayor. Odio Francia.

Ella suspira.

Quiero ver a papá, dice el pequeño. Quiero ver a mis amigos y a la abuela y a mi papi y quiero ir al campamento. ¡Es la semana pirata!, exclama. O eso creo.

El mayor rodea con el brazo a su hermano. Siempre es la semana pirata en el campamento, dice con tristeza.

Tienen fichas para el tiovivo, pero los niños están tan tristes que no quieren montarse.

Se limitan a sentarse en sillas de plástico, a ver a los demás niños dar vueltas y más vueltas. Se han perfilado los labios con helado verde de pistacho.

Bueno, por lo menos la madre se ha bebido una jarra entera de vino rosado durante la cena y la música atronadora acalla los chillidos de las gaviotas. El cielo ya está rojizo: el atardecer durará horas hoy. Se siente liberada. Se sienta junto a sus hijos y observa a una pandilla de seis o siete niños rubios sucios que juegan en el rompeolas. Todos tienen el pelo rapado y la mitad llevan mocos como velas desde la nariz hasta la barbilla. Entre ellos hay unas cuantas niñas, piensa. Ve algunas protuberancias que podrían marcar un pecho incipiente.

Un agotamiento infinito se apodera de la madre mientras observa los cuerpos de los niños que saltan del rompeolas. Desprenden un brillo pálido, como ángeles, se le ocurre. Tal vez sea por la malnutrición.

No puede evitar pensar que los niños que han nacido ahora serán la última generación de humanos. Sus hijos solo han conocido la buena suerte hasta el momento, aunque sin duda les llegará su dosis de sufrimiento. Presiente que se acerca la medianoche de la humanidad. Su mundo está tan lleno de belleza, el último fogonazo terrible de belleza antes de la larga oscuridad.

Rechazar el placer de un atardecer como el de esa noche, con el viento fresco, la puesta de sol, el océano, el tiovivo, el helado…, le parece algo profundamente inmoral.

En ese momento la embarga un ansia que no sabe ubicar en un punto concreto de su cuerpo, una sensación de anhelo, pero

¿de qué? Tal vez anhele la bondad, un sentido moral que sea alto y claro y mejor que ella, algo que pueda arroparla, no, no, algo en lo que pueda esconderse durante un minuto y estar a salvo.

Por eso, se levanta medio borracha y camina hasta el grupito del espigón y le da las fichas del tiovivo a una de las niñas de pechos incipientes. La niña mira a la madre un instante, le dedica una sonrisa llena de mellas y sale disparada del rompeolas. El resto de golfillos la siguen.

Y entonces la madre observa cómo la pandilla corre hacia la mujer que recoge las fichas y esa mujer rubia de pecho exuberante frunce el entrecejo y se las arranca de la mano, murmurando algo, y entonces la niña dice algo y la otra mujer mira hacia la madre que hay enfrente del tiovivo que gira, y su cara trasluce un profundo desprecio. Los niños de pelo rapado no se montan en el tiovivo. Salen huyendo.

La madre comprende entonces que ha sido una ingenua. Esos niños son los propios hijos de la mujer del tiovivo. Observa a la feriante, que se da la vuelta, y antes de mirarlos siquiera, la madre sabe que su hijo menor habrá empezado a llorar porque ha regalado sus fichas y el mayor pondrá cara de espanto, otro fallo por su parte que se hundirá en el fondo de su alma infantil y que jamás olvidará.

Llevan diez días en Yport cuando, por fin, la madre se fija en que hay un cartel que anuncia que hay wifi gratuito en una diminuta plaza junto a la iglesia.

Le pide al hijo mayor que le lea un libro al pequeño, y el niño se pone a murmurar sentado en el bordillo que hay junto a ella, porque el único banco de la plazoleta ya está ocupado por las palomas y una mujer que dormita.

Tiene miles de correos electrónicos por leer. Los repasa a toda prisa, tira el spam, elimina los mensajes de las personas que quieren cosas de ella, las notificaciones de los colegios de los niños, las notas de sus inofensivos acosadores. Los mensajes de trabajo los guarda en una carpeta para más tarde, o quizá para nunca.

Hay diez mensajes de su marido con signos de exclamación que se reproducen como setas.

Prueba a llamarlo por Skype, aunque le quita la voz porque no quiere que sus hijos se hagan demasiadas ilusiones, pero su marido no contesta, y como venganza, ella no responde a sus correos electrónicos. Que siga en vilo un poco más.

Y entonces ve que tiene cinco correos de personas distintas, todos ellos con el nombre del mismo amigo en el asunto. Ese amigo es el hombre más dulce sobre la faz de la tierra. Es esbelto, humilde, vegano, barbudo; tiene tatuajes que se dibujó él mismo durante su juventud en una comuna punk-rock; ahora es bibliotecario, viñetista, un colega escritor. La madre siempre había pensado que tal vez fuera demasiado buena persona para llegar a ser un gran escritor, pero puede que eso cambie con la edad; sabe por propia experiencia que casi todas las personas se vuelven más malvadas conforme envejecen. Una vez, ella tenía un día de perros y él, que iba en bicicleta, se la encontró y se paró al verla y ella le confesó su tristeza, su sensación de futilidad y de maldición acechando a la vuelta de la esquina, y él la abrazó, y esa noche dejó una tarta vegana de chocolate entera en la entrada de su casa. Cuando su marido se fue a la cama, la mujer se comió la mitad y aunque al instante se sintió mucho peor, el afecto que le había transmitido su amigo en el momento en el que había abierto la caja de zapatos y había visto la hermosa y reluciente tarta vegana de manteca vegetal había hecho que se sintiese querida.

El año anterior, la madre había ido a la boda de su amigo en el sur de Florida, donde se había casado con su amor del instituto, que iba tatuada de la cabeza a los pies igual que él, una delgada Bettie Page con pintalabios rojo y un vestido blanco con escote halter. Se mudaron de Florida a Filadelfia. Tuvieron un hijo juntos. Llamaron al niño igual que un personaje del último libro de la madre, en realidad, el mejor personaje del libro, el más fuerte y duro, el nexo de su comunidad, aunque tal vez lo del nombre fuese una coincidencia.

Todos los mensajes dicen lo mismo: que ese hombre bueno y tranquilo se ha suicidado.

Oye una succión. Cuando levanta la mirada, los límites de la plazoleta se han emborronado. Aquí está de nuevo. La ha encontrado otra vez, el terror, en Yport, en ese lugar que ella creía tan recóndito que pasaba inadvertido.

Cuando la madre y sus hijos vuelvan a su casa de Florida, habrá una ceremonia en recuerdo de su amigo en el claustro del Thomas Center y la madre se apoyará contra una columna de piedra fresca para paliar el calor y se sentirá cohibida ante semejante duelo colectivo. La viuda de su amigo y la hija adolescente de un matrimonio anterior de aquella estarán allí; el recién nacido estará allí. La madre tocará la cabeza perfecta del bebé y notará su calor. Y entonces recordará el fogonazo de gratitud y comprenderá el daño que le ha hecho al bebé en ese momento, el pecado de sentirse aliviada al saber que esa cosa tan terrible haya ocurrido en la periferia de la madre, no en el centro de su vida. Porque ese era un dolor al que podía sobrevivir.

Se acerca a donde están sus hijos y los abraza. Los niños dejan que los abrace, sin saber qué pasa. Huelen a sudor y no les iría mal una ducha, y lo mejor sería que la madre se deshiciera de esas sandalias podridas. Pero, ay, Dios, piensa. Que apesten muchos años.

La madre y sus hijos regresan a París para pasar su última semana en Francia.

Pero antes, se despiden de la casa de Yport y van en coche hasta Dieppe, todavía con cicatrices de la Segunda Guerra Mundial. Dieppe no está nada lejos de Calais, donde, como leerá más adelante, los emigrantes se están agolpando en un campamento gigante llamado la Jungla, a la espera de un pasaje para Inglaterra. En su pequeño Mercedes, la madre y sus hijos no ven a ninguna de esas desesperadas personas. La campiña de Normandía parece extrañamente despoblada. Avanzan por carreteras estrechas que atraviesan campos verdes y dorados, cruzan ciudades lujosas con sus flores y su limpieza, se dirigen al Château de

Miromesnil, donde se quedarán a dormir en una habitación de la torre, fragante y limpia y blanca y apacible y cara. Ese es el lugar donde se supone que nació Guy de Maupassant, aunque descubre que a esas alturas le importa una mierda él y todo lo que lo incumbe.

Después del ruido incesante del mar, las gaviotas y las olas y la música y los turistas, el *château*, en la calidez de sus campos, está tan silencioso que resulta casi fantasmagórico.

Los pájaros cantan, pero canciones enteras. Los jardines son inmensos, de ensueño, los gigantescos *potagers* están tan bien cuidados que a la madre le entran ganas de llorar de ternura, aunque sea inapropiado. Hay un muro de perales en espaldera, cargados de fruta casi madura. Una especie de manzano en miniatura que han podado y guiado para convertirlo en una viña que llega a la altura de la rodilla. Dalias negras, berenjenas relucientes, mariposas de un tono verde menta imposible. Los niños tocan la campana antigua de la capilla, tirando de la cuerda con toda la fuerza de sus cuerpos. Les hace fotos delante de un busto de piedra llena de musgo de Guy de Maupassant, pero en todas las fotografías, el hijo mayor sale ceñudo.

No hay ni un solo restaurante cerca donde cenar esa noche, y el único local abierto en diez kilómetros a la redonda es una panadería, así que compran lo que queda, pastas y pan y mermelada, y se lo comen en el jardín, mientras ven pulular a los últimos visitantes del día.

Los niños corren arriba y abajo por los largos pasillos que forma la vegetación, son niños cuidadosos que no tocan nada, no estropean nada. Niños buenos, listos. Tal vez todavía haya tiempo de convertirlos en hombres buenos, o en eso confía al menos. Corren hacia ella para terminarse la leche, para alargar los brazos hacia ella, quizá aliviados de no tener frío ya. Al mayor le cae una manzana en la cabeza y mira a su madre con expresión traicionada, porque ella ha permitido que ocurra eso, luego recapacita y se echa a reír.

Por la noche estalla una tormenta, los árboles se zarandean en el jardín oscuro, los niños están en el suelo, metidos en los sacos de dormir, y la madre se ha acurrucado con ellos.

No puede dormir y piensa en Laure Le Poittevin, la madre de Guy. Qué terrible debió de ser para ella sobrevivir a sus dos hijos, ambos murieron muy jóvenes a causa del sexo furtivo que los llevó a la sífilis, una enfermedad que se extendió por sus cuerpos y los condenó a la locura. Qué desolación, piensa la madre mientras mira a sus hijos, vivir en este oscuro mundo sin ellos.

Contempla la luz nueva de la mañana, que los despierta. Se siente agotaba. Sus hijos deberían estar en sus propias camas. Ella no debería estar allí, su sitio no está en Francia, quizá nunca lo haya estado; simple y llanamente, nunca ha dejado de ser la misma persona torpe y neurótica, por mucho que hable en francés. De todos los parajes del mundo, su sitio está en Florida. Qué desalentador, tomar conciencia de algo así.

Y, sin embargo, no será eso lo que defina el viaje.
Dos cosas perdurarán todavía más.

La primera es su última noche en Yport, mientras regresan de tomar unas *crêpes* saladas con caramelo, cuando la madre ve a un hombre sacando frascos de cristal de una caja que tiene a los pies y tirándolos a un enorme contenedor verde que hay junto al casino. Se ríe en voz alta. Reciclaje. Por supuesto. Cuando los niños por fin se quedan dormidos y las calles están tranquilas, agarra las bolsas de plástico llenas de botellas y corre con todas sus fuerzas colina abajo, conteniendo la respiración por miedo a que haya un incendio en la casa o a que uno de los niños se levante aterrado y la llame y no encuentre nada donde se supone que debería estar ella.

Tira todas las botellas de golpe y vuelve a casa como un rayo. Los niños duermen, a salvo en sus camas.

A medianoche, mientras termina la última botella de vino y continúa sin escribir ni una sola línea, llaman a la puerta. Se siente valiente, casi ligera, así que abre con irritación. Jean-Paul está en el peldaño de entrada, con el puño en alto listo para golpear de nuevo la puerta, aunque parece que vaya a darle un puñetazo. La madre casi agacha la cabeza. Se muestra vergonzoso y lleva en la mano otro papel doblado.

Pide que lo disculpe, espera que hayan pasado un día agradable, tiene algo para la madre, pero no quiere que lo lea hasta que él se haya marchado.

Le parece que la madre es muy simpática, le dice.

Ella es de todo menos simpática.

Jean-Paul le pone el papel en la mano, lo aprieta y se va.

Es un poema, rimado. Se lo ha dedicado a la madre.

Ella no pasa de la primera estrofa, aunque no tiene agallas para tirar el poema.

Empieza a reír y no puede parar, ni siquiera cuando le duele la barriga, ni siquiera cuando se le nubla la vista. Otro puto escritor; justo lo que el mundo necesita.

Y este momento será el que la acompañe siempre: está de cuclillas junto a su hijo pequeño ante el lecho marino, que ha quedado al descubierto. La marea arrastra un océano en miniatura. Un caracol esconde los cuernos cuando le hacen cosquillas con una pluma, una anémona roja late cuando la marea se aleja y se lleva el agua, las algas con pelos verdes parecen de satén al contacto con las yemas de los dedos. El niño está quieto, el sol sobre su cuerpo moreno. El mayor trepa por las rocas, hacia los acantilados. Es del tamaño de la palma de la mano de su madre. Pronto lo llamará para que vuelva. Todavía no.

El pequeño y ella observan cosas fantasmales con espinas dorsales plateadas que les mordisquean los tobillos. Gambas o peces, no lo sabe. Sabe tan poco sobre ese asombroso mundo...

Si un meteoro cayera justo ahora, ¿nos moriríamos?, pregunta el pequeño.

Depende del meteoro, supongo, dice ella.

Enorme.

Entonces, imagino que sí, contesta muy despacio.

El niño se succiona los labios hacia dentro. Como los dinosaurios, dice.

Puede que la verdad sea lo moral, pero no siempre es lo correcto. Ella dice: En fin, lo bueno es que nunca lo sabremos. Un minuto, estamos tomando el sol, disfrutando del océano, los helados, las siestas y el amor. Al minuto siguiente, la nada.

O el cielo, dice el niño.

Vale, dice ella con tristeza.

Ahora el mayor es del tamaño del pulgar. Se ha alejado tanto que ella sería incapaz de salvarlo de una calamidad. Una ola traicionera, un secuestrador. Pero la madre no lo llama. Hay algo en sus hombros que desprende tanta seguridad en sí mismo… No va a ninguna parte, solo se aleja. Lo comprende.

Cuando vuelve a mirar hacia su hijo pequeño, este sujeta una piedra por encima de la cabeza. Apunta al caracol. Bum, susurra, pero mantiene el brazo en alto. Y aprieta los dedos sobre la piedra.

Agradecimientos

Gracias: a Florida, el estado más soleado y extraño que existe; a Bill Clegg y Marion Duvert; a Sarah McGrath, Jynne Dilling Martin, Danya Kukafka, Geoff Kloske, Anna Jardine y al resto de las luces que brillan en Riverhead; a Kevin A. González, Elliott Holt, Ashley Warlick y Laura van den Berg; a los editores y las editoras de las revistas y antologías donde aparecieron por primera vez estos relatos; a la MacDowell Colony por regalarme tiempo; a Ragdale y Olivia Varones; a mis padres y a mis suegros; y a las personas que cuidan y enseñan a los niños y a quienes hacen que la prosa tenga más fuerza y sea más clara, y a los buenos perros y a los amigos y a los lectores y las lectoras de todo el mundo.

Gracias a Clay y Beckett. Y sobre todo gracias a Heath, mi retoño de Florida, a quien pertenece este libro.

Procedencia de los cuentos

Gracias a los editores de las revistas en las que se publicaron por primera vez estos relatos: *The New Yorker* por «Fantasmas y vacíos», «Los perros se vuelven lobos», «La oscuridad perpetua», «Cazadores de flores» y «Encima y debajo»; *Five Points* por «En las esquinas imaginadas de la redonda tierra»; *Subtropics* por «La pared del ojo de la tormenta»; *American Short Fiction* por «Por el dios del amor, por el amor de Dios»; *Tin House* por «Salvador»; *Esquire* por «Historias de serpientes», y *Granta* por una versión resumida de «Yport». Gracias a los editores de las antologías *Best American Short Stories* (2014, 2016 y 2017), *100 Years of the Best American Short Stories* y *The PEN/O. Henry Prize Stories* (2012).

Índice

Este libro terminó
de imprimirse
en Barcelona
en mayo de 2019

Descubre tu próxima lectura

Si quieres formar parte de nuestra comunidad,
regístrate en **libros.megustaleer.club**
y recibirás recomendaciones personalizadas

Penguin
Random House
Grupo Editorial

 megustaleer

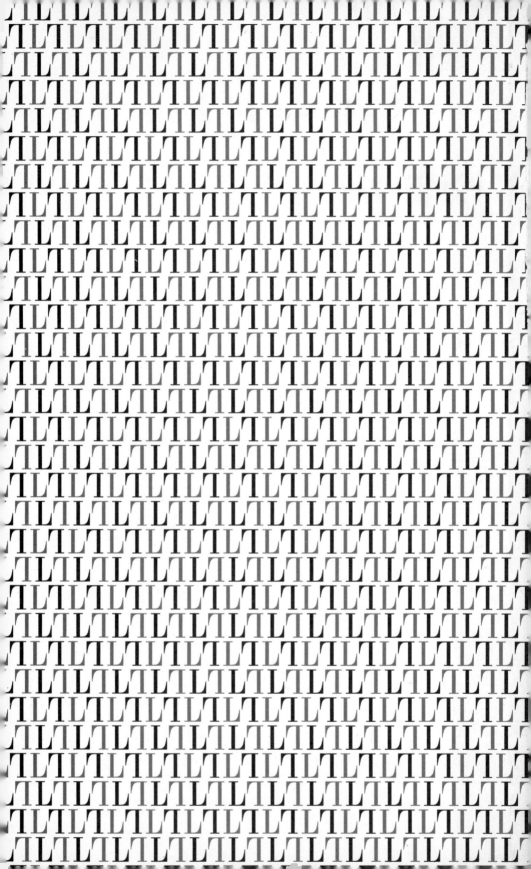